文艺评论集

李天明 —— 著

吉林人民出版社

图书在版编目(CIP)数据

文艺评论集 / 李天明著. ——长春：吉林人民出版社，2023.5
ISBN 978-7-206-19630-0

Ⅰ.①文… Ⅱ.①李… Ⅲ.①文艺评论-中国-文集 Ⅳ.①I206-53

中国版本图书馆 CIP 数据核字(2023)第 082013 号

文艺评论集
WENYI PINGLUNJI

作　　者：	李天明
责任编辑：	孙　一
出版发行：	吉林人民出版社(长春市人民大街 7548 号　邮政编码：130022)
印　　刷：	长春市华远印务有限公司
开　　本：	880mm×1230mm　1/32
印　　张：	9.25　　　　　　　字　数：234 千字
标准书号：	ISBN 978-7-206-19630-0
版　　次：	2023 年 5 月第 1 版　印　次：2023 年 5 月第 1 次印刷
定　　价：	68.00 元

如发现印装质量问题，影响阅读，请与出版社联系调换

目录 Contents

诗思：诗歌创作的特定艺术思维形态	001
"知觉说"与"悟境"美	010
从解读方式演化看诗歌的审美接受	020
诗的叙事抒情	023
诗歌的议论表达	026
中国诗歌传统赋·比·兴手法思考	028
吕进先生论诗美	034
诗歌写作的突破与超越	040
诗歌审美的时代要求	053
诗歌审美的社会关怀与生命关怀	059
灯下诗语	072
向着传统的方向	122
《山道》上的寻思	129
忠实而质朴的守望与讴歌	135

001

灯下文语	138
感悟式：散文的优长与不足	166
序·跋汇辑	178
星光如此灿烂	193
谈谈合格的演艺人	202
推动音乐艺术发展的有益实践	212
歌曲的审美价值理解	222
对真爱的强烈眷顾与呼唤	225
吹尽狂沙始到金	239
心中流出的歌声最美	246
电影艺术，发展中的阵痛与困惑	252
好看与优美：电视剧拒绝肤浅	256
值得历史深刻铭记的人们	260
东风吹暖入屠苏	271
摄影作品的审美特征	279
附：浩歌激情	284
语言的艺术	288

诗思：诗歌创作的特定艺术思维形态

　　从人们认识、理解和感知事物的思维形态和过程来看，思维形式和状态在思维的过程中，对认识、理解和感知事物的结果是具有一定的引导作用的。因为思维的形式和状态，会很直接地影响着对事物认识的主体——认识者的思维路径、情感状态、理性程度和心理兴奋程度的选择和安排。也就是说，以什么样的方式、形态和保持什么样的思维精神状态去认识、理解和感知事物，往往完全取决于认识主体对事物认识的主观愿望、内在情感、期望动机。确切地说：人们认识、理解和感知事物之前，具有着一定的引导心理意识的情感倾向（也可叫作思维方式）这种思维方式往往引导着思维状态的运行来作为认识、理解和感知事物的一个前提基础。这种思维方式、状态和基础，往往会很深地影响着、支配着和引导着思维的路径，甚至影响和促进着思维成果的形态和品质。

　　换个角度说，任何思想行为的起点都不是没有基础的，不是凭空产生的，它依存着认识主体凭借着积累的认识经验、所形成的心理特征来作为认识客观事物的思维基础。由于人们认识客观事物是他们所面对的感知物对人的思维的强烈刺激、影响，由此所作出的主观的被动反应，从而便有了某种主体的意志倾向，产生某种思维倾向，进行系列的思维活动和产生一定的思维成果。在这个过程中，这种主观的意志倾向又反过来引导思维主体进一步对客观事物景象、现象、形象的理解、认识与感知。当思维主体的这种引导意志一经产生，思维主体的思维便进入某种状态，并在思维主体意志的推动下，使这种引导直接地影响到思维的状态、特征和成果的产生。

由此，我们会看到：思维主体由喜欢或专注于事物而引发思维起点，思维起点也反过来进一步引导思维对客观事物的摄取、理解和认识，从而进入到思维的状态中，推进思维朝着情感艺术认识的意志方向前进，从而去完成诗歌写作活动——完成诗歌作品，这应当是诗歌写作思维认识产生和形成的简要过程。

同时，我们还得承认，人的思维是具有多种形式和存在多种状态的。它应当是由人们对所要认识、理解和感知事物的切入角度、方法和形式不同而引起的。理性的逻辑思维往往是从众多现象去求证本质，演绎和归纳就应当是其主要的方法，逻辑推理就应当是它的主要方法。理性的逻辑思维往往是从事物的现象入手去求得对事物本质的认识，这是它思考问题的主要路径，也是其思考问题的特殊状态。也就是说，人们对一事物由现象的感知到要进一步深入地认识它内在的本质、特征和规律时，它总是先在思想中引发起对这种现象反映的是什么或为什么产生这种现象的思维起点和运行过程；可以看出，这是一个演绎和归纳，是靠逻辑思维形式来维系着引导着思维向纵深递进的。而形象思想，则是由思维对具体事物形象的把握，通过思维主体的想象、联想等艺术思维来进行处理，从而求得艺术思维产品的产生和再创造结果的实现。它思维的起点和路径是从事物形象到再创造的形象感知酝酿过程，它的状态是对事物形象的整体把握和艺术材料的形象加工。也就是说，形象思维是由思维主体从对具体的事物形象感知、认识，从而引动思维主体的内心情感，并通过联想、想象和情感沟通等方式，从而实现客观事物在思维主体中新的更为集中、典型的形象化、艺术化的再创造效果的产生。

诗歌思维就是诗写主体在诗歌创作活动中用以维系诗歌创作的特定思维形式和艺术思维状态，它是艺术形象思维中特殊的思想形式，它完全不同于形象思维中所形成的其他艺术门种，如小说创作、美术创作，抑或剧本创作等的艺术思维形式。把诗歌思维的这种独特形式和状态来进行深入的研究分析，深刻地认识它的特征，把握其中的一些规律，尤其从思维状态方面来深入地认识和把握它、理解它，这对于我们的诗歌写作和诗歌阅读都会有着很大的引导和启发意义。

不妨从诗歌思维主体角度来看诗歌思维。

2003年11月著名诗评家袁忠岳先生在诗歌权威刊物《诗刊》（2003年11月上半月号）发表了《"在诗状态"——诗的另一种言说》的文章，提出了诗歌思维"在诗状态"的重要命题。2004年左右，西南大学新诗研究中心副主任、诗学博士蒋登科教授发表《"在诗状态"与诗歌心理研究》文章，指出："袁先生主要从诗人创作的角度谈到了诗歌生成中的一些现象。许多诗人在具体的创作过程中，并没有有意考虑我们在文本研究中所关注的一些问题。袁先生把这个过程概括为'在诗状态',并认为这种状态'与技巧无关''与形式无关''与经验无关''与流派无关''与功利无关''与才能无关',而是'直切诗的本源',也就是'生命的本真状态'。"他的这种观点与郭沫若的诗歌创作的无目的理论有相似之处。蒋登科教授在充分肯定袁中岳先生提出"在诗状态"的命题的价值的同时,对在诗状态这一命题从诗歌创作心理活动和心理过程方面进行了深化,尤其是将其引入到诗歌作品生成过程中来思考,为我们进一步认识"在诗状态"这样的诗歌思维形式、状态提供了思考的前提和路径。由于蒋登科教授着重是从诗歌创作的文本生成心理方面来讨论"在诗状态"问题的,对"在诗状态"这种思维形式与状态在诗歌写作中的"思维形式和状态"还没有来得及作出深入全面的分析。尽管如此,蒋登科教授所阐释的"在诗状态"对诗歌创作作品产生的关系为我们思考诗歌写作中思维的运行形式和状态,毫无疑问提供了一个很好的思考平台和途径。换句话说,"在诗状态"这一命题在诗歌写作中的思维理论价值是值得我们进行深入的思考和挖掘的。

其实,本文所理解的袁中岳、蒋登科教授提出的"在诗状态",就其在诗歌写作方面而言,认为它提出的是诗歌写作主体在诗歌写作思维过程中思维形象的诗化特征状态。所谓的"在诗状态"或进入"诗写状态",就是指诗人作为诗写行为的主体者的情感对事物对象——诗歌写作所关涉的对象的摄取和把握程度。也就是说,诗人写作时是否进入诗歌形式的特定思想样态规约下的思维状态,该诗人是否进入到写作诗歌而不是写作诸如小说、散文等的思维特征的思维状态，就是指诗歌写作主体的诗人进入到诗歌写作思维状态的程度如何。

进一步说，它是指主体精神与所要表现、所要反映和所要拟写的事物景象间的距离是否水乳交融，是否互融共生，是否排除了与此种思维认识的游离状态，作为诗歌写作的这种特定思维是否漂浮空泛；并且从而表现在诗歌思维推动其作品成果产生和品质上，就其外在形式来说它是否有恰如其分的组构，语言上是否发自肺腑，是否有言不由衷的成分。

当我们静态地、分解地来考察诗写行为中主体与客体二者对象关系的时候，就会找到情感意志主体与引导"美的情感"对所反映的事物心里思维的相融性，从而看到诗歌作品成果产生的心路历程，从而以此来揭示诗歌思维的存在和演进状态，这也就是诗歌写作行为的过程。我们对此进行深入的理解认识对我们更好地理解和认识诗歌作品的产生、理解诗歌作品的美学价值有着十分积极的意义。

为了进一步说明问题，我们不妨通过对诗歌写作思维活动的形式和状态进行更深入的分析。这时，我们会发现，当诗歌写作主体在艺术化地处理客观拟写事物和形象时，也就是在诗歌写作的运行过程中，发挥作用的主要因素以下有几个重要的方面。

一是诗歌写作者——诗歌产生的主观主体。这是生产诗歌作品，进入诗写状态，推动诗写状态运行的基本物质前提。这个前提不是纯物化的，它主要表现为，诗歌写作主体是以情感意志的表达欲望为主体为基础的，即所谓"情动于中，而言发于外"。也就是说，诗歌写作者主体意志是以特有的诗思情感为本原、以特定作品的产生为目的的。它是以诗写意思倾向的主题和情感思想表达为引导的。没有诗歌写作主体者的这种诗写表达意思，诗歌作品是肯定无法产生的。

二是诗歌写作所涉及的事物对象的客观方面。这也就是指诗歌主体思维所摄取的诗歌写作对象、事物的选择和取舍。我们说诗人有了客观的感性认识，引发了诗写的欲望，进入了诗歌写作的思维状态，就必然去主动摄取或选择诗歌思维表达中的客观事物对象。反而言之，肯定没有人承认：诗人写诗是把一切感知到的事物都拿到诗歌思维之中或融入诗歌作品之中来，诗人写诗必然是有所选取的。而诗人写诗所选取、摄入和关涉的客观景象一定是与诗歌思维主体的情感意志相关联的，绝不是不限关联的。正是这种关联性，从而引发出诗歌写作主体喜、怒、哀、乐等复杂情感，并通过诗歌思维形式，构成为饱含情感要素的诗歌的审美的关联体系——诗歌作品的审美思维体系，才能很好地完成诗歌写作思维活动，才能推动高品质作品的产生，从而创作出优美的诗歌。

三是诗歌思维主体对客体进行诗歌思维处理中形成的基本客体。这也就是说，通过诗歌写作主体对客观事物的思想驾驭，写作主体饱含情感地诗思形态运行，所产生的新的艺术化客观景物——诗歌作品中新的非原始客体的客观景物。这个诗歌写作客体相对于前两个方面来说，它有着具体的特点：首先它是动态升华后的客体，没有主体对客体的思维运作的动态就必然没有这个客体；其次它在更大程度和方面来说是隐形的客体，是写作主体在诗歌写作动态过程中产生的一个客体；最后它是直接关联着作品的产生和品质。

也就是说，这种客观景物，显然是有别于没有经过诗歌写作思维处理的纯天然客体。它已是经过诗歌思维主体对客观对象进行艺术处理品的情感性、艺术化、成品性的艺术客体。它已经是现成的涵融在作品中的具有的客观事物，可以说这个客观景象是诗歌思维形成诗歌成品的情感化客观景物的综合包客体。

如果我们将诗写状态的这三种情感意志和景物载体进行这样的划分命名的话，诗歌写作思维的主体可叫作第一客体。诗写状态所关涉的纯客观景物应为第二客体，也即是诗歌写作对客观景象的选取物；诗歌作品形成或者说诗歌写作思维运行成功所进行的由情感性、艺术化处理过了的客观物体就可叫作第三体，它是诗歌艺术思维后新的审美创造体，是情感意志以客观劲舞的高度融合体。

从分析中我们看到，在诗歌写作这个思维流程中，即在诗歌写作思维状态的运行和诗歌作品的形成过程中，作者主体的观念、思想、情感特征是会直接影响到作品产生的品质和意义的。这方面内在的关系也是十分明显的。

第一，诗思——诗歌写作思维，作为一种特殊的艺术思维形式，它首先是以思维主体的诗写的思维状态、形式为主导的。不论这种状态、形式的源起始于何种缘由，终于何种目标，但它在思维的初始、其中或者最后的过程中都必定是要以"要写诗、写诗和写成诗"的情感和精神意志倾向作为思维起点的；反而言之，它不可能在主体思维决定"不写诗、不写成诗"的一种思维状态引导下，并以此作为思维起点，而思维的终点又写成了诗的。如果有这种状况，本文认为那已是十分特殊的思维现象，是应当别论的了。

第二，诗思——诗歌写作思维的起点既然是以"要写诗、写诗、写成诗"作为思维的起点，那么，这种诗歌写作思维就会受到来自诗歌思维主体意志倾向的强烈引导，甚至会贯穿到引导诗歌写作思维状态运行的全过程。在这个过程中，诗歌写作者思维主体对景物等材料的选择、取舍、处理也就会有着与其他的思维形式不同的状态，也就会形成独特的诗歌写作思维形态。

根据诗歌写作思维的构成要求及运行状况来分析，进一步地分解诗歌写作思维的形式和形态，我们会发现诗歌写作思维主要的方法和形态，具有以下几个方面的特征。

1. 诗歌写作思维是按照诗歌写作主体者认识的诗歌经验和所形成的诗歌写作观念来作为诗歌写作思维的基础和起点的。这种依赖于诗歌写作思维形成的经验和观念的诗写意志状态，对诗歌写作思维状态和形式会作出诗歌写作的某些先决选择。也就是说，这种在诗歌写作主体经验和观念主导下产生的诗歌写作思维是起始于写作诗歌行为的，起先决作用的，而不是写作行为发生之后的起后决作用的思维行为。

2. 这种诗歌写作的思维由于它源于诗歌写作者的经验和观念，包含了诗写主体的形象思维——艺术化、形象性、情感性的思维选择和融入，因此，它总是按照诗歌写作者主体的诗写观念和主体情感特征来比选相同特征的事物的，往往会是从整体到整体地去展开联想、想象、关联事物，对事物做艺术化处理，从而达到实现第三层面艺术景观产生的。

3. 由于诗歌写作思维是在写作主体选择和运用形象化思维和在经验与观念主导上进行先决的诗歌写作思维状态选择

的，因此它也是对客观事物展开联想、想象而形成的。因此，这种诗歌写作思维是在主观引导下对整体事物作联想、想象时，以情感认识作为基调或先决条件的。这就是说，思维从起始到终结都是以强烈的情感作为思维运作状态的基础的。

4. 由于诗歌写作思维的最终目标是影响诗歌作品的创作完成，因此，它思维的最终目标，无论是先决的引导性基础还是创作的意志倾向，都必须围绕完成创作去运行。因此，在诗写主体诗写观念意志的引导下，对事物进行整体状态的处理过程中，通过联想、想象最终要实现的是对客观事物做艺术化的"二度"处理，从而实现原始客观事物景象的升华，形成作品中的艺术景观，实现诗歌作品的华美构成。

5. 诗歌写作思维的最后最高也是最充实的结果就是形成诗歌成品——是诗歌写作主体者诗歌观念、意志倾向的华美选择的综合包容体。

当这些功用性都已实现的时候，或者说思维的这几个方面都已经进行完成后，诗歌写作思维状态也就自然完成、终结和停止。诗歌写作思维终结后，"在诗状态"也就会自然而然消失。

讨论清楚这个问题，会引发我们思考诗人写诗过程中对景象景物选取出与入等系列问题，会对诗歌产生的思维形态有新的认识。但其中也还涉及另外一些相关的理论问题，需要我们做进一步的理论分析研究。我们相信，只要本着客观科学的态度，深入思考研究，对诗歌思维现象就会有更好更深的认识。

（本文曾刊载于西南大学《中外诗歌研究》）

2008年8月30日四川华蓥

"知觉说"与"悟境"美

在中西方诗歌审美评价上，存在价值评判范畴不谋而合的现象，这种现象——既非时间先后顺序上的影响，又非某种启示与借鉴，表现着人类审美意志在某种程度上的共同性——即是说在揭示诗美本质时都有一种平行感知的共趋性。"知觉说"与"悟境美"就是其中一个很有说服力的实例。

诗人华兹华斯曾说："一朵微小的花对于我，可以唤起不能用眼泪表达出来的那样深的思想。"一朵小花，为什么能唤起不能用眼泪表达出来的那样深的思想呢？是说，因为诗人在感知小花这种事物时，不仅只感受了小花外在的实物形态特征，而是通过联想、想象、移情等思维过程，从而体验到了小花生存状态以外那丰富复杂的众多方面，于是有消化这种具体的物象个体升华到广阔思想领域所旁及的丰富复杂的方面。进而从生命意志的某个领域，深入联系到宇宙生命、人生历程的每一面思想感情的网络，形成一种情感思想的互动情态。于是，这种具体的物象便成为"想象力重新建造出来的感情形象"，"是把一种情趣寄托在一个意象里"，"在一瞬间呈现出理智和感情的复合体的东西"（华兹华斯语）。这个感性形象或理智感情的复合体为生动的充满灵性的情境，情与境谐和，思想感情便烘发出来、开放出来。这样诗就感受到了比眼泪表达还要深刻的思想。

其实，从思维的产生过程来分析，这时的思想已不再是被我们通常所称说的认识或感想的形态，它是诗人渗透了自身全部生命意志和情感体验的特殊的艺术审美认识，是有别于某种具有强烈目的性的片面理性认识形态，它不是表现为强烈因果逻辑思考的结果，而是具有丰富立体感、鲜活性、浑然一体、圆融镜像的诗歌艺术的强烈审美认识，是一种人所能共同感知的审美感受。于是诗美对于小花外观形态来说是个体的，也是具体实在的；而对于小花的生存意志、生命情态、与所包含的人类宇宙的生命行为意志来说，又是深厚博大的，深邃丰富的，在认识的形态上也是物象关联整合的，因此是不能用眼泪来表达的认知情态。在中情状之下，诗歌的审美便成了富有强烈主观体念的个性化色彩与形体，但它同时又超越了具体物象的色彩与形态，从而达到和实现了诗人由物及人及情的审美体验和感受。这时候，诗人内心精神的感知层面与小花这个客观事物在"艺术形式里表达情感的唯一方法找到的一种客观关联物"的被感知层面，在生命意识作为媒介体所形成一个新的审美意识层面。

诗人派脱也曾对这种现象进行过概括性表述，他说："一切艺术都是趋向音乐的状态。"

派脱所说的一切艺术当然包含着诗歌艺术，那么，什么是音乐的状态呢？从静态观察来看，它至少应当包含两个方面的内容。一是，一切艺术都会表现为时空假设的动态结构。也就是说，艺术往往以独自的手段创造出一个动态的与外界保持广泛的联系，可从众多方面进行关联的联系体，同时，它又是具有独自特征的一个相对独立的封闭体。在这个动态结构中，它具有一种以韵律跃动为标志的鲜活力量，在人们进行审美感知时发生作用。二是，艺术中的审美活动不是取自其中某一个既定的、凝滞的单向内容，而是艺术的各个维度的精神意志都会以活跃鲜明的姿态对阅读者发生审美的特殊作用，使阅读者产生艺术的审美共鸣。诗歌艺术中同样具备这两方面的审美维度和审美作用，也就是它具有十分强烈的趋向音乐的状态；也就是说它往往会以其活跃鲜明的姿态和多维的审美感知力量作用于阅读者的心里一个层面，在其阅读审美过程中形成维新的审美意识，从而实现和形成为新的审美认识。

对于华兹华斯所说这种"用眼泪也不能表达出来的思想"，或者派脱所表述的"趋向于音乐的状态"，著名的英语诗人和诗歌批评家托麦斯·斯特思·艾略特说得更清楚和准确。他说："艺术形式里表达感情的唯一方法是找到一种'客观关联物'使读者像闻到玫瑰花香味那样去感知思想，使思想知觉化。"

使思想知觉化，简单地概括了"眼泪表达不出那样深的思想"的内涵，也揭示了诗歌艺术趋向于'音乐形态'的审美艺术形态的内在本质。

对于几位西方的诗歌写作和诗歌批评的艺术大师所指明的这种现象和对这种现象的概括和解释，我们不妨将其概括称为"知觉说"，也就是说它是通过艺术的手段使"思想知觉化"。也就是把诗歌审美中，感情通过客观关联物去融解深厚思想的状态和对这种状态的描述。

从诗歌创作者角度来考察"知觉说"也很有理论和实践的价值。"知觉说"所揭示的蕴含在诗歌艺术审美中的最深刻的哲理机制应当是：诗美来自诗人主体精神通过情态感觉、情绪体验、思维意识对客观物象在移情和感悟情态中的甄别和体验，了然于目，怡然于心，快然于情，并以生命意志情态作为最深内容体验与表达形式，超越原有精神认识境界，从而发现美，体验美，找到美。这也就是使思想彻底地"知觉化"。

我们认为，这种审美境界形成的独特过程和形成的独特认识，便是长期以来在我国被理解为近似禅宗敏悟的诗歌创作所追寻和认定的审美境界"悟境"。在一些经典的中国古代诗歌论述中，在有的诗歌典籍中常称作"妙悟"。但仔细考察"悟境"和"妙悟"其实两个语义范畴是有着一定的区别的。"妙悟"往往表现为审美的过程和审美结果，而"悟境"，则主要表现审美结果所达到的境界，是指称艺术审美行为的结果和效果，也是诗歌中所实现的效应。

刘勰的《文心雕龙·神思》中表述创作中的这种悟境时说："故寂然凝虑，思接千载，悄焉动容。视通万里，吟咏之间，吐纳珠玉之声，眉睫之前，卷舒风云之色，其思理之致乎。"刘勰这里所表述的这种构思所达的庞然浑合、思情一体的镜像正是心灵对客观事物感悟的境界，是一种艺术思维的极致效果。

陆机在《文赋》中也对这种创作的"悟境"有着同样的表述：他说艺术作品在构思的时候往往会"观古今于须臾，抚四海于一瞬。"这也从构思的方面指出诗歌艺术在构思时包

文艺评论集　013

融万汇、铸连八方的思维境界。苏试在谈及这方面时，也认为"观物之妙，不能了然于心"。这就是说观察审视外界景物时，不能仅仅停留在心头了然的状态下，应当更深入地达到更高的轻质境界。

"世界上第一流的大诗人凝神冥想，深入灵魂的幽邃，或纵身大化中，于一朵花中窥见天国，一滴露水参悟生命，然后用他们生花之笔，幻现层层世界，幕幕人生，归根也不外乎启示这生命的真相与意义。"《艺境·歌德之人生启示》（宗白华）这是对"思想知觉化"和悟境写作现象的生动揭示。

我国诗歌创作与批评中，古代几位大师所指称的这种被心灵彻底感悟了的境界——也就是悟境美，与西方诗歌创作和批评中"思想知觉化"——也就是知觉说的审美认识范畴在很大程度上相互印证谐和一致。

这个重要的诗歌艺术审美范畴，长期以来成了我国诗人们对诗歌文体实现的审美效应和审美机制进行认识与批评的美学精神和审美灵魂。中国诗歌审美的悟是一个重要的手段，感悟、了悟、敏悟，可以说没有"悟"，便没有中国诗歌的审美。

透过语义分析，从诗歌解读方面来看，"知觉说"和"悟境美"都强调：人们在接受诗歌内容时，就不再单是纯文字符号的愿意的解读破译，而是诗歌所具有的美感系统整体地向接受者作综合性的思维延伸和情感触抚，使读者在接受过程中，调动自身的人生体验、个性情感特征、文化素养的参照等内容，以及对宇宙生命意识的深刻感念并与之相协调的情感体验，与之相共同的内容来重新建构诗美认识——像闻到玫瑰花香味那样去感知思想。任何读者都不可能排除这种感受体验的过程。正是人们对自身生存状态——困惑、奋争、忧怨、欣喜多维的，甚至是超经验的体验参与对作品的解读和认识，使接受者在接受过程中还原了创作者的感悟境界，形成新的镜像和悟境。这时，读者感悟到的诗美其本质不再是一景一物的解化形态，而是这个具体物象联系宇宙间事物的初态过程表现在生命内核中的最深律动，是生命情调的条理化和具体化。

拿美国诗人兼诗论家艾兹拉·庞德的《在一个地铁车站》为例。他说：

"三年前在巴黎，我在协约车站走出地铁车厢，突然间，我看到了一个美丽的面孔，然后又看到一个，又看到一个，然后是一个美丽而陌生的面孔，然后又是一个美丽的女人，那一天我整天努力寻找能表达我的感受的文字。我找出我认为能与之相称的，或者像那种突发感情的文字。那个晚上……我为在继续努力寻找的时候，忽然我找到了表达方式。并不是说我找到了一些文字，而是出现了一个程式。……不是用语言，而是用许多颜色小斑点。这种"一个意象的诗，是一个叠加形式，即一个概念叠在另一个概念之上。我发现这对我为了摆脱那次在地铁的情感所造成的困境很有用。我写了一首三十行的诗，然后销毁了……六个月后，我写了一首比那首短一半的诗；一年后我定了下列日本和歌式的诗句。"

人群中这些面孔幽灵一般显现。

湿漉漉的黑色枝条上的许多花瓣。

这里不难看出，对于那个作为客观物象的面孔，在表达成诗句的过程中,已经经过诗人的反复酿造。这种酿造所掺和的正是一个整合的境界,它包括了瞬时的审美感受、诗人的个性气质、情感倾向。更重要的是由那个面孔接通了生命意志和生存状态的内部律动。读者在接受诗歌内容时,不难感受到某种生存意蕴和生命意识,这种只能体验、感悟,而实在无法用语言和眼泪表达出来的知觉,不能不是动态的音乐状态的。

诗歌悟境之所以产生诗美,在于创作者主体精神、内心情态在完全自由的状态下被客观事物对象化了,而同时又是对客观物象的发现、深入和超越。这种发现,深入和超越的动态过程就是诗人内心情态对宇宙人生的观照,是一种生命意志的自然外射,无极释放。并且,这个动态过程基于深厚的主观心理蕴藉,感情要观照小己的一时私欲和利益计较,改变和移动整个的情感思想。面对审美的物化形象,把美的形象如实地摄入深刻的心灵,经过动态律动的淘洗和诗化,再把这融和后的景象放射出来,凭借制造形象的语言文字符号表达出来,便成了诗歌。

就此而言,语言的功能仅只表现为一种载体或诗化外壳。而诗的实质便是情、境相融合所形成的、具有多维意象的境界。

这种境界的最大审美价值在于意会性。应当说诗人超越自我,深入自我的程度愈大,境界的空灵度愈大,诗中所蕴含的社会人生意义、人性和人格也就愈大,诗歌的价值也就愈高。就创作者主体精神对外界物象和宇宙生命的感悟而言,人生经历的体验感受愈深,诗的悟境领域就愈大。

只有诗歌写作的主体——诗人"深化万物,牢笼百态"(柳宗元语),作者的心灵才会像一面镜子,照见一个深邃优美的世界,才会运用语言文字作为符号或外壳,去承载或储存从灵魂中流泄出来的那个本来宏厚深邃的诗歌美学意境。

深刻认识"知觉说"与"悟景美"对中外诗歌表达的审美范畴,会给我们读诗与写诗带来深刻的启迪。

注释

①华兹华斯(WilliamWordsworth,1770—1850),英国诗人,1770年华兹华斯生于律师之家,1783年他的父亲去世,他和弟兄们由舅父照管,妹妹多萝西(Dorothy)则由外祖父母抚养。多萝西与他最为亲近,终身未嫁,一直与他作伴。

威廉·华兹华斯创作了《采干果》《露斯》短诗和《露西》组诗,长诗《序曲》。

②刘勰(约465—520),字彦和,生活于南北朝时期,中国历史上著名的文学理论家。汉族,祖籍山东莒县(今山东省日照市莒县)东莞镇大沈庄(大沈刘庄)。他曾官县令、步兵校尉、官中通事舍人,颇有清名。晚年在山东莒县浮来山创办(北)定林寺。刘勰虽任多官职,但其名不以官显,却以文彰,一部《文心雕龙》奠定了他在中国文学史上和文学批评史上不可或缺的地位。

③《文心雕龙》为古代文学理论著作,作者刘勰,成书于南朝齐和帝中兴元、二年(501—502)间。它是中国文学理论批评史上第一部有严密体系的、"体大而虑周"(章学诚《文史通义·诗话篇》)的文学理论专著。魏晋时期,中国的

文学理论有了很大的发展。到南北朝，逐渐形成繁荣的局面。文学创作和文学理论批评在历史发展中所积累起来的丰富经验，既为《文心雕龙》的出现准备了条件，也在《文心雕龙》中得到了反映。

④陆机（261—303），字士衡，吴郡吴县（今江苏苏州）人，西晋文学家、书法家，与其弟陆云合称"二陆"。曾历任平原内史、祭酒、著作郎等职，世称"陆平原"。后死于"八王之乱"，被夷三族。他"少有奇才，文章冠世"（《晋书·陆机传》），与弟陆云俱为中国西晋时期著名文学家，被誉为"太康之英"。陆机还是一位杰出的书法家，他的《平复帖》是中古代存世最早的名人书法真迹。

⑤艾兹拉·庞德（1885年10月30日—1972年11月1日）美国著名诗人兼评论家。"意象主义"一词由他首先使用，是英美现代派诗歌的奠基人之一，一些著名诗人如艾略特，叶芝等都曾受过他的影响。

庞德主要作品有《面具》（1909）、《反击》（1912）、《献祭》（1916）、《休·西尔文·毛伯莱》（1920）和《诗章》（1917—1959）等。

⑥柳宗元是我国唐朝著名的文学家，字子厚，世称"柳河东"，与唐代的韩愈、宋代的欧阳修、苏洵、苏轼、苏辙、王安石和曾巩，并称"唐宋八大家"。一生留诗文作品达600余篇，其文的成就大于诗。

参考文献

①叶朗《中国美学的特征及中西美学的融合》

②朱希祥《中西美学之比较》

③陈寅恪《王静安先生遗书序》

④《知觉与感悟——中西诗歌审美比较》

1989年12月23日于四川华蓥，2011年11月16日，改定于华蓥

从解读方式演化看诗歌的审美接受

阅读主体的阅读行为始终是作品被阅读产生效果的必要前提，没有阅读主题的阅读便没有作品的效果产生，更谈不上阅读主体对作品的审美感受和体验。

读与品的区别

尽管"看读者自己的理解，每个人不尽一样"。但是，我认为，度和品是很不一样的。我想对这个问题向大家请教。

读是大众化的，品是小众化的，大众小众形成了可读与可品。从受众范围来界定读和品的区别，这点我赞成。但是，真正理解这两个解读的行为概念，应当是需要思考的。

有人说，读和品就是不一样，读是大众化的，品是小众化的，大众小众形成了可读与可品。就是，需要高人来解读。

这两个概念或者称之为命题它基本的意义我认为是以下这些。读，指阅读，从阅读者主体来看，它是通过眼睛对阅读物品的可视性行为过程产生的行为结果。目前还没有将听觉纳入读的范畴。这个过程是阅读者主题通过对阅读物的选择——认为具有阅读的必要，从而投入精力、集中意志，通过视觉扫视，摄取到阅读物所承载的内容，来满足自己的精神需要。这个过程在精神领域有了一个很复杂的精神选取、溶解、获取，从而感化领受的过程。这个过程是阅读主体获取到所期望得到的东西的过程，是阅读主体的主动选取、投入的过程，是阅读物被动地承受地呈现的过程，是被阅读物上所承载的写作者精神在被阅读过程中被充分或者不充分地被解读的过程。读，从时代意义上看是一个最当前的行为话题，是当下使用的对人们用视力、阅读获取知识、信息的特有途径。

品，是品尝，品鉴；用在文学作品方面，显然是一种借喻。因此，它主要是对文学作品的品鉴，就是品评鉴赏。这应当源于钟嵘的《诗品》。从这个词语内在的规定性来看，它是古代遗留下来的话语词汇，今天，随着语言光电化进程的加快，这个词语的某些内涵应当说正在丢失。回顾这个词语在古代的特有含义，还可以看到它和读的内在区别，古代漫长的历史时期中，人们获取知识信息的行为途径是朗读，即有声阅读，我们可以看到那些摇头晃脑的朗读姿态。古人通过有声朗读，从而使自己投入到阅读对象中，使自己在阅读运动中得到对原作者心智内涵的理解。可以说，古代的读，主要是有声朗读、诵读，在这样的阅读环境里就产生了进一步的阅读动作——品，这就是前面所说的，饱含感情地阅读、朗读。我们看到，品和读是不一样的，品是在有声诵读或者即便是在无声诵读情况下，对作品细致地、深入地进行深度投入的解读阅读物的行为方式，或者叫行为过程，这个过程就不像是今天的读，主要是默读、心读、意念性阅读。虽然我们说在今天也还存在那种细致地、深度投入地阅读——品，但我认为，这个品已远不能和今天人们借助平面或者立体的纸媒体、光媒体所获取到信息的广度和深度，也不能从人们阅读行为的默读和有声朗读来比较的。

诗的叙事抒情

　　新诗的发展不但从形式上突破了某种单一的呆板凝固的格律形式的，向着开放性抒发感情的体式发展，往往追求内心情感感受体验，从而力求多侧面、多层次地春雨般的、海涛般的自由抒发以表现主题，一句话，诗歌写作呈现出审美艺术的多元性。在内容上，诗歌也逐渐摆脱那种借助生活外表现象的景而寄赋的瞬间情感现象和对现象的揭示，而趋向于通过事物内部特有本质意的阐释以使读者能够由表象及肌理的深入，从而揭示社会生活和事物的诗意蕴含，领受到辉煌的诗意美感；诗人用其独特的情感光芒去辐射人的心灵，从而唤起人们内心深处的共鸣和谐振，完成审美感觉判断。

　　在追求这种诗美效应过程中，叙事抒情就是一种具有独特意义的表现方式。

　　我们论一切作品都是企图或感知思考来达到理解世界，达到最终认识世界的目的，从而为人生服务。所以抒情诗写景，都是为了达到揭示人生感受，认识生活规律的目的。离开了对事物理义的揭示，一切景语皆自然，毫无意义，犹如殒逝姑娘头上的花；反之在理义中呈现的景，才鲜美动人，似月夜美姑窗前的花，情与景皆在其中，由景而引起人们的追求。这说明诗和其他文学作品一样，其终极目的在于揭示人生在旨人生。人事很大部分即指的"事"，因此，新诗的圣手们，在运用独特的意象组合，感情的层递变换，空间的显化，隐入的同时，大量运用事来揭示其理，这在现代文学的发展史上与小说达到了某种因素的统一，而又保持着诗的独特审美效果和取向，使诗的内蕴力在形象组合的广度上更增加其深度，使之免于情感的浮泛，造成诗的情虚中的事实，使景的静中透出动，景后的人跃然纸面气韵生动。

试看下例：

一个老头（叙述，静态）/跌倒跤（叙事，动态）/跑过来（进一步加重动态）跑过来/一声也不响（叙述描摹，静态）/闪着胡子（动态，特别描写，对事的特写）/点好（动态，叙事）/大火把（静态）/要烧房子（静态）/烧掉它（心里感受）/（田间《烧掉旧的盖新的》）。

这里主老人的特殊动态叙事，达到描摹的目的，突出了老人的果敢强烈的爱憎，背后寄托了强烈的感情，因"实事"而"情虚"最终到了情事统一的情景美。

朱光潜先生在《诗论》中谈到隐与显时，将诗分为直抒其意、直描其象、意象结合（大意）三种形式。叙事抒情的实现也符合其中的标准，通过事实可以说明。

将吃饭睡觉细节写下，只能填进小说，而不能作为诗歌。诗是高度集中概括的文学形式，与那些冗长琐碎的事情是无关的。因此，要求诗在理的支配下，选取最能突出人物本质，再现事理的动态形象，经过精心剪裁，表达主题，这时的事已不是平凡的，而是被作者感情酿制过的冠上的花朵。这是诗中的事与小说戏剧中事的显著区别。

另外，诗的形式对事的抒情要求，表现在分节奏及押韵上。

例如，一个姑娘抱着花歌还未唱完就倒下了。

这纯是叙事句，文句有美感也是叙事特征的所呈现出来的，还未进入诗体内。

若将其成为：

一个姑娘，（静）/抱着花朵，/歌未唱完，/就倒下了。

这里很显然是把形式上的节奏空白留给了诗性感情，体现的是诗体叙事特征。

叙事抒情在古典诗歌中也有很多运用。

"起舞弄清影，何似在人间"。事是情的铺张，情是靠动影来表达的。"轻舟已过万重山"，带有自然情态叙事，情很薄。这些都可说明现代诗中的叙事，不再是与情分离的铺张、排陈，作基础或作烘托而出现的事实，而是叙事的句子中已潜含了诗人凄怨或亢奋的强烈情感，事与情是一致的。

这也许是现代诗发展的一个特点。

诗歌的议论表达

目前，我们读到一些诗歌作品，诗写得很有味道，细看其表达方法，往往多倚重议论的方式来表达诗意，结果从客观上削减了诗美效果。

细品起来，诗歌中，太强的议论腔调表现着诗写主体的强势意志，有硬要他人接受的倾向，拔高了诗写主体与读者的姿态站位，让人感觉到一种有情态的野蛮。

而今这种以强议论方式写诗，已不在少数，大多爱以议论入诗。我试过好多次，把一些诗按文章顺序排列出来，实际就是几句简单、苍白而又毫无新意的议论句，议论文都算不上。

当然，以叙述方式入诗，还是以描写方式入诗，抑或以议论入诗，这是没有定论的。比如臧克家的《有的人》就是用议论对比写的诗，是通过对比揭示社会人生中两种不同人生状况和人生价值。其诗的价值在于揭示哲理。

再比如诗人舒婷的《致橡树》，也大体运用议论入诗，但在议论中始终携带着感人的具体形象和强烈的情感，因此，感人至深。

就算是海子的《今夜我在德令哈》中也有议论，但所携带的具体形象和浓烈的情感是浑然天成的，因此，是感人的。

上面这几个例子说明，不能只强调不以议论入诗，而要看议论入诗入得好不好，对不对。在议论入诗的情态中，是否按照诗歌写作的特点，饱含着生动丰富、血肉圆满、鲜活明亮的具体形象，是否饱含着诗歌写作主体对所写事物深入底里的体会理解的浓厚情感。

我是想借题发挥，表达一下我对当前不少诗人动不动以议论入诗，而又缺乏应有的诗意形象和真实生动的情感携带，致使其作品寡盐少味，成为文字图案供观赏。

借此，我也想借唐诗宋词来表达巩固我观点的意见。

优秀的唐诗宋词为何千古不朽，我个人认为，就是在手法上多回避议论，而更多地用描写叙述。同时携带了鲜明生动、血气圆润的具体形象和来自生命底里的浓厚情感，因此，他们总是以磅礴浩瀚的力量摇动心旌，令人折服难忘。

比如李白诗：云想衣裳花想容，东风扶槛露华浓。

比如李煜的词：春花秋月何时了，往事知多少？小楼昨夜又东风，故国不堪回首月明中。多么鲜活生动。

当然，以议论入诗，往往简单省力得多，想到一个点子就可以是一首诗。正如有的诗人所说，每天都可写很多首诗歌。就像有的评论人一样，作宏观大文，很难做细致的考据分析，因为说宏观的话容易，说细的方面，说真知灼见的东西，需要读书，需要功力。

借此机会，我表达我的意见，要写好诗，做好诗人，是应当慎用议论入诗为好。

文艺评论集　027

中国诗歌传统赋·比·兴手法思考

中国诗歌在长期的创作和批评行为以"赋·比·兴"表现手法进行文学批评中,成了诗坛的一大传统。中国文学尤其是诗歌创作和批评中,独具鲜明的民族特色,是世界文学理论天空的理论瑰宝。它给我国古代诗坛带来了无数绚丽的佳作。

在文学创作日益深化,中西方创作和批评方法相互影响、借鉴的态势下,对传统的这种表现方法进行深入地思考,是非常必要的,也是有意义的。赋、比、兴最早具于《周礼·春官》:"太师教六诗:曰风,曰赋,曰比,曰兴,曰雅,曰颂。""东汉郑玄给《毛传》作笺未注"六义,而在《周礼注》中给六诗作了注,并:"赋之言铺,直铺陈今之政教善恶""比,见今之失,不敢斥言,取比类以言之。兴见今之美,嫌于媚谀,取善事以喻劝之"。钟嵘《诗品·总论》云:"直书其事,尽言写物,赋也。""因物喻志,比也。""文尽而意有余,兴也。"刘勰《文心雕龙·比兴》云:"何谓为比,盖写物以附意,飏言以切事者也。""兴者,起也。"孔颖达《毛诗正义》:"赋之言铺也,铺陈善恶,则诗文直陈其事不譬喻者，皆赋辞也。""郑司农（郑实）云：比者，比方于物，诸言如者，皆比词也，农云兴着，托事于物，则兴者起也，取带引类，起发已中国女心，诗文诸举草木鸟盖兽以意者，比兴辞也。"《毛诗正义》指出："风雅、颂者，诗篇之异体，赋、比、兴者，诗文之异辞耳。大小不同而得并为六义者，赋比兴是诗之所用，风雅颂是诗之成形，用彼三事，成此三事，是故同称为义，非别有篇卷也。"到宋代，朱熹《诗集注》云："赋者，敷也，敷陈其事而直言之者也。比者，以彼物比此物也。兴者，先言他物以引起所咏之词也。"朱熹在《楚辞集注》中又说："比则取物赋则为此，直陈其事，兴则托物兴辞。"已经将赋比兴定义为诗文（古代文学）的几种基本表现方法：赋是一种直陈其事，直抒其情的表现方法，比是一种"取物为比，代物言志的表现方法，兴是一种触景生情托物兴辞的表现方法"。[①]长期以来在我国诗歌史（文学史上）有过重大的影响。

可以看出，对赋、比、兴手法的阐释有以下几大特征。一、由于赋、比、兴的提出是从研究《诗经》分类开始，而不断深化为表现手法，它是对过去（历时状态下）作品的静态分析得出的，不是现实（现时状态下）对创作过程中的感受总结和概括的动态化表述。二、它主要是对我国古代诗歌作品而言的，由于它是在我国古代诗歌作品成为文学的主要品种，叙事文学不很发达（仅表现为史志作品）的背景下提出的，即使当时社会背景具有或者产生了如史志学的叙事作品，并且这些作品较之现今及世界所认同的充分展示时间线索上人物活动、环境描述的作品也在要素特点上有一定的距离，但当时主要也只对诗歌研究提出来的。三、赋、比、兴的提出及内涵的确定，具有一个相当的历史过程，这个过程我们应该注意到文学发展过程中，社会心态、价值标准语义和环境的变化。后代人对前代人作品的分析研究不可能不包含作者当代性思想文化因素的影响，任何一个以今天论昨天的评议都是以今天为参照体系、以今天的现实价值去取舍昨天的，否则评议将毫无意义。因此，在历史多代对赋、比、兴的分析提炼，即使从另一面看具有了淀凝历史成为传统，具有充分深厚的稳定性，但不得不看到一代一代人含有当代功利性的评判。这里呈现出两大理论难题。一是如何客观地对待历史上所长期分析研究所形成的文学批评范畴，如何评价赋、比、兴的历史功用地位，着重在于它对今天文学创作及研究的指导性。二是今天的文学创作研究如何承继历史已在当代语境中失落了的话语。要认识赋、比、兴手法对今天的创作是否具有指导意义，首先应看它的理论内核中存在着的那些潜化的与当代思维、语境相谐的话语，在多大程度有可以延展扩大的空间领域。我们应怎样着手归纳和满足于今天丰富多彩的文学形态、文学品种、文学语境下的，具有指导意义和普遍适用的赋、比、兴表现于法。或者说以当代话语去确定它的内容意义，以求得现实的文学指导作用。李泽厚先生指出："中国文学（包括诗与散文，以抒情胜，然而并非情感的任何抒发表现都能成为艺术。主观感情必须客观化，必须特定的想象、理解相结合统一，才能构成具有一定普遍必然性的艺术作品，产生相当的感染效果。所谓'比兴'正是这种使感情与想象、理解相结合而得到客观化的具体途径。"[②]李泽厚先生这里的对比从主观感情客观化的解释，是将比兴手法上升到审美表现上面加以解释的，这实际是对比兴手法的审美表现进行概括提升的从王国维的意境论的当代解释。这正如曹顺庆先生所讲："物生情，情生物，从而达到情景交融的最佳境界，这就是后人所说的意境。"③ "诗之比兴是被作为主象尽意达情的具体方式来加以理解的，或者说，中国古人相信喻指具有一种充分的比直言更重要的指移功能，因此，语言的隐喻性就不是可有可无的东西而是语言的基本性质。"④这些表述是否已从现代的视角对比兴手法实行了对接了呢，然而我们看出以上三位的论述虽然独到、深刻，但是它还不是一种稳定的准确的指向性的表述，仍然值得深入研究。同样，赋这样手法在我国古代叙事文学不发达，或者说没有出现。

按照今天所综合归纳的叙事性文学、古典诗歌领先的情况下，研究诗歌中的铺陈手法显得薄弱一些。因赋指的是敷陈其事的手法。这种手法在《诗经》中有范例，但后来的诗歌中不是主要的。用它去概括主要以比、兴手法为主的诗歌，或者去规范按今天的意义具有不完备的叙事性质的史志文学作品，是显得有些无能为力的。那么现代意义下的赋指的是什么呢？解释历史方对赋的阐述，它实际是指按照生活演述的时间线来展示生活的叙事原则。它注重事件发展的起始过程，区别于诗歌表现中以情景为对应体，丢失时空，注重情生物，物生情的意境，创作者在古典叙事作品不发达和不完美的情况下，古典诗作中的叙事作品领了先。一旦叙事作品趋于完美之时，诗的铺陈之法也就相形见绌，无能为力了，这是诗与其他注重事件起始发展文体相混淆的主要之点。也就是现代诗学习古典诗而致部分作品不精练的一个显著原因，因此致使意象派诗以它绚丽诡奇的形象叠合来渲染思想那种借着简单的铺叙抒情言志的作品就丑美分明了。如庞德的著名诗《地铁火车站》就是通过意象的变形转换，将诗人的主客观或爱表达出来，达到抒情言志的效果。中国古典诗的铺陈描叙，与现代诗中意象转合各自的实质是前者所具有的客观性大于后者。某种程序上说带有很大成分的自然属性。抒情宗旨被存于客观描述的意象之中，而后者则加大了诗歌的主观性——借客观的实景来表达情致。因此，中国古典诗是客观到情景的实，使主题明朗化，后者由客观的实景到情景的虚景，其中的空间较前者增大，动感比较明显。不少诗论者都分析指出诗的语言非逻辑性搭配，意象的颠倒组合，以至变形变态处理、时空跳跃、动静交替、场景虚转、情感隐藏等，都无一不是将客观实景化为主观虚景的明显例子。这有力地说明，古典诗的显著特征在今天已被诗的时代感内容所掩藏，主观的含蓄抒情、深沉隽永的美感效果，正在加大。绚丽的多层的意象结构正在走向纵深，新诗更显其美。把蔡琰的《悲愤歌》与现代派作品相比较就可看出这一特点。现代诗人已领受到赋比的缺陷，创作中有意避开对事件的铺陈，剪取最具有意象感的生活原型材料来表现思想，运用意象的组叠来加大空间层次。现代诗作者也已从诗歌欣赏中领受到了那种从事件本身出发，去表现简单的思想，空间狭窄、层次简单、读首知尾的诗作，不能打动人心，达不到通过诗情诗景给人美感的效果。只有在精心地剪裁生活素材，安排形象，由客观的景而到内心的情真实完美的结合所发生的宁馨儿，才能给人美的刺激。如前又所述，我们在比较两种手法的长短时，不能否认铺排手法的长处。如抓住一事之景，表达诗人的意志，达到抒情的目的。但我们主要是探求其中改变了哪些传统的因素。

注释

①转引自《语文导项》1985年总第97期第11辛志贤《诗经的赋，比，兴》。

②《美的历程》第56页。

③《中西比较诗学》第110页。

④余虹《中国文论东西方诗学》1999年三百店版第174页。

1985年5月

吕进先生论诗美

——读吕进教授《新诗的创作与鉴赏》讲座笔记

关于吕进教授的著作《新诗的创作与鉴赏》，西南大学校长、博士生导师王小佳先生在为《吕进文存》出版所作的序言《删繁就简三秋树，领异标新二月花——吕进文存序》中这样写道：

"吕进先生的成名作是他的诗学专著《新诗的创作与鉴赏》。出版时间是 20 世纪 80 年代，正是需要系统的新诗理论而又缺乏系统的新诗理论的年代。这本书的出版立即受到欢迎。十年间印行三次，总印数超过 4 万册仍供不应求。好些后来成名的诗人，甚至小说家，都曾是当年《新诗的创作与鉴赏》的读者。'吕进'从此就成为诗坛熟悉的姓名。我当时在西南农学院念本科。我们一批西农的学生都成为这本书的'粉丝'。我正是在那个时候到西师拜访吕进先生，从此开始长达二十多年的友谊的。在我心目中，不管先生出版了多少鸿篇巨著，这本不算厚的著述永远是新诗爱好者的标志性的教科书。

"对于中国诗坛，吕进是一个不可忽视的存在。在20世纪的新时期，在传统派和崛起派之间，先生和其他几位知名诗学家组成了以"转换论"为中心的诗歌理论领域的"上园派"，和一大批"新来者"诗人走出了中国新诗的"上园道路"，受到海峡两岸诗学家的关注。吕先生主编的《上园谈诗》是新时期诗学的重要文献。这个'第三'的出现活跃了中国诗坛，带来了新鲜的思考和思想，成为新时期诗歌的重要现象。"

附：吕进教授《新诗的创作与鉴赏》讲座笔记

什么叫诗美？

新诗变革了诗的传统的审美因素。

诗歌的美是特殊的艺术美，或者说是艺术美的集中表现。

古代诗评家称诗美为诗味，说诗美：在"咸酸之外"，如"空中之音，水中之月。"

因此，可从三个方面来理解诗美的内涵。

一、诗歌内容的抒情美

诗歌是诗人哭、笑出来的，是诗人（沉默）沉思出来的，是沉默沉思的结晶，它是雾中的闪光。

感情是诗歌最基本的要素，好的诗歌必须有真挚的感情。

生活、感情、叙述，非诗文体的创作要遵循"客观性"原则，诗的创作过程要遵循"主客性"原则。

——化事件为感情；

——化客观为主观。

创作公式：生活—感受—感情。

诗把诗人在生活中的感情作为"原型"的感情，这就是公式中的第一个感情，然后诗人把原型的感情作为回忆、审视写在作品之中，这就是诗人的感情，也就是公式中的第二个感情。

从创作的过程来看，诗是以抒情的态度去认识现实，反映现实。

诗歌不回避叙述，但是，它的叙述与其他文章样式的叙述不一样。

形象思维、语言都是围绕感情转的。"感情"是诗的乐章的指挥者，"感情"是诗歌语言的母亲，是诗的直接的内容。

"化客观为主观。"诗人自己就是抒情的基点，一般不虚构另外的人物。

诗就是诗，创作者就是创作者。

它是"原型"化的感情，"典型"化的感情。

诗是的世界是诗人的主观世界，是"听之无声，观之无形"的世界。

诗的事件如下。

（1）想象的事件："要想成为一个诗人，必须具有天赋的想象，没有想象的诗是难以想象的。

（2）情感的世界：诗的听觉是带有颜色的听觉，诗人的视觉是带有味道的视觉；诗人是神经最正常的神经错乱者。

诗不是人与人之间交换的手段，而是感情交换的手段。

二、诗歌形式的音乐美

在诗的形式范畴的音乐美与诗的内容范畴的抒情美地位是相当的。

诗的音乐美是诗的形式美的本质。

获取诗的音乐美的三种途径是：韵脚、韵式、节奏。

最基本的途径是节奏。它是诗歌在诗美方面的诗美本质。

三、诗歌语言的精练美

诗家语来自日常语，它有逻辑、有修辞。

原因有三个方面：

A. 日常与善于表达客观世界，诗家语表达感情世界。

B. 诗家语在诗人想象世界里是极为自由的。

C. 诗家语不像其他的文学样式给读者的悬念来打动读者，是在篇幅上受到极大的限制。

总之，诗家语要成为一种化物的语言、特殊的语言。

运用日常语写诗：

A. 语言流畅，语法符合逻辑。

B. （未成家）。

C. 诗道高妙处，何止于通，诗道神话处，何止于永远。

精确的语法永远是缺乏诗意的标志。

如：丢失的爱情

没有油的灯。

即使是夏天，

也会感到寒意。

诗家语是超越平常语的日常语,是非日常语,是经过处理化的日常语。

诗人是抒情的基点。诗人自己要寻找超越自己的自己。

新诗诗家语的两个表现:

A. 在搭配上是独特的。

例如,在黄昏/我在大街上走,/喝了一口朦胧。

B. 语言是精练的。

语言的弹性:

诗含双层意义,不求真佳必其佳。

例如,艾青的《墙》(艾青访西德时所写)。

诗美的本质,即诗的内容的抒情美、诗的形式的音乐美、诗的语言的精练美。

1. 当前诗歌的形势

总的来说是比较平稳地在前进。全国的诗刊有十三个,新型的诗刊有《诗潮》《诗林》《诗人》《爱情诗》《青年诗人》《诗神》《诗选刊》《诗探索》等。

今年六七月准备召开一个诗刊诗报交流会。

2. 关于朦胧诗的问题

(1)朦胧诗产生的过程:1980年《诗刊》刊载张林的文章《令人气闷的朦胧》,他说这些诗看不懂,所以叫朦胧。

(2)朦胧诗是社会必然的产物,是文艺发展阶段的必然结果,也是"10年动乱"的必然产物。它的手法是现代派的手法，表现艺术上有浪漫性。它的思想上有些"不健康"成分，但责任不应完全归结于作者他们，应当说这是社会发展之必然。

意象派的表现手法：

意象派主张："意象就是一切。"

例如，"鸟儿在空中迅速转向，/少年弓背时期一枚硬币，/葡萄藤的触须睁开眼睛……"

1982年记于南充

诗歌写作的突破与超越

（一）

诗坛，是热烈而繁荣的。一大批新人各自扬长避短，独具丰姿：或清丽婉转，或深厚豪迈，或深沉隽永，含蓄绵细。就已有成就来看，这些新人们都面临着一种择取：以何种姿态克服弱点，充分发挥主体优势跃上更高台阶的问题。简言之，面临新的超越与突破。

首先，在于超越自我，从思维定式中超越出来，从陈旧的诗美观念中超越出来，拓展自己的诗美空间。（1）一些诗仅满足于青春之爱的温柔吟唱，应更上升一层到爱与生，爱与死的生命主题。表现自然，社会与人生。（2）一些诗思想脉络只是由事及情，由物及情，由前及后，由叙到议的"线性思维"。很大程度上，议多于叙，更多于描写，带来了诗思的直露、浅泛。而应是情、事、景、人的高度结合，时空交错，主客体渗透，色、音的交并，造成多层次、多方面的整体审美诗思。努力实现情寓于中而事理含于内。这除了要求诗人们潜入生活的激流中外,也需要训练敏捷的思维方法。

其次,超越理念。我们不主张非理,但理念大于情性,一般说来是写诗大忌。一些诗构思之初不是缘情而发,而是由某种理念为契因,造出以景来解析其理,造成诗情的苍白,这即使如何具有诡秘的意象叠加,色彩刺激,也无以动人。从一大批咏物诗中仍可看出这种痼疾。诗主性情,是其生长之力,只要从诗的理念的牢笼中走出来,让诗结在生活的常绿树上,才有真正感人的作品产生。

最后,"破流行色"。一些诗容易受流行的创作方法的影响,追求思想的远遁而又不能很好驾驭,造成了生涩。诗人无自我个性格调,随流行的创作方法转,终而失去"自我"。努力认识自己,发扬自己,写出个人对生活的独特感受,才能显示出实力来。

诗坛是动人的,热烈的。面对文学的更新和发展,诗思的拓展与刷新,更为喜人的形势定将出现,如果实现了这些超越,诗就会有所突破。

(二)

新时期十年,即 1978—1988 年,新诗在伤痕诗之后,艰难地进入了改革开放诗歌写作时期。此后以来,一大批诗人的诗作,由不满于对现实的肤浅认识和对诗歌主题的浅显、直易表达,甚至对把玩诗歌现象的不屑一顾,紧张而深刻地关注着社会生活流变的同时,走着一条既借鉴外国诗歌艺术表达方法,又坚持深入地吸收和移植中国传统诗歌的表达方式,把诗歌写作，引向诗歌表现事物表象和内在深层心理之轨迹融合的探索之路；诗坛因此而出现了风格各异，手法多样的、带有流派倾向、竞相辉映的趋势。一部分诗人们十分看重民族文化特征对诗歌表达的影响，从而在遵循诗各写作特征的同时，从内心感知、自然环境标志等多个方面用力。面对积满历史精英的现实社会，充满盈盈泪光生动的思考，带着对生活、经历沉淀和总结，于是这些诗歌表现上具有了以下几方面的特征。

1. 描摹历史文化，弘扬民族精神，从而表现一种古朴典雅，人类原动物的创造，珍视文化本源。如朴康平的《皮影戏》，王中朝的《想江南》，无论从地域还是从时限上，都表现出对民族生存情态的依恋和深思。

2. 通过大胆的意象组合来展示情思的轨迹，将诗人的哲理思考，人性感悟表现出来，如郑成义的《活化石》。

3. 揣摩心理感受，发掘经受时代生活新潮冲击后的心态轨迹拾取时代生活留下的缤纷落英，看看时代到底留下了些什么。这类诗往往表现自然主义的描写倾向。大多表现心理情绪在一瞬间的感悟。因而情绪的流动感很明显，而社会性内容被相应的题材内容的时间性所淹灭。如《茶道》《门》。

这些现象的出现，是诗发展的必然。一如政治诗泛滥后，出现人们对盲从带来的痛苦的殷殷血泪控诉出现好诗一样，可以期待，真正的好诗是这种反思后，在加深了对民族文化的深透把握，对心理感受的深刻理解，从而写出史诗性的辉煌篇章。

诗，必然是社会的产物，它与时代生活的姻缘关系是什么也不能比拟的。若果稍微远离时代生活，尽管做的是某种客观的描写、探索，甚至科学的解释，或跳回过去时代清理祖宗们赠留的灿烂宝物，发现美的东西，也不能说这些作品就是我们欣赏从而属于我们的时代生活的，表现时代生活才是诗的生命之所在。如果失去了现实社会生动的生活，在我们看来，也不能说不是诗的遗憾。我们绝不主张诗做时代生活的单纯传声筒。诗人们首要的任务可能应是认真考虑，如何将时代生活之光注进诗歌之内，精制成可口的佳品，供人们品尝。时代美与诗美的最佳极值是诗人抒写的灵魂和追求的目标相一致。

因此，我们没有理由叫诗歌报刊的排字工人老把那些熟悉的新名词做常用词处理。早早挣脱反思的羁绊，任诗的彩色风筝放飞于时代的晴空，唤起人们由衷的兴奋。就此，时代正泪光盈盈地期盼着诗人。

1987 年秋

（三）

1982 年《花城》杂志增刊第五期出版了新诗专集。作为一名诗歌爱好者，捧着浓浓墨香的刊物，细味满是珠玑的诗句，心中有说不出的快乐。眼前呈现出那热烈、鲜艳带露的花枝，充满无限的生机，开在祖国的南疆北国，村院街巷。……那份喜悦与激动是难以言表的。深深感沉到如诗论家谢冕言：诗的全面复兴到来了。是的，新诗的全面复兴，怎不叫人欢呼称颂。

华夏神州，乃诗的国度。中华民族是激昂的追求的善于创造的民族，最早的《诗经》以其灵性智慧、动人情怀标立于人类文明历史的峰巅，成为中华儿女的骄傲。后由此有了《离骚》，有了恢宏的李白、杜甫，使中国成为闻名世界的诗歌国度。一页页用诗铺就的历史，成为民族的骄傲。

谈起了不起的骄傲，又让我们看到英雄创造的历史和诗歌首创的历史结合起来的一页。人们前赴后继用心血、状态写着诗歌，呐喊和呼号，不平和愤怒。1919年，一个开天劈地的文学激流以磅礴四海之势，雷廷万均之力，冲开了当时代缠脚穿耳的牢房，新诗以轰隆隆大炮般的力量向着旧世界开炮，点燃了迷惘的、徘徊的、绝望的和勇敢的人们心中战斗之激情，以它同样强大的生机，婴儿般红润的活力诞生了，新诗的时代，一个诗的新纪元开始了。

然而随着革命斗争的需要，时代洪流的涌进，诗人、理论家们来不及做最充分的艺术准备思考、研究和总结，于是，新诗在一步步地摸索着前进，表现方法、艺术技巧，都在各自的优点与缺点、长处与短处统一地向前走着，出现了胡适、闻一多、郭沫若、李广田、卞之琳、徐志摩等新诗技巧上的苦心探索者，新诗的一些特征、风格若即若离地现出一些头绪。革命的诗歌写出了革命的意情状态，为革命助威，消极的诗歌，表现了人们的无聊甚至颓唐，各种流派风格相继面世，新月派、七月派等并相发展。纷繁复杂的时代决定了诗歌的多资多彩。解放了，人们的思想观念为之欣喜地暴发着的激情，对新生活的歌颂，像热火一样燃烧在人们心中。和其他文学形式一样，诗的高潮掀起了，人民畅快的追求和幢憬、踏步向前的气概都反映到了诗歌里面。歌颂人民生活、祖国建设、民族振兴成了诗的主题，于是一大批诗人产生了，佼佼者有贺敬之、郭小川、公刘等大家高手。这又怎能不是我们的骄傲呢。

昨夜西风凋碧树。十年"文革"，风雨潇潇，碧树凋，万花残。"三突出"家铁圈似地戴在了各种艺术上。于是，概念化、公式化，高"主题"、高口号代替了一切艺术的规律，诗就像一个被人举到高空缥缈得使人发悚受到摧残，像社会主义建设被遭到摧残一样，诗歌创作病态性地展现了一段杂乱的历史。然而四五运动以不可抗拒的力把"四人帮"打倒了，祖国逐渐走向全面复兴，大地生机复发了，人心复苏了，激情复苏了，表现真实的现实主义热潮回到了文坛，文坛的生机展现了，小说、戏剧、电影、电视……生机昂然。

同样地，诗歌也得到了复兴。几年来，以它特有的步伐前进着，大批探索着，凛然号手、思考式、沉痛式、忆归式、朦胧式不同风格的作品出现了。于是一批呼唤社会安宁扬美颂善，鞭打丑恶，黑暗的诗歌展现了动人的英姿。

但人们对诗的发展仍然认为是不够理想的，寄予着更大的期望。因为文学样式发展对社会形态有十分紧要的关系。粉碎四人帮时，小说一反过去的假大空，以强大的艺术力表现着现实主义精神，迅速兴起。除了小说的特有规律外，当然这也与历年的小说评选，即指导的得力有关系。电影以它反映生活的特长而兴起来。诗歌呢？半年中的假大空、高口号一扫而空，诗坛，便有思考的、忏悔的、回忆的诗出现，满足了读者的一般需要，而人们对那种直白式诗人不满足，于是一大批青年诗人以思索的资态深化诗的主题，接受外来的一些表现形式。这就是被论的"朦胧诗"。这种诗在近几年引起了争论，从"美学原则的崛起"始,讨论热烈:使人们认识到了。但就我们读者认为,诗刊上,各个报刊上发表的文章看,近两年的诗歌创作仅停留在对美学观点的论争上,而对新的诗风格流派的长短优劣、表现手法的新旧,甚至对这些诗的欣赏和理会也未能给读者过细的分析理解和指导,致使诗在文学反映现实和促进社会主义建设前进的生活成了"小字辈了",致使诗歌有读不出圈子的危险,在一些大大小小的刊物上都居于妆饰性形式,读者也就在童话般故事性的吸引下,忘记了诗歌。

然而,诗对于现实生活的反映就如此无力吗?作者在思考,编者在分析,专家在研究。纵观我国历史、经济繁荣会造就一代文学的繁荣,使内容和形式都有飞跃性的发展。而我们的祖先普遍认为,诗是各种文学形式美中层次最高的。它集形式美、结构美、意境美、形象美、语言(词句)美、音节美等于一身,短小、精悍,耐人寻味,及时迅速,感情炽烈是其他文学形式所不可比拟的。我们说,诗是文学形式的精华,在文学形式高度发展的时候,人们的审美能力随经济的提高而认识提高必然会不断提高,因此,人们是不会忘记对诗的追求的。这正如谢冕所说诗歌正在走向复兴。

《花城》在这复兴前做了一个开拓性工作。在新诗在争论、风格流派互相并逆之时,敢冒"亏损"之风险,不怕"无人看"之苦恼,集基本上代表全国诗人于一体,集各种风格流派诗于一册。大胆地走上这一步,在全国性至少在大型刊物中是难能可贵的,编辑勇于探索的精神是不言而喻的。

那么,编辑们的愿望实现了没有呢?据报载诗集到达书店,有几本场卖几本,有的先交钱购买后给书。这说明人们对诗的热爱开来淡漠，只要看一看这种状态和持这种态度的人就会惊讶的。当读者打开书，那字字珠玑，句句珍宝的诗句，深邃的思想和浩荡的激情，娇艳多彩的形式，摇曳多资的风格，深深打动着读者，即对诗已松了的心弦，从而暗拨弦三两声，到未成曲调先有情。整册诗，长短相并，豪放的歌唱如勇士拍铜板而歌唱，婉约的轻唱如姑娘敲牙板而沉吟。青年诗人们如雷如电的胸膛，温暖微微动着读者的心扉，引起海涛般的共鸣，老诗人中年诗人、那沉深的智慧，独特的见解，远蕴的情惊，醇酒缭绕在读者的肝肠，使人读之如抚生活之咏膊微醉。

杨练的……

……

……

除了诗歌外，《花刊》还登出了诗人们编辑座谈的记录，使人看到了诗人编辑的优虑，也看到了诗人们、编辑们的强烈追求，这使读者也明确了一些新诗的方向。

针对近年来的不休争论，陈仲义同志的文章具有新颖之外，在这本以青年诗人为主的诗集里，有着独特的价值。近年来，报物上对新诗审美的争论在理论的方面争论得很激烈，笔者读过郭绍振、程代熙等的文章，都能从理论上明确一些问题，但研究新诗有哪些方面对新的表现手法、艺术技巧，各方面进行了改革、发展，却还是朦胧的。因此，我想，对我和我一样有追求的人怕都会喜欢这些理论和作品的吧！尽管今后的研究、讨论会提出一些更新的东西，或者有新的理论家也认为文章不足或会根本地否定它，但在眼前我觉得是那么合适中肯，即使撇开内容的成败不说，就凭从这方面来静心分析研究，从而总结新诗，理出发展的脉络来，也是一种难能可贵的精神，这种精神是不可否定的啊。

新诗在结束十年动乱后，即开始复兴时，到近年来，正是没有很好地分析和很好介绍外国的诗歌流派、风格和表现方法，致使很多人对兴起的诗不知道是怎样，也没有对好的新诗如小说那样搞评价、分析，进行欣赏指导。才有诗被读者认为了"朦胧"诗，我想这是诗理论家的编辑希望的。

无论怎样，我认为《花城》增刊五期的诗歌专集，在开创诗歌全面复兴的工作上是得力的，也是有眼光的，可以说也是有眼力的，诗歌高潮的到来，正如大海黎明之朝必将一轮崭新的红日捧给人们一样，对于在海边浪花中渴望的人们，是指日可期的。十二大展开了全面开创社会主义建设的蓝图，经济建设的灿烂前景，在人们翘着期盼中展现出动人的前景，精神建设的高潮还会远吗？文学中的骄子，诗歌中必将抖落一切惰性，以更加崭新的资态像英俊男子入伍一样，像妩媚少女进门一样，走向成熟的新阶段，去开创生活，歌唱新生活，掀起一股一股的建设高潮，助长人们的创造热情。

江山代有人才出，各领风骚数百年。一年新人在踊跃，一张新历史揭开了，诗歌，在新时期的生活怀抱里必定开出鲜艳的花，结甜美的果，只要我们的诗人去努力耕耘，理论家精心浇灌，编辑们、领导者们大力扶植，中华民族完全有敢超前人的信心和决心，完全可以也能够写出更加辉煌的历史新章。诗歌国度必将展现其原本动人的容颜。复兴，全面的复兴，诗歌的全而复兴，就在地平线上微笑，那光辉正透过丛林，荡漾在人们脸上、心中。谢冕的话，依然在我们的耳边又一次响起……诗啊,幢憬吧。

轻轻抚摸这带露的花朵,心更加抖颤了,昂奋了,我从中获得了说不尽的诗情话意,它使我心场净纯了,淳美了,激情更充沛了。不知其他读者有无此种感受,我多想每一个人都捧上这红绿结合的诗集,然后以昂奋的心情,轻轻打开诗网,窥见这诗歌复兴到来的瑰丽彩霞,圆圆红日啊!

1982年11月29日

(四)

这里,谈谈新诗的民族独创品格。

新诗,呼唤独创品格。

对诗歌创作主体精神系统进行考察的事实表明,任何诗人在具体的创作中都存在一个通过学习、借鉴、感知所建立起来的艺术参照体系的制约的问题。这个体系的优劣程度、先进与否都直接影响到诗歌主体精神对客观生活艺术观照的境界层次。

然而,自五四新文学开创以来,中国古典的诗歌艺术理论那种剔磨式、品味式的搜寻的一鳞片爪的艺术手法和历史的种种形式,使新的创作者面临艺术创作的断裂情态。在怎样的情境下、背景下,来重建诗歌的理论精神,成了现当代诗人们焦灼的渴望。

正是在这样的背景下,外界各流派诗歌带着工业革命给人们新的精神塑造的内容和那些明显标志着种种旗帜与口号的表现手法涌进了新一代文化人的视野。这时所涌现出来的诗人，包括从新诗发端到如今的一大批诗人，首先以批判吸收的眼光和态度，选择并接受了这些手法和精神。这就熔铸和造就了迄今为止的新诗歌的成就和内容。

我们的诗人和诗评家都较多的从外国诗歌理论中寻找批评的尺度和依据，更有的将中西诗歌理论进行融合来实现新的批评形态的构建，但其成就还很不特别明显，因而有必要，对诗人们在接受外国诗歌理论中的精神演化进行略微分析。

不妨先从这样的一种创作事实说起。

首先，中国新诗的开创者们，无不受到西方诗歌的影响，这些大师谈及自己的影响时，声言主要受一二人的影响较重。如郭沫若受哥德、惠特曼的影响，艾青受魏仑尔的影响，冰心受泰戈儿的影响等，这都表明开创者们在接受外来影响时，是有所选择的，往往凭着自己的爱好与目的建设起自己创作的参照背景。

其次，新诗建立以来的一大批作品，无不体现出诗人们对外来诗歌的吸收。在《女神》中我们可以找到如《浮士德》中某些内容格式的雏型，如《凤凰涅槃》诗剧。就是闻一多的名诗《死水》等也是可看到十四行诗外在结构与内在旋律的影响。

可以这样说，新诗的建立完全是在主要对西方诗歌接收背景下建立起来的，包括现当代著名青年诗人们，他们的创作参照背景、创作维度及方法等都受到很大的外来诗影响。在《诗人的自由》一书中，许多诗人承认了这种观点。

对这样一种诗歌创作的偏重状态，对诗歌创作的这种民族既定形态的断裂情态,对诗歌创作在表现方法、建设创作背景过程中的非民族化模式,是否到了应当很好反思的时候了呢,我们是否可以冷静地从这种高强度的吸收中寻求到一些接受的极值规律呢?一切吸取、接受与借鉴其目的都在建立一种自我的民族化的形态。诗歌走过七十年历史已过花甲之年,该是善思的了。今天有无必要检讨和审视这种借鉴外来诗歌创作方法,所创立的自我诗歌形态到了何种地步,这种建立有无可能;若能,其前景又如何?

做这样的思考,如果说是针对新诗长期以来把两方好卖的拿来卖,让新诗永远在把接受变为因袭的前提下打转,那是否会有建设性的意义呢?

再进一步地考察接受与创造的过程中主体的地位问题。

第一,就接受者来说,按主体精神的心理历程,它包括感知、融解与新造三个过程或阶段,显然感知是初步的,必不可少的,融解是就接受体而言结合接受者内心情感意志、知识生活经历等融合,新造是就前两个步骤的接收成功而达到的最后的最高层次。

在这样的心理历程中接受才是完整的,创造才是真正意义上的。

但诗坛不乏这样的现象:不少作品直接与某个作品相近,某位作者的作品与西方某作者的作品相似。当然这里的相似不包括独创意义上的偶合。不是有人直接改换雪莱的作品吗?不是有人仿写徐志摩写雪花的诗吗?更有青年诗人说他摹写国外诗很成功。出现这样的现状,一是在接受过程中形成一种群体性的共识就写外国的、流行的,是好的或比较好的。二是个别编辑在阅读了上面的不足和理论的深度上不够而致。要是对中国新诗做一系统考察，直接摹仿着写的诗为数肯定不少。

一是，群体性审视借鉴到创立本民族的新诗是否被重视了，新诗在民族化上是否应该做整体性的思考和建设了？

二是，部分在接受过程中的种种非成熟的直接"借鉴"仿写现象是否可以提高到一个档次，呼唤独创的品格呢？

这里的独创信念借鉴的方式方法在新的创作境界与创作背景要求下塑造，在理论和实践的基础上去淘洗出渐趋稳定的，变中求一或一中求变的方法与形式，同时在内容上提倡纵深地把握生活流程，对照时代精神变质，写出真正的"我性"诗歌，而全面地形成手法加上一般的生活再加上几分情感的诗歌。诗是灵魂在极为辉煌的光耀中对主体精神所意识到的世界作艺术的观照。独创永远是诗的生机出路，只有在这样的前提下，才能保持诗歌创作弥新的活力。

诗歌审美的时代要求

时代与文学，尤其是时代生活与诗歌创作的融通关系，应该说历来是文学作家和文学理论家关注的重要课题。

20世纪90年代末期以来，我国诗歌创作和理论探索发展处于从低落走向又一高峰的时期，一大批诗歌创作新秀勇于探索，从形式到内容都给诗坛带来全新的审美景象。他们以崭新的诗歌创作实力和独特的艺术审美情态推动了那一时期诗歌的勃然发展。那时以来，民间诗群、诗社、诗派等团体十分活跃。新锐诗人诗群悄然兴起，他们既有创作实践又有理论主张。比较有影响的是"中间代"或称为"第三条道路"，如此等等。从一个方面说，90年代以来诗歌创作的活跃兴盛展示了新诗创作高潮的来临。但在如何正确地认识和评价这段时期的诗歌创作，在诗歌创作理论界是有不同意见的。深入地分析这个历程和思想理论成果，它有许多值得认真关注和思考的地方。有一种观点认为，中国新诗创作自20世纪90年代末已经在悄然地走向一个新的发展高度……较之于90年代的诗歌创作，80年代的诗歌更多地关注社会性的东西，同时注重向中外各种诗歌创作流派学习。90年代末，诗歌在表现的艺术性上更显成熟了，社会化的东西大大地减弱了，而诗的本质性的东西增加了……。"诗从内到外体现着诗人生命的律动……它是表现了诗人对生命本原的感知与领悟"，表现了诗人对人性的深刻揭示与展现。

一时间，对诗歌审美评判要求存在了一些需要深化的认识。

带着对这个问题的寻思，我深深记起了2000年夏天拜访著名诗评家吕进先生时，与他就这个问题所进行的讨论。

在20世纪90年代，一群代表我国主流意识的老中青相结合的诗歌理论家他们融通中西，衔连古今，锐意探索，引领和调拨着诗歌创作发展的方向。有代表性的应当是被称为"上园诗派"的一批诗论家所倡导的"上园精神"。他们大力主张现实诗歌审美意识与传统审美观念的高度结合；诗歌审美要体现和代表中国诗歌承前启后，博采众长的发展脉络，代表中国诗歌继承传统，借鉴西方，关注时代，注重性情的诗歌审美精神；要符合并满足中国大众对诗歌承袭传统的审美旨趣、融汇现代审美情态的渴望与期盼，也就是要实现传统审美观念与现代人文精神的熔铸与新造。他们近二十年来，对诗歌创作和理论保持了持续思考的热情。这些被后来诗歌理论界称为"上园诗派"的诗歌理论观点应当是当时诗歌创作潮流中的主流话语。从创作历程来看，他们在一定程度上形成了比较巩固和稳定的诗歌创作理论体系，表现出鲜明的理论思索特征。

吕进先生就是我国进入新时期以来，对我国新诗创作和理论建设做出重大贡献的著名文艺理论家之一。他也是上园诗歌理论群中重要的一员。他曾与全国著名诗评家一道多次参与全国鲁迅文学奖新诗题材作品的评选。他编著的诗歌理论专著《上园谈诗》集20世纪90年代诗歌创作和理论之大成，较为准确和恰当地反映了当下时代诗歌评价的理论标准。

记得那时，他刚刚参加完全国鲁迅文学奖评选活动归来。时隔多年，我认为，他所阐述的诗歌创作和理论评价的观点，对今天诗歌创作与理论研究仍然具有十分重要的现实意义。

在谈到新时期诗歌发展潮流中有的作者过分强调个性化表现的倾向时，吕进先生谈了很深刻的见解。他指出，这种过分强调个性化表现的意见和主张在诗歌理论界也有人这么认为，那就是到了20世纪90年代末期，诗歌创作达到一定高度的标志是社会化的减弱，而生命感知表现要素的增强。这种认识观点是不够全面的，对当下的诗歌创作仅有这样的认识也是远远不够的。

结合吕进先生的阐释，我们应当深刻地认识到，诗歌是绝对不应当以社会化的减弱为代价来实现单纯地达到所谓的艺术高度。

诗歌作为美感意识十分强烈的艺术题材与形式之一，它总是以人对时代对社会的强烈关注作为审美的逻辑起点的。因为写诗的人总是生活在一定的社会时代空间或环境中，他根本不可能超越生活的时代与生活空间范围；他所感知所反映的总是以社会时代的生活内容为核心的艺术形象，不可能超脱时代社会去感知生命，去表达个性。诗人所感知的生命，也一定要实现艺术的飞跃，不实现艺术的飞跃，就一味地感知本能的、原始的生命，是没有任何意义的。假如一个诗人一味地、孤立地在那里感受自身的个体生命，他所写的诗谁去读呢？这或许可以说就是诗人多于读者的一个原因之一。作一个极值的比喻，如果一旦外敌入侵我们，你作为一个诗人，一味在那里感知生命行不行，显然是不行的。西方一位哲学家说得好：在人类生存的重大意义上，谁也不能逃避最神圣的责任。诗人和诗歌不反映人在社会生活中的困惑挣扎、矛盾与激愤，不表现人在现实生活中的欣喜、感念、追求和憧憬，不寻求大众化解读，创作行为和诗歌作品还有多高的价值呢？

我国源远流长的诗歌创作传统形成了独具特色的诗歌创作和品评的审美观念和深厚博大的审美认知体系。从"文以载道"的主张到"文章合为时而著"的标榜，以至到近代王国维的"一代有一代之文学"的感慨，都表现了文学艺术作家和文学理论家在时代生活的天地里梳理和寻绎艺术的流变机理，寻求反映生活抒写心情的最佳契合点，从而创造出一个时代的辉煌文学。换言之，时代生活对现实生活有什么样的铸塑，现实诗歌创作对时代生活的表现与反映有什么样的企望与回应，应该是我们应当着力追寻与回答的问题，也应当是每一个诗歌作者和诗歌读者十分感兴趣的话题。

我们认为，用今天的诗歌价值观念和审美标准来读诗评诗，仍然应看重社会效果和艺术效果。如果说以社会化的减弱来强调诗歌生命的感知与觉悟，那肯定是不全面的。我们民族有着一个优秀的文学艺术传统，那就是文学作品尤其是诗歌作品，它具有着广泛的社会传化功能。也就是说，诗歌要寻求除作者本人之外的大众解读。它要感动他人、感动民众，陶冶心灵、引领精神趋向。

当然，这种反映绝不是呆板的反映。诗歌必须要生动、艺术地反映时代、反映社会、反映生活。它应是各种形式，各种表现手法的艺术运用。它应是某种状态下，作者情感、心志与彼时彼境高度融合的独创性产品。时代前进了、变化了，诗歌的表现方式手法、再现手段也应有所变化。譬如诗借助于歌而广泛传唱，精美的歌词通过传唱流传开去，这也是诗歌表现流传的一种形式，上网写诗也应是一种形式。而不是时代变了，你还独自地在那里强调一成不变的诗歌艺术表现形式，强调永衡的诗歌审美范式，那肯定是极不妥当的。也就是说，诗歌创作也有一个创作观念的与时俱进问题。只不过我们要清楚地看到，在一段时期诗歌在反映时代社会生活方面存在着简单化、机械化的倾向，从而削弱了诗的生动感人的艺术力量。我们认为诗歌创作发展的完美格局或形态应当具有两条线，一条线是关注时代、关注社会，感同身受地去理解、融化时代生活，血肉相融地反映社会生活，这一方面可称之为社会关怀；同时，在社会关怀的同时，还应注重生命本真情态在社会生活中的感知与觉悟，这可叫作生命关怀。只有以生命的本真状态去感受、体验、反映时代生活，才能够写出感人的东西来，才能在诗歌创作过程中和诗歌作品里表现出深厚浓烈的人本情态。应当说，当下的诗歌审美情态和评价标准应该是对社会人文的关怀和个体生命本真关怀的双峰对峙。因此，让生命感悟丰富生动的时代生活内容，让诗歌既充满广泛的社会关怀，又拥有深厚的生命关怀，二者水乳交融，才能共同营造出无比瑰丽和辉煌的诗歌审美境界，这便应当是我们时代对诗歌创作深刻的审美企望。在具体的诗作里面这二者应当是水乳相融，和谐共振，无法割裂的。更进一步说，只有当我们对处于特定时代中的生命真切的感知和高度的觉悟才能是高雅的感知，艺术的觉悟。只有生命地感知时代、时代生活所创作的作品，才能是艺术的、审美的，也才是感动人心的作品。

当时吕进先生还结合当年全国鲁迅文学奖诗歌类评奖情况来说明了这个问题。

当年评出的第二届全国鲁迅文学奖中的诗歌奖，就充分地考虑了这些审美要求，注重了诗与诗人对时代生活内容的关注与反映，同时这种反映必须是艺术地、生命本真地反映。如中央电视台杨晓民的诗集《羞涩》，就确实是来自生命的对生活的深刻感知，但同时又是艺术地反映着时代的社会生活，很动人。老诗人曲有源，写到五十几岁，他的诗中有着一种深刻的人生沧桑感，成为他对时代社会生活的生命感知，十分打动人心。如总装备部的朱增泉的诗，从一个独特的角度去反映了当代军人独有的精神风貌与精神意志，具有强烈的审美冲击力。曹宇翔的诗，以其特殊的审美视觉形成强烈的感染力。北京大学西川的《西川的诗》是现代诗代表作，它是借鉴现代派手法表现现代内容较好的一部诗集。

诗歌评奖其实就是一次无言的宣告，表明时代主流意识对诗歌文本的审美选择，也证明了我们的诗人和诗歌作品以其怎样优美的审美力量回应着时代生活的呼唤和要求。

品味吕进先生的深刻见解，结合今天的诗歌创作实践来看，诗歌的社会人文关怀和生命关怀应当是诗歌审美的时代要求，也应当成为诗人的艺术自觉。

（本文系重庆市现当代文学研究会第六届年会参选文章）

诗歌审美的社会关怀与生命关怀

（一）

时代社会与文学，尤其是时代社会现实生活与诗歌创作的融通关系，历来是文学作家和文学批评理论家、诗人、诗评家关注、考察和研究的重要课题。从一定程度上说，这是几乎每一个诗评家都不可回避、不得不思考和回答的重要课题。就诗人写作来说，处理好二者间的关系是一个诗人诗学观念积极进步与否的重要表现，甚至可以说，是其能否写出优秀作品的基础前提。

我国是一个拥有深厚历史文化传统基础和诗学传统的国度，源远流长的诗歌创作传统，形成了独具特色的审美观念和深厚博大的审美认知体系。历代先贤们在对诗歌创作与时代社会生活的关系方面做过深入细致的研究探索，形成了优秀的诗歌创作传统。从宽泛的文学理论来看，从刘勰"文以载道"的主张，到白居易的"文章合为时而著"呼吁，都揭示了包括诗歌在内的文学样式反映和表现道与时的关系的重要性，表现了先贤们已充分认识到了，时代社会生活与包括诗歌在内的文学样式创作所存在的神秘而又紧密的关系，认识到了处理好二者间关系的重要意义和作用。

然而，当我们深入分析传统的诗学理论传统遗存时，不难发现，这个话题并未随传统理论的丰富而终结，而静止。相反地，而是随着时代社会生活的不断发展进步而不断地深化发展、延伸、丰富。即使在某些时期，因其他因素影响，这方面的研究思考和分析出现中落，而当到了一定条件成熟的时候，一些积极的文学理论家、诗评家又会自觉地加以延续和深化。

正如近代著名学者、文学理论家王国维所概括的那样："一代有一代之文学"。我们理解这里的"一代有一代之文学"，不仅指有一代的文学样式，也还同时表明，随着时代社会生活的日益丰富和发展，一个时代的社会生活和自然地要求着与此相适应的文学内容、文学精神和文学形式。王国维所做的概括表现了文学艺术作家和文学理论家们试图极力在时代社会生活与包括诗歌体裁在内的文学创作的天地里梳理和寻绎艺术的流变机理，寻求反映生活抒写心情的最佳契合点，从而引导诗人创造出与时代社会生活相匹配的辉煌的文学作品。

总而言之，时代社会的现实生活对诗歌创作有着怎样的定型铸塑，时代社会的现实生活对诗歌创作在表现如何反映社会生活情态方面有着怎样的企望与诉求，诗歌作品应当以怎样的精神品质去深刻地回应时代社会生活，应该说是诗歌创作的一个"哥德巴赫猜想"，是每一个诗人和诗评家都要必须回答，也是每一位诗人感兴趣的话题。

（二）

近年来，吕进[①]、郑敏等一批诗学家的诗学史理论研究著作揭示了一个现象，在我国新诗的发展历程中，有着一些明显的阶段性特征。

20世纪80年代中、后期到90年代末期以后，我国诗歌发展又确实出现了从低迷走向高潮的迅猛发展期，一大批勇于探索的新秀，对诗歌写作从内容到形式、技巧方法等多方面进行了有益的探索，给诗歌写作带来和引入了全新的审美观念，诗坛呈现出崭新的发展格局。既有创作实践又有理论主张的新锐诗群悄然兴起，民间诗派、诗群社团趋于活跃，在某种意义上说，进行了传统审美观念与现代人文精神的熔铸与新造。这种崭新的诗歌创作的艺术审美状态有力地推动了诗歌的向前发展。

由于丰富繁荣的反战态势，这时又出现了对诗歌一味成为政治工具、口号的反叛，矫枉过正的现象；一些诗人把单纯地表达个人内在体验甚至一己情怀为快意，诗歌作品失去了对社会生活的基本关照，甚至成为个人情感欲望宣泄的载体。一句话，诗歌的社会价值逐渐远离社会生活对它的深刻期望，诗歌在一定程度上没能很好地回答社会生活对它的期望与诉求。

在此扑朔迷离的探索历程中，这一时期，福建、广东、北京的一些锐意探索诗人们打出了在表现传统与表现生命个性间的"第三条道路"等的旗号。毫无疑问，这表现出了诗歌写作的迷茫与困惑。

针对这些诗歌发展的历史现象，在诗歌评论界也出现了不同的意见。有一种观点认为并主张，中国新诗自20世纪90年代末以来，诗歌创作已经在悄悄地走向一个新的艺术高度——80年代的诗歌注重向各种流派学习，更多地关注的是社会性的东西；而进入90年代末以来的诗歌在艺术性上却更成熟了：即社会化的东西在不断地减弱，属于诗歌本质的东西却增加了……"诗从内到外体现着诗人生命的律动……它是对生命发展的感知与领悟"。甚至有人认为，这证明了90年代以来诗歌创作的活跃兴盛和预示一个新诗创作高潮的来临。

简而言之，这里所标明的观点主张以牺牲诗歌表现的社会性，增大或者完全表现诗人的个体生命感受来实现诗歌写作的进步。这就为如何正确地认识和评价这时段的诗歌创作带来了值得认真关注和思考的问题。诗歌如何体现自身的时代精神价值，就成为了十分突出的问题。

就诗歌写作者方面来看，也有一些诗人感到了迷茫。"就在这样一个很长的时间里，我们的诗人深陷'怎么写比写什么更重要'的误区，过分地强调了诗歌技术性的重要，而忽略了诗歌作为一种文学形式的社会责任和作为诗人的社会担当，忽略了我们究竟该写什么的深度思考。这些年来，作为文学的诗歌几乎齐刷刷地朝着'纯粹'的方向一路狂奔，远离人间烟火，远离了滋养诗歌的土地，包括业已成名的诗人，面对现实生活的痛处、生存状态的无奈，已经视而不见、充耳不闻，缺失了一个诗人最应该具备的冲动和悲悯，很多人对现实麻木不仁，却无比自得、无比悠闲地陶醉在自娱自乐当中。这个事实不能不说是当下中国诗歌身处边缘的一个更为重要的原因。诗人疏远自己家园,诗人无视国计民生,诗人忽略百姓疾苦,不断地重复别人的同时重复自己。"

这样一种写作状态,让诗歌走到不食人间烟火的边缘。

《星星》诗刊主编、诗人梁平[④]对诗歌写作的这种现状也颇有认识,他指出:"中国诗歌走到今天需要来一个转体,需要重新找回对社会责任的担当。这是我给我的同行们的呼吁,也是作为一个编辑、一个诗人的良心和责任,以此共勉。"

诗评家们这样指出:"从80年代后期始,新诗渐入困境,精神重建中的某些偏颇因而就暴露在人们面前,主要表现在新诗的社会身份和承担精神的危机。在艺术上有了长足进步的同时,新诗又在相当程度上脱离了社会与时代。""重建诗的承担精神,在'诗就是诗'的前提下,增添诗的社会含量和时代含量,从而保持在新世纪中的发展,这是有责任感的诗人和诗评家的共同担忧和共同思考[②]。"

吕进针对部分诗歌写作存在的问题指出,新诗的致命之伤:缺乏灵魂。诗歌没有精神就如同人没有了灵魂,如同行尸走肉。在第四届鲁迅文学奖评奖结束后,他义正词严地指斥道:"诗歌的存在只有在它所承担责任的独特性和需要中存在,中国诗坛目前的问题往往是诗人沉溺于自言自语,甚至充斥着自恋[③]。"

针对诗歌创作的这些重大命题,2004年,吕进、骆寒超等一批诗学理论家就提出"新诗需要二次革命"。"一次革命"的主要美学使命是"破格","二次革命"的主要使命是"破格"之后的"创格",即如何在民族性与世界性、艺术性与时代性、自由性与规范性中找到平衡,在这平衡中寻求广阔的发

文艺评论集　063

展空间。由于新诗的第二次革命问题针对了新诗发展的实质，以"新诗精神重建、诗体重建、诗歌传播方式重建"等重大问题为主要方向，一提出就受到新诗创作、批评与研究界的普遍关注。2006年9月24日至28日，西南大学中国诗学研究中心、中国新诗研究所和《文艺研究》编辑部在重庆主办"第二届华文诗学名家国际论坛"，来自十多个国家和地区130位诗人、学者以宽容的学理气息、开放的学术氛围，发表一系列颇具针对性的论题论点，为更加清晰、全面地认识"新诗二次革命"的意义和作用，为将这个理念贯彻到具体的诗学建构与诗歌创作中起到了极大的推动作用[5]。

由于这种讨论的持续和深入，一大批老中青诗人也纷纷倡导和呼吁新诗的精神建设问题。

中国诗词学会会长郑伯农在"诗歌的时代精神与大众审美"第二届中国诗歌节论坛上声情并茂地指出："要正确处理诗歌和时代和人民群众的关系；正确处理诗歌领域中各种题材、形式、风格、流派的关系。"

2009年4月，由首都师范大学的王光明教授发起组织，首都师范大学文学院、首都师范大学中国诗歌研究中心联合主办"诗歌与社会"学术研讨会，40多位来自高校和科研机构的诗歌研究专家学者和诗人以"诗歌与社会"为主题，就文学的公共性与自主性的关系、诗歌的社会功能和社会承担、诗歌如何面对重大社会问题、诗人在当下社会如何自我定位等诸多有意义的学术问题进行广泛而深入的研讨。王光明教授《诗歌与社会关系的重建》对怎样重建诗歌与社会关系的问题，认为应从三方面入手：一是有情怀的诗人心中要包容整个世界；二是应该从生命的价值立场出发去关怀社会；三是从历史的记忆和语言的可能性两方面去重建诗歌与社会的关系[⑥]。

吉狄马提出了"诗的时代困惑与出路"，指出"时代的多元化、网络化、后工业化……"诗歌的出路应该是自觉重建人类精神世界，重塑诗歌反映时代，感召人类心灵的光辉形象，发挥诗歌的重大作用的深切期盼以及"诗的时代作用""诗的传承与时代创新"等[⑦]。

在一些重要诗论中也从多方面进行分析探索，"在当下困顿的诗坛，重提现实主义其目的就是为新诗精神重建找一条道路，使得新诗精神重建变为现实。"

"作为心灵艺术的诗歌理应在这个大时代背景下对嘲弄意义、反对理性、解构崇高、取消价值的思潮承担起自己的美学责任，创造中国诗歌的现代版本和现代诗歌的中国版本。应当指出，中外优秀的诗歌无一例外地都具有'不纯性'——杰出的诗人不但要关怀艺术技法，更要关怀人的终极价值，发挥公共文化人、社会良知的功能，通过诗的渠道投入时代大潮，消解旧价值观，建构新价值观，参与对现实的'诗意的裁判'（恩格斯语）和人们'人诗意地栖居在这大地上'（海德格尔语）的精神家园的建造[⑧]。"

众多诗评家的共同观点都指向了诗歌写歌的审美精神，表明大家对此的追问。

（三）

就诗歌精神重建的多个方法论观点来看，近 20 年来，对这个问题持续思考并形成为比较稳定和巩固的创作理论体系及特征的是被称为"上园诗派"的一批诗论家所倡导的"上园精神"。他们所主张的现实诗歌与传统艺术审美相结合的诗歌美学观，体现和代表着中国新诗承前启后、融贯中西、博采众长，既注重诗歌传统美学精神的吸收，又注重社会生活时代元素和时尚元素表现的诗歌写作精神，代表着中国诗歌继承传统，借鉴西方，关注时代，注重性情的诗歌审美旨趣；符合并满足了中国大众对诗歌承袭传统的审美精髓，主动接受时代精神对诗歌写作的定向引领，让诗歌真正走向具有现代化的审美姿态，从而充分地满足人们对诗歌的审美渴望与期盼。

早在2002年秋天，著名诗评家、上园诗派的代表吕进刚从全国鲁迅文学奖评奖归来，他就深入地阐述了当下新诗的创作时代精神。

他认为，那种主张20世纪90年代末诗歌达到的高度的标志是社会化的减弱，而生命感知力的加强的观点显然是不够准确和全面的。诗歌不应以社会化的减弱为代价来实现单纯的艺术高度。诗歌作为审美功能十分强的艺术，它总是以对时代社会强烈关注作为审美的逻辑起点的。因为写诗的人总是在一定的社会时代生活，所感知反映的总是社会时代的生活内容和艺术形象，不可能超脱时代社会去感知生命。诗人所感知的生命，也一定要实现艺术的飞跃，不实现艺术的飞跃，就一味地感知生命，是没有任何意义的。假如一个诗人就孤立地在那里感受生命，他所写的诗谁去读呢。我们用今天的标准读诗评诗，仍然应看重社会效果和艺术效果，以社会化的减弱来强调诗歌生命的感知与觉悟，那是不全面的。我们民族有着一个优秀的文学艺术传统，那就是文学具有着广泛的社会教化功能，要感动民众，陶冶心灵。如果外敌入侵我们，你一味在那里感知生命行不行，显然是不行的。因此我们主张生动艺术地反映时代生活。当然这种反映不是呆板的反映，它应是各种形式，表现手法的运用，时代前进了、变化了，表现方式也应有所变化，譬如诗歌谱成歌传唱开去，这也是一种形式，上网写诗也是一种形式。而不是时代变了，你还单独强调一成不变的艺术形式，也是不妥当的。只不过我们在一段时期诗歌反映时代社会生活存在着简单、机械化的倾向，从而削弱了诗的艺术力量。他当即提出，诗歌的完美发展应具有两条线：一条线是关注时代、关注社会，感同身受地去理解、融化时代生活，血肉相融地反映社会生活，这一方面可称之为社会关怀；同时，在社会关怀的同时，还应注重生命本真情态在社会生活中的感知与觉悟。这可叫作生命关怀。只有以生命的本真去感受、体验、反映时代生活，才能够写出感人的东西来。

因此，这可说是当下诗歌艺术审美要求的双峰对峙。让生命感悟丰富生动的时代生活内容，让诗歌既充满广泛的社会人文关怀，又拥有深厚的生命关怀，二者水乳交融，才能共同烘托出无比新丽和辉煌的诗歌审美境界，这是我们时代对诗歌创作的深刻期望。在具体的诗作里面应是二者水乳相融，和谐共振，无法割裂的。只有对时代的生命感知和觉悟才是高雅的感知，艺术的觉悟。只有生命地感知时代，时代生活才是艺术的审美的，感动人心的。

吕进还结合全国第二届鲁迅文学奖的诗歌评奖来深刻地阐述了这个问题。

他说，全国鲁迅文学奖中评出的诗歌奖，充分地考虑了诗人对社会人文关怀与生命关怀的审美要求，注重了诗与诗人对时代生活内容的关注与反映。评委们一致认为，这种反映同时必须是艺术地、对生命活动的本真地反映，如中央电视台杨晓民的诗集《羞涩》，就很好地说明它确实是来自生命的对生活的深刻感知，但同时又是艺术地反映着时代的社会生活，就很感动人。老诗人曲有源，写到五十几岁，他所写的诗歌作品中就有着一种深刻的人生沧桑感，有他对时代社会生活的生命深刻感知，十分打动人心。又如总装备部的朱增泉的诗，从一个独特的角度去反映了当代军人的独有的精神风貌与精神意志，具有强烈的审美冲击力。曹宇翔的诗，以其特殊的审美视觉形成强烈的感染力。在具有现代诗特征的代表作方面，评选出了北京大学西川的《西川的诗》，它是借鉴现代手法表现现代内容较好的一部诗集。诗歌评奖毫无疑问是一次无言的宣告，表明时代对诗歌文本的审美选择，也证明了我们的诗人和诗作以其优美的审美力量回应着时代的呼唤和期望。

对此，吕进在他后来的诗学著作和论文中做过较为充分的论述，他指出："一方面，诗是一种社会现象，诗人总是属于自己的时代；另一方面，关心中国改革开放的中国读者要求诗不仅具有生命关怀，也要具有社会关怀。""中国诗歌史、新诗史上的不少名篇佳作都是以艺术地关注社会、拥抱时代获得读者承认和喜爱的。拒绝所有社会和时代维度的诗学和曾经长期流行的庸俗社会学诗学一样片面而荒唐。诗不应充当政治和政策的工具，但是也不应与社会和时代脱离，更不应将此一隔离当作诗的'纯度'。当下的中国正处在文化转型的剧变期，政治文化、体制文化、意识形态文化以及狭义文化都在发生巨变。文化转型冲击着小生产的习惯势力及其思想方式、行为方式、生活方式。促进竞争、创新、效益、个性等新的观念产生，但是它也易于诱发道德评价的失范。"

对于诗歌与政治的关系，应当认识到："诗通过对生命的体验发挥政治的作用又影响于政治，诗以它的独特审美通过对社会心理的精神性影响来对社会进步、时代发展内在地发挥自己的承担责任，实现自己的社会身份，从而成为社会与时代的精神财富。拔掉诗与社会、时代的联系，就是从根本上拔掉了诗的生命线。诗歌园地里正常的生态平衡是：有大树，也有小草。由诗的文体可能有所规定，除了国难当头，一般情况下，相当部分诗歌作品肯定不宁愿选择社会和时代的重大事件作为直接题材，更多的诗是对人性、人情、人道、人格的咏唱。但是我们可以发现，生命关怀的诗作之所以优秀，就在于它们往往有两个通道保持着与人群、人际、人世、人间的连接。

第一个通道是它们的普视性。诗的生命在诗中，而不在诗人的身世中。诗人发现自己心灵的秘密的同时，也披露了他人的生命体验。他的诗不只有个人的身世感，也富有社会感与时代感。这样的诗人就不会被社会和时代视为"他者"。对于读者，诗人是唱出"人所难言，我易言之"的具有亲和力与表现力的朋友与同时代人。难怪朱光潜要说："普视是不朽者的本领。"

另一个通道是诗人的自我观照和内省。诗离不开诗人的个性张扬。但是，这一张扬显然要以自我观照和内省为条件。对于诗人而言，自我观照和内省的过程就是以社会与时代的审美标准提炼自己，提升自己，实现从现实人格向艺术人格的飞越与净化的过程。现实与艺术之间总是存有"缝隙"。现实不等于艺术，现实人格不等于艺术人格。作为艺术品的诗歌是否出现，取决于诗人对自己的提炼程度，取决于诗人的艺术化、净化、诗化的程度。1929年，闻一多在一封致梁实秋的信中这样称道宋代诗人陆游："放翁真诗人也。彼盖时时退居第二人地位以观赏自身之人格，故其作品中个性独显。""观赏"二字的分量是相当重的[9]。

毫无疑问，到目前为止，这是对诗歌与社会人生的关系最为准确的阐释。

诗歌写作的社会人文关怀，应当具有特定的规约内涵，它应当是在诗歌写作主体健康积极的生命关怀前提下，对社会生活的尽量广阔的关照，应当是在独创性、个性化的基础上去观照人作为族类精神的同感共识，去表达在特定环境下诗写主体的"个我意志"所能关照到的"群我情怀"。而不应当是诗写主体意志的盲目拔高，成为不可一世、唯我独尊、仿佛具有博大无比普世精神的救世主，然后写出导师或牧师般的通用诗篇。

同样，诗歌写作的生命情感关怀也不是抛却、忽视和掩藏诗歌写作深厚博大的社会人文内容，把诗人个体的生命意志等同于低级动物，用语言符号垒砌个我生命的嗟叹、呻吟，忘记、忽略人作为族类所共同、所应有的普遍情感和意识。甚至如吕进指出的那样，诗坛充斥着诗人个人的自言自语和无聊的自恋。

今天在大家深入讨论新诗精神重建的时候，在诗歌写作与社会人文关系没有很好解决的前提背景下，深入地理解诗歌写作中的社会人文关怀与生命关怀的审美精神，对我们进一步地把握诗歌写作的时代特征会有重要意义，这样才能够很好地回应时代社会对诗歌写作的深刻期望。

注释

①吕进：《论中国现代诗学的三大重建》《文艺研究》2003年02期。

②⑧⑨令狐兆鹏：《中国新诗重建的方向：现实主义精神》《当代文坛》2004年第06期。

③人民网：《关注时代和低沉百姓，走向成熟和大气》。

④梁平：《诗歌：重新找回对社会责任的担当》载《星星》2006年第1期。

⑤向天渊，熊辉：《新诗再次复兴与审美范式重建——"第二届华文诗学名家国际论坛"综述》。

⑥⑦常丽洁：《"诗歌与社会"学术研讨会综述》。

2009年11月2日于成都

灯下诗语

一、读诗与评诗

诗评者与读者、作者所共同的，就是追求对诗美的深刻共解，实现审美愉悦的满足。而难点在于，诗美不是单一的因素，它是一个完整的系统。任何诗评者的解读很大程度上都是一种单一和片面，它与读者所异的是目的不同，或许有深度的不同。诗评者所据以评析的是根据一定的理论尺度和理论期望来作为参照尺度的。诗评的同时，又要力戒自我理念的强烈介入，而是在抒写自己直觉感受的同时，尽量冷静地按其理论标尺作出评价。而读者读诗所据以作为参照标尺的是自己的强烈人生感受和审美经验。可以说，诗评者读诗的审美活动是自觉的，而读者读诗的审美活动是任性，随意的。审美活动的最终目的也是不同的，诗评者是达到理性的判断，读者是达到审美的满足。

二、写诗与读书

一作家在谈论读书与创作时介绍有一青年诗人一年有三分

之二的时间在读书，三分之一的时间写诗。其意是说，诗是从书中读出来的。一段时间，我们强调作家诗人的"文化"，这是值得思考的。有目的地读一些书，充实自己的底蕴，是必要的，又尤其针对动乱年代过来的作家，以补这方面的不足具有特别的意义。但是我们倘对此作过分的强调，实际是会误解诗歌创作的。诗，可以借鉴于书，从中获得技巧或灵感。但书，绝不是诗的母体，生活才是诗最丰美的母体。诗人臧克家先生在总结50年的创作经验时，得出一个真理："生活底子越厚，感受越深，产生的作品也就越好。对生活不能深入，浮光掠影，或淡然视之而未深深打动，在这种情况下写出来的东西就浅薄、粗糙……"

"一个作家艺术表现力的强弱，固然离不开技巧，多方借鉴，但主要是对生活的关照，生活越深，表现力越强，艺术离不开技巧，但技巧绝不是艺术。"我们进行艺术创作和探索，目的是表现生活。生活是艺术的源泉，这是一马克思文艺理论中最基本的原理。如若背离这一原理，势必导致形式主义的产生，技巧泛滥，而掩盖美的灵魂。历史上不乏这样的教训。清代，学研成风，而诗便掺杂强烈的学研味，一失娇艳动人的姿色，古板青涩。西欧，后期古典主义的漫延时，呆板的"三一律"成了创作的范式，活生生的生活经过一框，失去耀目的光彩。托尔斯泰针对形式主义风气指出：真正的艺术作品，只偶尔在艺术家的心灵中产生，那是从他所经历过的生活中得来的果实，正像母亲怀胎一样。

诗，是诗人感受现实生活时，引起的心灵颤动，主观感情与客观景象的高度契合，它是美的宁馨儿。从书上引起哪怕千种万种的创作欲念或灵感因子，所写成的东西也最终不是诗，至少不是好诗，只有在丰富生动的生活中培植诗思，经过艺术的加工，才能结出甜美的果子。因此，诗人不能不经常读书，来充实自己，但也一定不能只读书，从书上获取诗感。因为诗需要生活灵感和智慧。

三、诗与诗美

古代诗论是比较细致的，讲究品评，主张味道和对诗的字句锤炼，选造意境诸方面都进行反复仔细考察，这些成果主要保存在一些诗话之中。现代诗论注意到了诗的整体性，试图有系统地把握诗的全部美学内容，可是无能为力，诗美的刷新和本身具有的美的内含太深厚了。

诗评家吕进将诗美要素概括为"抒情美、精练美、音乐美"，这是相当有创见也是准确的，真正把握了诗美的关键。但我认为，诗美是一种带有作者主体感受和表意意志与欣赏者的主体精神感受融合所形成的一种特征性很强的美学系统。就作者创作来说，包含了个性修养、哲学观点、胸怀抱负、气质追求等；对于读者所领受到的则是诗中透露出的感情、哲理、意境、音乐、图画、趣味。这样来观察诗美，便有一种立体感。

四、诗与生活

诗所理解所选择的生活，绝不是纯线性的自然的生活，绝不是由音、形、义所析取出的点到点的意义，而是多层次，多立面的彩色体。诗里所蕴含的生活，是兴奋的带刺激性的晨星在感情天幕上闪烁出的明媚光辉，瞬间的流倾，是诗的定格。

诗人单从某一点出发去抽离生活的内涵，那样会缚死生活，禁锢在自我设定的理性的黄壳内，无从再生。只有用心去体会生活在感情中的融解，才能凝练出真正的优美诗句。

五、独立与相容

对文人心态进行一些考察颇有一些启示：结友互勉者有之，相互提携奖掖者有之，相互吹捧哄抬者有之。而在文界中更有另一面：相互贬斥攻讦者有之，相互鄙视者有之。为此，有的当面称兄道弟，背后貌之小之的不在话下。常有些朋友谈论文道诗道，总指出某某不行，左有缺憾，右有不足。其实，文坛诗坛如百花争妍。诗人们需要的是相容与互励，在诗艺的探索上走向共同，没有理由互相拒斥。因为，时光有限而诗艺无限。

六、诗人与读者

还在"朦胧诗"初兴之时，一场关于读得懂与读不懂的争论便开始了。当时朦胧诗人舒婷的一句话很令一些人恼火："你的儿子们会读懂的"。这句看似简单的话，曾引起不少的躁动，气愤者有之，快意者有之，责备者亦有之。事实上，读得懂与读不懂，体现了诗人与读者间的隔阂。生疏、不解是永远存在的，不过是诗人与读者的隔阂的大小、深浅而已。从历史事实看，屈原的骚体有别于"诗经"，也不能说在当时读者接受意识上具有刷新以前的功能。历史表明骚体仍是优秀的诗歌作品。唐代李商隐的诗歌曾经被人们划为读不懂之列，然而也不能掩盖李商隐的诗的优秀内涵。这些历史现象都说明，诗人以其诗歌与读者建立的隔阂在历史是存在的，一定时期也是正常的。

从诗歌所表现的本质上看，诗人以诗歌与读者建立起来的隔阂，会在一定时间后自动消逝。原因是诗人的超前意识和审美选择与读者的当前意识缺乏沟通，只有当读者拥有了相应的审美意识高度，才能读懂诗句，读者也在读诗中提高。

七、诗感与诗美

写诗的行为苦乐共生。解读心语的时候，面临的是孤寂和凄苦。用文字去记录那转瞬即逝、轰然降临的激情，实在不是一件容易的事。要把写出的诗自己读得过去，然后想象读者读得过去，真可谓煞费苦心，要把诗写得耐读，达到再现优美心灵的地步，那也许正是诗艺的臻境。

还在20世纪80年代，我初向《诗刊》写稿，一位不知名的编辑在回信中强调："只感到一点不行，必须是对自然、社会、人生的彻悟，是心灵最生动的形象显影。"要写好诗就要"多读、多思、多悟、关键在悟"。这位编辑在肯定我的诗有良好的基础的同时，对我写诗行为的这番论述，成了我20多年来坚持的一个目标和尺度。了悟人生、感悟生活成了我思想感情的自我关怀。冥然了悟，至深至大中国诗歌艺术这诗境与禅悟相融相渗的审美规范，开创了功夫在诗外的诗写意志行为。我深深铭记导师吕进先生给我的题记：人生的诗，诗的人生。他主张，诗歌时代审美企望应当具有强烈的生命关怀和社会人文关怀。因此,我体会到耐读的诗句一定包含着博大的人文情怀,但文字不一定很晦涩,意象不一定很迷离,解读的路径不一定很坎坷。"独坐敬亭山,相看两不厌。"李白正是用最大众化易懂的诗语解读了盛唐的宏大气概。我的师长好友四川大学文学院长、著名比较文学专家曹顺庆教授曾对我说,用最浅易的语言去揭示最一般的道理,才是真功夫(大意)。我想,诗也应该用最易懂的语言去揭示最一般的审美情态,去解读情心,言说感悟,才是最优美的诗语。我朝着这个方向努力。

八、真情与矫情

诗歌在用最美好的语言抒写心灵时,常常会出现矫情的现象,一些本来鲜活明亮的生活事实为了某种表达的需要而被表现得玄妙莫测,一些本来深厚质朴圆润的意象为了艺术和含蓄常常编织得让人只有转弯抹角才能领会。于是诗人在诗思情态中形成为独禹和自豪,形成精神的贵族。

其实,诗无须被矫情装饰,只有当它凝含着饱满的时代生活的灵性和气概,自然与清纯,带有更大的解读性,才是美的,才是大家的。中国传统美学中的整体性原则,对诗美是适用的,它强调,构成诗美是各个美感因素共同作用于读者的意识,从而形成一个模糊的晕轮状态审美情态,这时的诗美实际是感悟而不能言传的。任何一种对诗的解说对诗美来说都是片面的。就此而言,诗美总是不心地越过形式的雕琢,语义艰涩,意象的晦深,思想的尖锐,情感的外露而趋向极致。这种极致不是诗人外化的产物,而是诗人自身生命情态对人生社会等触及生命过程的挣扎、困惑、欣喜与忧虑的"我性"观照,是诗人自我心灵寓于生命的困惑，郁集或欣喜，狂欢的情感，对外界某种景、事、情的联通所产生的物化载体。此时，语言与形式都是僵死的外壳，唯有诗美——生命的原本活力对时代生活、社会自然情景的照射，才是唯一真实可信，值得尊重的。

在生命情态这个博大深厚的意域中，诗美获得了生长繁荣的两个方面：一是诗美的"我性"独创，表达出自我生命个性，特定情境的感受，具有独一无二的情感素质，建构起诗的风格特征的审美封闭系统；二是诗美的"公众解读性"，即读者凭着自身生命个体的真实体验，并调动相同相关的人生经历，以及个性特质、认识方式、情感态度等方面因素接受诗歌文本，形成心灵意识的再创造。这种解读不仅融合了原诗文本中的生命情态，更结合读者个体生命情态所产生的新的审美情境。就此而言，千人读诗，应有一种感受，并且这种感受既有自我独具性，也有瞬间性。所以读者选择诗歌，也如诗歌选择读者，合情合理。

不少诗人在舍弃通过各种切入诗美的个性化、主观化和形式主义，走向生活的原本性。因为生活是生命存在的方式。生活的形式和状态很多，但其美的部分属于体验或经验的部分就让作者与读者得到精神的安顿，在通过生命存在的外在生活方式选择建构形成起来的诗美系统中，心灵得到超越尘世的净化，诗美得到了升华。

九、诗歌原型

诗写原型是一个很值得思考的话题。

原型，尤其是诗化了的生活原型，乃是诗人某个时空上认识生活的整体部分，是情境意志的载体。

诗写原型，就是被诗化了的生活原型，也就是诗人在认识生活时，情感意识一瞬间在某个时空上的整体关照，这个整体观照，它应当是情、境、意三者的综合构成的载体，也是诗人对生活原型的诗化感受和切取。当此之时，在这个整体的综合载体中，既有诗人个体带有强烈生命个体的生活意识，也有诗人作为社会群体的共通性或者叫作通观性。正由于有这两面的重要构成要素，这就丢弃了诗歌写作中的片面理性，即单纯的自我个体化理性阐述或者倾诉现象。

写诗，就是对其自身诗化感受的切取、展现；其既有个体的生活意识，也有群体的通观性。这就是诗人弃绝了诗歌表现中的片面理性，单纯的自我情感化现象。诗人的职责就在于感受到或指明生活中的这种美的状态的存在，无须掩盖、扭曲生活中本来的美的情态，从而去揭示生活中诗歌艺术审美情态本来真实的存在。

诗评家吕进曾经提出：生命意识和人文意识是诗歌审美两座对峙的山峰的命题。可以说吕进先生的这一说法，介入到诗美评价的本质领域，任何诗歌写作都是一种生活状态的有感而发，是生命意志的情感外化表现，任何诗歌作品都是一种生命意志的外在表现，诗美也就是作者所感受到和所表现出的生活意志之美。

十、诗歌世界的构成

在一种谐种中，世界、人、诗歌、耸峙为三。诗歌乃是人之灵魂对庞杂世界的自我辚取和观照的结果，是人类其天得到安顿的灵魂感发于世界，借助于艺术的灵光来舒展自由的羽翼，造设出对于真实世界的假想的艺术世界。这个世界就如童话中的林中小茅屋，着红衫的小精灵于此得到对于生活的超脱和宗教式的皈依，难怪形形色色疲惫和昂奋的灵魂都对此产生渴望、兴趣和崇高。

于是，诗人是一个假设世界的建筑师。他要借此目的，走向人世的对岸，去领受那片阳光覆盖的，春风浸润的，芬芳熏染的灵境。精神被对岸那弥漫的光耀烘托成光芒四射的太阳，氤氲眩目时，缪斯飘然而至，抚着痴望的光头说：此时有诗，这应当才是写诗的最好时机。

优美的诗便诞生于灵魂在极度自由状态下，内心精神对客观的我性观照。客观的景象、意象被自我的情感观照包孕、炼造、镀金、点燃，诗人与客观外物一起燃烧，一起涅槃了。

据此，诗人又不得不在诗中借助现实生活的灵光翠羽垒砌的台阶，用生活的原型片段来显示出格外的生机与灵气。因为这些原型乃是诗人饱富情感，极具自由的精神所进行的浸润与选物，这是栖息着精神的歌唱。这时，外界生活的原型片段，不再是苍白的，孤零的，背离人之心境的片段原型，是读者就此领受诗世界绮丽风光的诱引线和路标点。

十一、诗歌语言的返璞归真

诗世界中，语言被返真到质朴而实在，一切被框范过，规律性地被多重使用的非个人化语言，统统无用。因为，它是诗人从灵魂的瓦罐中汩汩流出的，因此，它甜美无比。

在诗的侧面，诗论同样在作一种假设世界的建筑，也许这种建设全然无用，然而又必不可少。因为诗人在诗的灵光照耀的对岸上早已忘掉了有如许繁杂的事物存在，正如亚当与夏娃根本用不着考虑禁果到底该不该吃的问题。也就是说，诗人创作的心灵中，不会考虑半点对诗的评价与分析问题。

十二、诗歌的文体认同

我们对文学体裁形式的认识是通过两个方面来认识的，即具有外在形式的比较和它内在形式的感受。外在形式的比较是横向的，它的最终归结点是找出与其他艺术体裁迥然不同的特殊框架；去掉那些与其他形式相同的部件。而从内在形式的感受方面看，就不是通过比较来认识的，而是用心感受到的一种形式的内在活力。它是这种形式所引起的审美心理的一种动态律动。它是纵的方面，具有纵深的历史继承性。就此而言，文学体裁形式实际最终决定点与之所形成，所运用的时代生活内容息息相关，而社会生活内容在人们活动的社会心态底幕上投入与其他时代毫无二致的影像，故"在心为志，咏歌为诗"。这也许就是一个时代相对地具有一种新的文学样式的孕育成功或使其萌生的缘故。

承上，我们谈论形式的最终归结点是人们对社会生活内容，包括生活的丰富复杂程序、生活的快慢流程、生活的交叠层次等系统内容的观照和反映。正如台上有淡光薄烟，仙乐神曲，便会使人轻歌曼舞；台上有霞光流彩，雷鼓阵阵，就有投足挥手，狂乐不止。这种协调性，正是文学样式与生活样式相谐和的浅喻。

因而，我们认识诗歌的形式，就不能离开时代生活特征来抽象地片面地谈论它的历史继承，也即是谈论它的相对独立性。封建社会，经济相对封闭，人们从事的是牛耕力种的事业，因而歌咏田园风光的音调当然就悠扬典雅。唐代之作往往不拘一格，与当时的家国富庶的恢宏气度，纵恣不拘的形式是相吻合的。而宋词的兴奋从而达到高峰，说明人们在要求继承发展生产，思强图社会形势下的含蓄性心理形式韵味跌宕，音犹未尽的文学作品样式来表现生活。

今天的新诗，呈现出自由灵活，纵放自如的局面，需要一种与之相适应相谐和特点。甚至语句叠错，意象交差，思维层而回环，画面的隐显化入，节奏的加快，不能说不是今天代生活使然。可以说，人们思维流变的增大，对生活敏感性的加强，感情的加聚，思想、情感正朝着挣脱一切束缚表达心意境层次飞翔，新的形式就变得巩固和持久，与之共振与谐和。我们不能不承认，一种形式的趋向孕育或成熟、稳定，是文学在时代生活面前充满青春活力的表现，是它生机勃勃的象征。

对于新诗，我们有理由预言和肯定它将有不同的具体形态出现，但自由灵活的格式是其共同点，那种趋向于一种固定格式的框架构想是不会实现的。

因此，我们在形式上完全可以指出，不拘一格，自由灵活，体现诗的内在节律，语感和情致，这就是诗，尤其是新诗。

要用诗的外在形式来回答它是诗，尽管可以论证形式终究也是时代的产物，如维纳斯可以随不同时代的物质生产水平不同而用铜用玉来制造一样。不是它的本质决定因素，形式是内容的表现形式，内容是时间性的，显动态呈复杂性、多变性，同时也是心理情感所滋生的。而形式是空间性的，显静态，呈单一性，趋向相对稳定性，是相对外观形态的阐述，是载体。所以，我们对诗就是诗的认识还得深入到诗的内容上进行更深的认识讨论。

无论是我国古代的意境说，还是神韵说，还是外国文论中的模仿说，其目的都在于试图探讨诗歌内容构造的奥妙。纵观古今诗论，那些三言两语的感触与揣摩，无不具有一些遗憾，就是对一首诗进行的不是整体评价，而往往就某一个方面，或某一点闪光的感触来认识的。如意境说实际强调的是诗中作者主观情感对所表现对象的客观观照所形成的孤立画面。而诗，它起码是一个情感表现的完整系和它包孕着的作者对生活的深切感受，是客观外物与内心感受的扑跃。这种表现浸润着作者的人生修养、品格气质、忧乐情绪。如果戈里说，好的作品，只偶尔在作家心灵中产生，那是他全部经历所孕育的果实，正如母亲怀胎一样。所以我们说一首诗的产生是作者心灵中采摘的珍珠，它的光泽来自作者的全部神韵。若用机器来进行单项分析，肯定显现出复杂性来和多面性来。同时，就接受对象来说，欣赏一首诗也绝非被动地接受，它往往与读者的人生体验、感情气质，甚至心中的隐秘结合起来，使读者阅读时产生强烈的情绪性思考，对原诗所提供的文本进行初创造，唤起与作者思维相重合的情感逆行轨迹。这是读者读诗常叹息流泪的原因。因而，我们肯定地说：读诗时的感触绝不是一种或几种感性情绪。

十三、诗歌的民间认同

某：诗人应是民众的一员，深刻地感知他们的生活，然后以歌唱来唤醒他。就此而言，来自民众的歌谣，也许是最生动、鲜活的诗歌。

李：本命题涉及的问题大致有二。一是深入前几年争论不休的小我大我的理论纠缠之中。这是随朦胧诗讨论深入而成公断的；诗没有理由不关注属于自己丰富内容的客观社会。任何文学都逃不脱时代精神的定向塑造，给打上时代印记。虽然这印记有时偏离文学发展的自身特点，但毕竟它属于时代。诗人最为困难的，也许正是怎样确立极具主观性诗人与社会代言人的角色，这不仅是一个艺术创造的重点问题，更是一个艺术美学的永久性命题，或许可说是诗人追寻的美学极致。

二是该命题在角色上有主体自重的盲目性。我们在观念意识上否定救世主，而在艺术创作中又主张救世主，这是我们以诗人的角色出现还是以批评者、预言者的身份出现的问题。民众中的美是靠我们去感知、吸取、决别，再加以升华，从而给大家以美的创新满足，给灵魂以淘洗与净化，实现其自身功能。主体精神不应是立足去唤醒民众，这也许是马克思主义美学最基本的命题：即认识功能与教育功能是来自美感功能，美愈强烈，教化功能愈大。诗人就是诗人，不是救世主、批评家与牧师。夸大艺术的作用到绝对，是失去艺术。

某：诗人间应有相对的相容性。

李：当今诗坛，探头探脑者用数以万计来表述一点也不夸张，读诗的往往是写诗的。这种现象表明诗坛正进入魔圈，然而历史是无情的，它终将淘汰一批，肯定一批，那些经得起历史检验的方称得上真正的诗人。

十四、诗歌与自身情感

诗歌写作是诗人感情的自然流露。

诗写主体——诗人面对某种独特的诗写感受，总是要选用最好的、最恰当的语言来表达自己丰富的内心情感体验和感受，组织成为诗歌作品——就是由于这种选用最美好的语言抒写心灵、表达感受和体验的时侯，常常会出现"言过其实"的矫情现象。一些生活事实在诗人那里为了某种表达的需要而被表现得玄妙莫测，一些本来深厚质朴而又圆润的意象为了自己艺术表达委婉或者含蓄的需要，常常组织的语言让读者只能转弯抹角才能领会到其中的原义或者本义。也就是说，一些本来鲜活明亮的事物，一份本来光明莹洁的体验，由于用语的矫饰，从而变得"词不达意"，所写出的作品离诗人自己所要表达的情感意志形成解读效果上的距离，或者诗人自己了然于胸，而读者却如梦似雾，不胜了了。

这一方面造成诗的晦涩难懂，寓意朦胧，在读者那里由于难懂而遭到阅读排拒；另一方面在诗人那里，产生"你读不懂，你的儿子会读懂的"独尊和自赏；诗写主体从而在诗思的美意情态中形成为孤傲和自豪，形成自我欣赏的精神贵族。

其实，从诗歌文体表现生活的事实来看，诗歌是无须矫情掩饰的。她是在诗歌写作的文体规约思维中对诗写主体感物起事感情的自然摹写或者质朴天然地流露。就此而言，只有当诗歌作品凝含着饱满的时代生活的灵性和气概、自然与清纯，获得最大的解读可能性，才具有真实感人的美学力量的，才能成为能够被大家接受的好作品。

中国传统美学中一个重要的审美原则就是注重审美过程中审美事物的整体性。它强调，审美构成的各个美感因素共同形成审美整体，从而作用于对艺术作品解读者的情感意识，形成一个既模糊又清晰的晕轮审美情态；当此之时，我们所说的美感实际上是可感悟而不能言喻的。这对于诗歌艺术审美来说也是非常适用的。其实，任何一种对诗歌审美意象的片面解读，对诗美来说都是不恰当的。就此而言，诗歌审美总是会小心地越过形式的雕琢、语义的艰涩、意象的晦奥、思想的尖锐、情感的直白外露而趋向审美极致的。这里所说的极致不是诗人情感单一外化的产物，而是诗人自身生命情态对人生社会等触及生命行程里诸如挣扎、困惑、欣喜与忧虑的"自我个性"观照，是诗人自我心灵寓于生命生存状态或困惑，或忧郁，或欣喜等方面的感情，在外界事物中就某种景、物、事、情的联想沟通，从而形成为物化载体，用语言作为材料、以诗歌文体为载体表达出内心的独特感受。而此时，语言与文体形式都是僵硬的外壳，唯有诗歌审美——生命个体对时代社会生活原本活力四射、对自然事物圆润通透的情景关照，才是唯一真实可信感人至深，才是能够值得阅读者十分尊重的审美要素。

进一步从阅读审美情态来看，在生命情态这个博大深厚的意域范畴中，诗歌之美获得生长繁荣具有两个重要的方面：一是诗美的"我性"独创，也就是诗歌要表达出诗写主体自我生命个性在特定情境中的独特感受，这种独特感受具有着独一无二的情感要素，并通过这种感受和体验的表达建构起诗歌审美风格特征和相对封闭而又独立完整的审美系统，从而对读者形成独特的影响和感染力；二是诗美的"公众解读性"，即诗写主体所写的诗歌作品要在读者凭着自身生命个体独特的个性化阅读的真实体验，并调动起与之相关、相协同的人生经历，以自我的个性特征、认知方式、情感状态等方面因素来接受诗歌文本的审美体验，从而形成心灵意识对作品所提供的情感体验范本内容的再创造。这种解读不仅会融合原诗文本中的生命情态，更会结合读者自己个体生命情态所产生的新的审美体验和审美情境。

就此而言，千人读诗，应有一千种感受，并且这种感受既有自我独具的持续性，也有个性爱好的瞬间性。

所以，我们说读者选择诗歌，也如诗歌选择读者，二者都是合情合理的。

现实的诗歌写作实践中我们不难看到，不少诗人在通过各种手法切入诗歌审美方面，总是会舍弃个性化、主观片面和形式主义等因素，尽量逼近生活的原本性——复原生活的本真。因为生活是生命存在的方式，生活的形式和状态复杂多样，诗歌表达也就丰富多彩。但诗歌艺术作品或者诗歌写作主体，总是用诗歌中美的——属于体验或经验的部分来让作者阅读感受与读者写作的情感体会在一种共有的审美体验中获得精神的安顿宁静和谐和共振。也就是说，诗人和读者在通过生命存在的外化方式理解和构建中，选择到和建构起诗歌审美的情境与物象系统，升华为诗美，从而获得心灵对尘世的净化和超越。

十五、诗歌的内涵解读

客观世界、诗人——诗歌意域下的人——写诗的人和阅读诗歌的人、诗歌——物化的诗歌作品、在一种谐种宁静中耸峙为三。

诗歌乃是诗——写诗的人和都市的人的灵魂对纷繁复杂客观世界自我观照、对客观景物自我遴取的结果，是人类灵魂赖以获得安顿，从而使灵魂感动外化于世界的结果。

人类总是借助于艺术的灵光来舒展自由的羽翼，创造和假设出超越真实世界的艺术世界。

这个假想出的艺术世界就如童话中的林中小茅屋，穿着红衫的小精灵，他们始终游走于人类精神的整个创造和欣赏美的历程中。人们也在这种假想的艺术世界中得到对现实生活负面情绪的超脱和对美好生活宗教式的情绪皈依，这也难怪在人类社会艺术创造和欣赏过程中，总有形形色色的或疲惫，或昂奋的灵魂都会对艺术审美产生强烈渴望、兴趣和崇尚。

于是，我们说，诗人是一个用语言、形象、意境作为材料假设和构造艺术世界的建筑师。诗人要借此目的，利用诗歌手段走向人世的对岸，去领受那片阳光覆盖的、春风浸润的、芬芳熏染的艺术空灵境界。然而，我们说的艺术境界和人们所祈求的意志精神又往往会被人世对岸那弥漫的光耀所烘托，反面而言，只有当人世对岸阳光四射，氤氲眩目时，缪斯才会飘然而至，温情地抚摸痴情守望者的灵魂说：此时有诗，这应当才是写诗的最好时机。

优美的诗总是诞生于灵魂在极度自由状态下，内心精神对客观的"我性"观照时期。客观的景象、意象被自我的情感观照包孕、炼造、镶镀、点燃，诗人与客观外物融为一体，一起燃烧，一起涅槃了，才能使诗歌获得超然的艺术审美价值。

据此，诗人又不得不在诗歌作品中借助现实生活的灵光翠羽达成的台阶，用生活的原型片段来显示诗歌作品格外的生机与灵气，从而去获得更大的审美价值。

因为被诗人选进诗歌作品的这些现实生活原型乃是诗人饱富情感、极具自由精神状态下感情浸润的产物，这是栖息着诗人自我自由精神、鲜亮灵魂的纵情歌唱。每当此时，外界生活的原型片段不再是苍白的、孤立的、零碎的、背离人之心境的原型片段，而是诗人力求通过诗歌艺术作品所构建的艺术世界绮丽风光的诱引线和指点，让读者获得艺术构建的享受，获得生命意志期望的自足。

十六、吕进的诗话

翻阅旧书刊，发现老师吕进先生写于 1982 年 9 月 19 日，发表在当年南充地区文联主办的内部刊物《嘉陵江》冬季刊上的六则诗话。其实这六则诗话我以前曾读过，但今天读来仍感到意义隽永、准确深刻。结合当年在南充读书时听吕进老师讲课所做的读书笔记，我更感到吕进先生对新诗研究的卓越贡献。于是，我挂通了吕老师的电话，与他展开了对话。（略）

十七、诗歌的豪迈与柔情

一位叫作无我的网友说：现在诗人再也写不出来谈笑间樯橹灰飞烟灭的豪迈了，铁血柔情只有柔情没有铁血的诗歌真没什么意思，难道现在的社会就不需要一些豪迈了吗？虽然这是个和平的年代，但是我们却始终不能放弃拼搏不是吗？谈笑间，樯橹灰飞烟灭。这是一种不怕困难的精神，你不觉得吗？一切困难都是纸老虎，不管学习、工作、生活、买不起房、娶不起媳妇，这一切的苦难都是纸老虎。不敢不敢，抬举我了。

我也这么想，但我更想追问自己，假如今天能够写出那样豪迈的诗句，到底需要什么样的一些条件，在假定中来思考一些是不是也很有乐趣呢？

谈笑间，樯橹灰飞烟灭——这句词，今天可以统称为诗，有怎样豪迈的内涵呢？我十分赞成无我的意见，今天肯定是需要豪迈气概的。并且豪迈作为一种艺术表现的范畴，不仅现实需要，而且就我个人的观察和了解，可能任何时代都很需要。我感觉你是一个很有思想能力和主见的人，想和你真心地讨论一些问题，增长一些见识。你对那句是的理解有思考，很好。但我还觉得有更深的艺术方面的东西在里面。也可能是你不愿意说出来罢了。很多人都是这样的，自己有很深邃的思想不愿意说出来，保持一种崇高的操守。

你这话是说，那首好诗够人一生去欣赏。但可能人一辈子会喜欢很多首诗的，而欣赏的可能就只有那么一首诗吗？看得出你很喜欢诗歌是吧？也可能是你不愿意说出来罢了。很多人都是这样的，自己有很深邃的思想不愿意说出来，保持一种崇高的操守。

我对诗歌的理解分几个方面，看你认为对不对。把诗歌作为一个无话的艺术品静态地考察，它分为读和写两个方面。但就都市来说，我认为它有几个方面或者叫作分几个层次。一个层次是有人把它当作无话作品，看看而已，觉得诗歌作为一种精短作品、格式独特，能在一些生活的间隙中就读完，同时觉得有些能读懂的诗歌那些感情的东西能够引起一些共鸣，觉得很好。这种我们不妨把他称为一般读者，或者叫诗歌消费读者。另一种是对诗歌这种形式有比较充分的认识，认为这种文学样式——其中优美的语言、充沛的情感、完美的意象确实能够给我们带来阅读的快感。我们不妨把这种类型的读者称为理解读者或者叫作诗歌的品读者。第三类读者我们把既写诗又读诗的评诗者归为一类。这类是个读者，往往会深入地里地去思考研究其写法。前几年流行一句话叫作写诗的比读诗的还要多，这就说明写诗和读诗的圈子几乎相等。这个层面的是个读者往往会是诗歌美的创造者。分了三个层面我们再来看诗歌真正内涵所在，我们对诗的理解和欣赏会客观一点。有人说，一千个人同读一首诗，就会有一千首诗的意向。

十八、诗歌的引导力量

2005年5月25日，翻阅《汉诗1987—1988》（二十世纪编年史）是在170页《欧阳江河诗五首》发现这张写于14年前的便言。

"10月15日晚，在我喝酒抵御山野的寒冷之后，我打开《汉诗》，顿悟，我与世界是何等的融合，我忽然明白，整体主义是多么和谐地存在于我们的思维和诗意之中。

于是，我淡化了我的世俗的荣誉，彻底与世界的原真状态合二为一。

我想我是一种升华。

我也忽然明白了，一位老师的语录：'超然于人们的意识之外。'"

从字迹辨认，系一位好朋友所写，他现在去了新疆。这段完整的文字告诉我们：一个年轻人在接受了相似的文体感染后，在生活中寻求着精神的寄托和人生的超越。

十九、诗歌的情态与意象

新疆罗仰虎在 QQ 群发表他 22 年前的诗歌作品《荒叶之舞》，并介绍说：他属于印象派，不刻意去找技巧。1990 年的某月某日，他一口气写下这首诗，当年他 23 岁，把沧桑看尽！22 年来，他没有再碰触过这诗！《荒叶之舞》暗合了他此刻的心情，从此不读诗。这首诗是他早期做诗人期间最满意的作品，现在回望，果然遗世独立！

他要求我作为好朋友对其发表一些看法。借助 QQ 群这个自由的平台，我也很想就诗歌的阅读和写作谈点看法。

初步读了罗仰虎的诗歌作品《荒叶之舞》，感觉手法还比较独特，用后现代的意象手法，借助飘落翻飞的荒叶表达了诗人内心的情感。整首诗抓住荒叶孤寂地炫舞，时间的河水潺缓流淌，生与死，灵与肉纠结难解，表现了诗人困惑迷惘，思考、寻找、突围的主题意向，很有意味。

但是，在诗歌表现的力度上还有待深化，或者说由于作者的即兴之作，临场发挥缘故，其中除意象表现比较完整以外，在诗歌的意境表现或者说意念的前后整齐统一完备上还有待加工。就是说，你要借诗歌表达的东西最好简略一些，明亮一些，不是让读者去找寻你的诗歌意境，而是让他们自然而然地就发现你诗歌的意境。

王国维说：一时代有一时代之文学。应当说诗歌是最具时代性的产儿，它除了反映时代生活以外，几乎没有更好的价值取向。但是，我们说的反映时代，不是去写口号写标语。巴金就谆谆告诫大家：最高的技巧是无技巧。因此，最优美的诗歌是心灵中流出来的，不是可以写出来的。

　　这里我想到了写诗的要素构成。从一首好诗产生的静态来考察，它的思维路径应当是：由诗的文本物化体借助阅读者经过某种意识下的选择由诗的文本阅读从而进入到诗歌作者所编织的情感、意象、意识等空间里，于是带着自己独特的感情、意识选择形成新的晕轮状态的意识情感，达到或者实现阅读的功利价值。这应当是诗歌文本解读过程的基本描述。那么，从写诗的过程来看，它又应当是：由诗人受到某种思想情感的诱发，产生了写诗的思想情感冲动，从而对事物进行统摄，"笼天地于形内，凝万物于笔端"，进入"精骛八极，心游万仞"的状态，从而着笔凝情，书写为诗。其中，有诗歌所涉及的物化客体，有诗人自我书写主体要素，还有诗人的知识背景、教育基础、受到某种诱因等条件的介入。一首好的诗歌作品，它是综合要素的构成体。作为诗歌写作的主体来说，除了以上的要素以外，我认为还与他的禀赋很有关联。比如一个本来就难以激发出诗歌感情的人，就很难以产生写诗的冲动，即或有了冲动也是产生为理性的或者其他的东西。以海子为例，他19岁开始写诗，在不到三年内写下几百首诗歌，并基本上都是好诗，这在其他人来说是不可能的，即使也写了几百首诗歌，但不可能都是好诗。海子的诗也几乎是一气呵成的。但他诗歌中纯净透明，那种生命底处所迸发出来的质朴情感给人以少有的、难得的情感冲动。比如大家都很熟悉的"面朝大海，春暖花开"其中表现的是一个由诗人情感构建起来的童话般的纯真感人世界。他"明天开始喂马、劈柴，他要把幸福告诉给每一个人"。这些句子没有刻意地寻求什么意象，但情感质朴强烈到让人难以抵抗的地步。那份诗情给人以从来没有过的情感洗礼。所以大家不用评价推荐，都会说这是好诗。这里提醒我们，写诗是需要禀赋的，没有写诗的禀赋而要写诗，那就最好从另一个方面入手，或者从其他方面获取文学价值。

二十、诗歌的情态与逻辑

2015年3月6日，华蓥山作家QQ群贴出幸运男人（本名）的诗歌，《惊蛰》，全诗如下：

一年惊蛰此时来，百虫苏醒破尘埃。
芳菲不再恼寂寞，蝶舞翩跹撞入怀。

Q友大唐飞哥赞美了幸运男人的这首诗，说，词句子很好。这首诗的诗句确实很耐读，这点我们都得承认。

由于幸运男人在这个群里有一些古诗词见长，在遣词造句上有别于一般，并且量大和成就不菲，显现出较高的诗歌写作造诣和古诗词修为的较高水平。因此我们对幸运男人的诗词进行较深一点的解读，对于我们更进一步地认识当下诗词举步向前的探寻会有一定的好处。

首先是这首诗在古诗词写作上很合规则，平仄用韵都有所讲究，诗句词语很圆润讲究，没有刻意斧凿的痕迹。

其次，实施以逻辑比较流畅，起承转合，联系紧密。

最后是诗意情态境界清朗明亮。

惊蛰是指一个节令，24节气之一，是春和景明的预示和象征，以这个内容节点作为写作对象，千古以来，无数文人墨客都曾试笔指染。而在今天在当下写惊蛰，该有怎样的情态意念，该以怎样的个性体验和独特的生命感知、独特的语言修炼表现和表达出感人的文本体式，应当是写作之初和写作之果以及东积木的所在。这个层面来理解的时候，也许写惊蛰的责任就会大一些了。

看现在幸运男人的惊蛰诗，一年惊蛰此时来——说明不该来而来了，表示惊喜，百虫苏醒破尘埃——是说万物复苏，春意萌动。破尘埃，一词与前句搭配不当，百虫破尘埃，意念不准确，太夸大。芳菲不再恼寂寞——芳菲代指繁花，不再恼寂寞，说明曾经寂寞。现在不再恼寂寞，是什么原因，要说明什么？下一句会回答吗？下一句是：蝶舞翩跹撞入怀。花蝶之恋春意浓烈。就此看来，全诗在描摹、叙议中表达的基本意思应当是这样的：春色渐浓的惊蛰节令在我们的期望中此时到来了，代表着人间生命力的百虫万稚都纷纷复苏，冲破泥土，昂首阳光，合唱这春天的歌曲。连曾经寂寞的芳菲也不再寂寞，萌动着芳心，迎纳着飞舞的彩蝶前来絮絮叨叨，语语绵绵。这样，在惊喜惊蛰节令到来的起笔，到百虫破土的描写，再到芳菲的振醒，再到花蝶飞舞。这首诗完成了诗人内心的倾诉。

二十一、满意的诗歌作品

诗友说：没有可以让天下人满意的作品。每一部作品阅读人的素质不一样，获得的艺术享受就不一样。比如歌德的《浮士德》，很多人读不懂。

我理解，这段话含有三层意义。1. 没有可以让天下人满意的作品。2. 原因是每一部作品因为阅读人的素质不一样，阅读人获得的艺术享受也各不一样。3. 比如歌德的《浮士德》，很多人读不懂。

第一个问题涉及文学艺术作品的社会认同与个体认同问题。

让天下人满意的作品这个命题虽然具有一定的相对性，但它在一定的范畴内意义却是十分确定的。

仔细考察"让天下人满意的作品"这个命题，无非背后隐含着满足这个命题的一些因素或者叫作原因。

1. 在一定的社会时代条件下，作品反映了、讴歌了或者表现了某个深刻的主题，得到人们的普遍认可，作品的社会功利价值被凸显到极高的地步，这也就是叫天下人满意的作品了。

2. 再就作品本身而言，它在表达人心与人性、在揭示社会普遍性的价值意义方面具有了被普遍认可的价值要素，比如，很唯美，很深刻，思想和艺术水乳交融了。这时，这个作品它不仅会被一个阅读者赞赏、认可，也同样会被很多人，甚至天下人赞赏认可。这样的例子就比比皆是了。

我的看法结论是，让天下人满意的作品是有的或者说是存在的，只不过它具有着一些条件而已。

第二个问题"每一部作品因为阅读人的素质不一样，阅读者所获得的艺术享受是不一样的"。这也是一个很大的问题。作品的价值当然与阅读者的个体素质有关，如果单纯地就阅读者在阅读活动中艺术享受的获得而论，它也应当是一个综合因素的集中表现。这方面用阅读者个体素质来衡量可能还不是很全面。比如一个失恋的女人去读表现失恋的作品，不论她素质多低，她的感受绝对比具有很高素质但没有失恋体验的人来得深刻和真实。

第三个问题"歌德的《浮士德》读不懂"的问题，这也是很费口舌的问题。

歌德的《浮士德》反映的是中世纪时期，人们思想在宗教禁锢下，企图冲破牢笼，寻求到新的社会动因的倾向，因此，狂纵甚至狂妄、妄想，不惧怕一切成为社会思潮的主流。核心内容是突出人的个体的价值在社会中的作用、价值和地位。从个体价值的淡化到个体价值的重新确定，自主思想的复苏、自我认定的高扬成为这个时代的主题，也正是有了这样一些作品对人们思想的鼓励，才出现了后来思想的大解放，文艺的大复兴。

今天，我们站在淡化了时代背景、淡化了西方文化思潮的语境、疏离了特定的人文环境来单纯地读这部作品，很可能会存在一定的距离感，这不仅是歌德的《浮士德》，还有不少的作品会得到这种待遇。

二十二、读与品的区别

尽管"看读者自己的理解，每个人不尽一样"。但是，我认为，读和品是很不一样的。我想对这个问题向大家请教。

读是大众化的，品是小众化的，大众小众形成了可读与可品。——从受众范围来界定读和品的区别，这点我赞成。但是，真正理解这两个解读的行为概念，应当是需要思考的。

这两个概念或者称之为命题它基本的意义我认为是以下这些：读，指阅读，从阅读者主体来看，他是通过眼睛对阅读物品的可视性行为过程产生的行为结果。目前还没有将听觉纳入读的范畴。这个过程是阅读者主题通过对阅读物的选择——认为具有阅读的必要，从而投入精力、集中意志，通过视觉扫视，摄取到阅读物所承载的内容，来满足自己的精神需要。这个过程在精神领域有了一个很复杂的精神选取、溶解、获取，从而感化领受的过程。这个过程是阅读主题获取到所期望得到的东西的过程，是阅读主题的主动选取、投入的过程，是阅读物被动地承受地呈现的过程，是被阅读物上所承载的写作者精神在被阅读过程中被充分或者不充分地被解读的过程。读，从时代意义上看是一个最当前的行为话题，是当下使用的对人们用视力，阅读获取知识、信息的特有途径。

　　品，是品尝，品鉴；用在文学作品方面，显然是一种借喻。因此，它主要是对文学作品的品鉴，就是品评鉴赏。这应当源于钟嵘的《诗品》。从这个词语内在的规定性来看，它是古代遗留下来的话语词汇，今天，随着语言光电化进程的加快，这个词语的某些内涵应当说正在丢失。回顾这个词语在古代的特有含义，还可以看到它和读的内在区别，古代漫长的历史时期中，人们获取知识信息的行为途径是朗读，即有声阅读，如我们可以看到那些摇头晃脑的朗读姿态。古人通过有声朗读，从而使自己投入到阅读对象中，使自己在阅读运动中得到对原作者心智内涵的理解。可以说，古代的读，主要是有声朗读、诵读，在这样的阅读环境里就产生了进一步的阅读动作——品，这就是前面所说的，饱含感情地阅读、朗读。我们看到，品和读是不一样的，品是在优生诵读或者即便是在无声诵读情况下，对作品细致地、深入地进行深度投入的解读阅读物的行为方式，或者叫行为过程，这个过程就不像是今天的读，主要是默读、心读、意念性阅读。虽然我们说在今天也还存在那种细致地、深度投入地阅读——品，但我认为，这个品已远不能和今天人们借助平面或者立体的纸媒体、光媒体所获取到信息的广度和深度，也不能从人们阅读行为的默读和有声朗读来比较的。

二十三、读诗《猎人》断想

有人说读不懂、怪诞：猎人的儿子是猎人，在山中樟树上潜伏了二十年后方知外面有个无雾的明亮的世界，那是有了货郎来鼓吹，在山外的世界，猎人认真地潜伏、瞄准，最后放枪。火光中，雾散去，发现射击的是父亲的脸。太怪，与现今诗道格格不入。

而我对有的人说：不是你读不懂，重要和首先的是你"不懂读"。即使没有找到诗的读解途径与方法。这其实很难说不是一种诗美观念所持不同的隔阂。认为此诗（指《猎人》）怪者，无非是从了直线的简单判断方式出发，企图从诗中求解某个因果意象，显然那是徒劳的。诗，当代诗，作为一个发展着的动态观念，它首先弃绝了简单肤浅甚至苍白的"蓝色呕吐"（指直接的抒情）直白的之类，甚而在情感倾泻方面达到某种情感逃避。通过以主旨，或主题主象根本无关的事实来实现对其突出与表达的作用。由此而使诗美存在于深沉和蕴含之中。这种对于诗美的解读，不是缺少美，而或许是我们缺少识美的眼睛。这起码要求我们读诗须以诗所反映的意象去感受什么，而不是从诗中去搜寻什么。在众多诗评家争论不休的诗的解答问题之中，这点是存在的总根源之一。正因为我们不是把原诗当作一个阅读的文本来解读，达到性灵情感的溶解，实现真正的感受，而是从诗中去索求自己所需的观点与论题，这就不得不使诗评的本身流于浅泛，使诗论价值值得猜疑。

哎，你从诗论角度来谈论读诗，及赏析诗，合适吗？是不合适，但希望读者你提高自己的自信度，提高自己的审美观视准线，与作者、诗评家保持不太遥远的层次距离，否则，你将不叫读诗。

那么，《猎人》该怎样读呢？我同样只能是谈感到了的一些意义。猎人的后裔，在有雾的山中，朦胧地潜于樟树下，期待一只可以"幸福美餐"的花鹿。然而二十年过去，未见放枪，二十年都在莫名的期待中寂寞度过相随的，只有清苦与贫穷吧；这场面，这情景是什么，不就是父老们希望得到捕获或击中富裕的全部行动吗？那仅是一只花鹿吗？不是幸福与富裕的象征？为了那只象征富裕的"花鹿"，我们在本土"山中"耐心潜伏多日，盼望的清苦与贫穷是何种味道呢。

然而，只有货郎来介绍山外的情境，才有转机。外面的世界很精彩，无雾明朗，有着"东西"走来，猎人们的观念的改变多么重要。然而当放枪之际，射中的是什么？是父亲。这一切矛盾的思维。通过筛选和凝定，不难发现，猎人乃一个群体，象征着一个民族，他们一旦改变角度，对过去传统进行叛逆，而发起进攻射击的是自己父亲。这无疑象征了一种文化传统、文化观念。

就此观，这首《猎人》就决非一般意义上的痴人说梦式的缥缈童话，而是通过平而质朴的话语、简而明的事实，揭示民族文化思想觉醒的某个过程、某种流变，从而达到给人以启示提醒，使人获得某种奋争的灵性。

这种审美，意念就不仅是表层的情感体验，须有通过清朗的感受，再回到理性，才能完成审美认识。

当然，不是《猎人》就已经十全十美了，缺点与优点同时并存。事实的形象性与哲理意蕴性不能很好吻合或许是其弊之一。另写事太实也不能不引起注意。句子也还有些读来累赘的地方，不过这些泛而淡的评说是不起作用的，望作者好自为之。

诗界也许缺乏某种自审意识，即相互间真诚地切磋。也许这点谈论对诗本身无益，而对大家真诚切磋会有很多的好处。

二十四、诗歌的率性写作

2008年9月4日下午，中国国土资源作家群讨论到陕西作家冯旭红作品的时候，他说他对诗歌完全是门外汉，上次在登封诗会上，许多大家都是第一次听到，陈仲义、张清华、谭伍昌、梁小斌、任洪渊、芒克、大卫，都是第一次，就只记得语文上的几个诗人和汪国真、席慕容。说实话，以前写的东西都只是率性而写，没什么章法，自己也不很满意，但还想进步，所以要请大家多批评。

冯旭红这里提出了一个比较让人感兴趣的话题。他说他以前的作品都是率性而写，是不讲究什么章法，是自己也不很满意的。这话从态度上讲是一种谦虚，但他却无意间表达了写作的另一个特点或者说叫作规律——文学的率性写作。文学的率性写作，应当说已不是什么新话题了，但是在我看来，在文学写作内容和样式都充分发展的今天，这"率性写作"其实仍是值得思考与研究的一种文学现象和一个很值得提倡的写作方式或者写作态度。

巴金曾说过一句至理名言，叫作"写作的最高技巧是无技巧。"我理解冯旭红说的率性写作有两个基本方面：一是说不去刻意遵循什么写作范式规程，不去刻意寻求什么技巧，自然写作；二是尊崇自我心灵的真切感受，注重心灵精神意识的本源性流露。这两点如果我不是曲解和歪曲了你的语中应有之意，你看，这应当恰恰是文学写作中最为宝贵的东西呀。一段时期我在想：能否从一些作家的作品背后去看到这些作家真实的、无遮掩的、毫无粉饰的心灵境界和宁静、高贵，甚至豪华的精神意识，可是，我多少次中途停了下来。

我个人认为，我们的作家兄弟姐妹们写作确实不容易，社会生活、工作负累，凡世间的种种纷扰，充斥着圣洁而宁静的灵魂，要在这样的心境中来发挥一个真正自由的精神意志，写出真正"率性"的东西，是了不起的事。廊坊的好友宫进忠曾指出我的小作文《奖金》有苏联文学的痕迹，当然，那是指出我作品有直奔主题和意在笔先的不足。其实我也在想，抛开好友宫进忠指出我作品不足的方面来看，真正的苏联文学是有很多值得学习和借鉴的地方；从另一个方面来说，它应当是世界文学辉煌的一个高峰，托尔斯泰的文学作品、陀思妥耶夫斯基等一大批文学、批评家的文学理论所提出的一些观点至今仍有其合理的价值。我们更能够看到那些作品所表现出的人性的华丽、品质的高贵、精神的超拔与心灵的宁静。我读那些作品最突出的感受就是他们能够"率性而写"，以作家自己美丽的灵魂去烛照生活，去关怀读者。那些意义闪光的作品，那些高贵华丽的人物令人赞叹和仰视，读后令人始终难忘。

在这样的认识基础上，我倒还真真切切地希望我们的有作为、有志气的作家兄弟姐妹能够多一些率性写作，让我们能够读到更多的率性作家写作出的率性的作品,让我们的灵魂在纯净优美、雅致精巧的作品中去获得灵魂的宁静与高贵。我是多么地渴望着啊!

诗友说:不要赋予诗歌太沉重的东西,诗歌就是诗歌,一种文学体裁。体裁是什么,人们总结的一种表达形式。一种表达形式,就是想怎么表达就怎么表达。

诗歌需要革命,将一些分行的个性化大白话踢出诗歌圈子,那不是诗歌,那种所谓张力是内容上填鸭子,跟我们小时候扩写差不多,不能让这些人占领诗歌资源,否则诗歌会长成一个侏儒。

汉语诗歌确实要革命化变革,让有思想、有才气的年轻人引领诗潮。诗歌最起码要有通感,必不可少,这是确定诗歌最基本要求,通感中形成的张力才是诗性张扬。

二十五、刘卫的诗

2008 年 9 月 11 日,湖南女诗人刘卫在 QQ 上挂言道:写了一首新诗,请点评一下,读后我有以下感受。

我认为:如果这首诗是写实,那我不得不为诗中的人生感叹、悲怜。

那些被敲碎了的不仅是居家的外壳,是追求美好而被误读了内容的人生。曾经的美丽成了居家服,被没钥匙地锁着。太阳与月亮成为窗外偷窥的甚至多余……多么的凄美,诗面的清风明月、洞开的眺望的目光多么执着而深情,而诗后的情怀却饱含具有强烈诗心情胆的热血渴望和挣扎与呼唤……怎样的女儿心啊,怎样的诗心情怀呀。以艺术的诗思选取生活中具有典型意义的场景进行情感切割,加上深抑浅叹的吟咏,全诗委婉清丽、情伤灼人……

但愿这是诗人的生活虚拟和情景创造。

在现代社会生活中,市场经济在社会的家庭、婚姻、情感、理想等许多方面都给出了新的话题,甚至在具体的精神、物质及情感生活方面给当代女性施以了难以承受的打击与煎熬,如何面对这些现实的问题成了全社会女性所必须面对的新的时代课题。这首诗歌《我是太阳,亦是月亮》,通过对自我刚性情怀的反省,对自己柔性情怀的发现,表现的是当代女性的困惑,是挣扎后的舒坦,揭示着很深的社会意义。

二十六、与红柳谈诗

红柳(甘肃作家): 相比较而言,我喜欢诗歌。但诗歌的难度也最大。老师怎么看?既要体现出诗歌美的综合体又要从单一的内容中表达一种广义的思想,不是简单字句的堆砌就可以完成的,老师说呢。

李天明: 喜欢诗歌是很好的,从文学史的角度看,许多的大作家都曾从诗歌写作开始。并且从写作心理学角度来说,人们对文学艺术的感知总是从对社会生活最艺术化的角度认识开始的,只有有了生活的艺术化才有文学作品的艺术化。因而,从诗开始或者说钟情于诗歌写作,是值得为此付出智慧与精力的。

红柳: 想用最简单、最少的文字,也就是最简洁的文字来表达一种思想或一种现象,而且还要潜存一种内在的美感,确实不易。

李天明：对，你说得非常好。就是要"以单一的内容去表达广义的思想"。但我认为你的这一点意见还需要深化。单一的内容，应当是题材内容的单一，而绝对不是诗歌作品所表现的审美内容的单一。实践中，往往是单一的题材所表现的内容却十分丰富。你所说的广义的思想，我也理解应当是指诗歌所具有的广泛丰富的审美内涵，却绝对不是指纯理性的文化理论思想。

红柳：对，是这样。

李天明：由于诗歌易写难好、难精，因此许多人受诗歌女神的诱引，下笔写作，表达心灵，书写性情；却又被它折磨，以至于付出毕生心血。你热爱诗歌，以它来陶冶性情，书写意志是很好的。我祝福你。

红柳：不同的时期诗歌有着不同的风格，这只能是指形式的不同。我个人的观点是诗歌应该随着社会的发展，在继承与发扬前人的优点的同时不断地去改进，而非一种定格。就像作画，也许试图变种风格会出现柳暗花明又一村的效果。

老师说得极是，文学应该有它的多样性，同时感谢老师的鼓励，老师晚安！

二十七、与杜春锋谈《今夜，我住宿南昌》

2007年11月，杜春锋先生在读了我的诗作《今夜，我住宿南昌》后，对这首诗作表示不予认同，就此我们展开了各自诗写观念的讨论。目前虽还不特别深入，但我认为对此的讨论对整个诗歌写作活动尤其是对诗写观念的认识上是会有帮助的。现予刊载，请大家多提建设性意见。

杜春锋：这也是诗？值得推荐？

《今夜，我住宿南昌》这诗是 2001 年 10 月矿业作协在江西举办笔会时所写；收入由华艺出版社出版我的诗集《情心话语》；这本书已被"国学数典（BBS）"、读秀和朗润书目等知名网站收录。我是出于对作协过去的怀念而重新发出来的，同时也想阐明我的诗写观念。真诚地请大家多多批评，批评是好事，越批越明，越批越提高。我真诚地希望杜春锋老师细致地谈谈《今夜，我住宿南昌》不是诗的地方；我想找到和大众诗歌的距离。也许是诗感老化，或者对现今诗写潮流的不投入所致，请多多提意见。我也将继续我的诗观讨论，目的只有一个：寻求和促进进步。

杜春锋：李先生好！得罪了。早上只读了一遍，就写了那样的评价，的确有些冒失。刚才看到你的诘问，我又把该诗读了三遍。说心里话，我依然不认同《今夜，我住宿南昌》是首好诗，不管它曾发表在什么刊物上，也不管它已经被版主作为推荐的诗作，因为该诗没有想象，没有诗味，尤其是语言要么生涩，要么庸常——一家之言，不能代表大家的意见，如果能够引来更多人参与讨论，也不失为一件好事。

需要补充的是，我不是用大众诗歌及当前潮流的标准评价你的诗，我用的是经典标准：诗歌，意藏于象后，奇谲的想象，高远的意境，"陌生化"而优美的语言。

诗死了，而诗人还在活着，为了给诗叫魂，我守望在唾沫堆里。这样的句子也能入诗，"辽阔大地异常地兴旺和繁忙。中巴奔行于车水马龙，五十分钟后，打住在向塘小招前，面对棕榈与荷塘。新闻联播着中央纪念苏维埃第一个红色政权成立，许多老革命回忆着当年时光"。这样的诗作也有人叫好？

李天明：认真地读了杜老师的评论，我很感动你的真诚与直言；这在当今写诗圈里，这种情形已不多见。对杜老师的批评意见我不反对，但如前所说，我将进一步阐明我的诗写观念。

杜老师未用当下大众和新潮的诗写标准，而用经典的诗评标准，这也使我感动。我想写大众能读懂的诗，离经典标准的诗可能有一些距离，这我能够理解。据我所知，在改革开放开始年代，一批较为长期在社会生活前沿实践过的诗人带着他们独具的视角和敏感，举起他们的诗歌走上诗坛，给诗坛带来清新和瑰丽；后来诗评家们把这群诗人称为崛起的诗群。他们着重以强烈的生活气息和独到的视角追问生活、思考社会，以特色鲜明的诗写审美意志，以鲜活明亮的语言撞击人们的心灵。当改革开放进行到纵深阶段，人们对诗写审美定势发出种种疑问，诗写创新与诗写传统展开激烈碰撞，一大批积极探索诗歌审美新境界者勇立潮头，一批以较为纯粹的审美意识探索为要旨者切入诗写领域，这批诗人被一些学者称为学院派诗人。进入 20 世纪 80 年代，一批年轻诗人，寻求诗歌的本质内涵，认为崛起诗人将诗与时代内容加重有悖于诗的本质，他们要执意寻求介于崛起与学院诗人之间的第三条道路，这就是要让诗歌走大众化的道路，大众化的语言、大众化的诗思。我在北京参加的"未名湖诗会"、清华大学诗会，都强调这些要素，我所知的诗人如我的好友林童与谯达摩、安琪等都是这群诗人的代表。我私下认为：经典是一个历史性术语，当历史远去，当时被推崇被认可的就是经典。在诗写活动日益多样，诗歌审美标准日益多元的状态下，对诗美的认可也应当是多元的。

当然，这不能成为原谅我诗歌中"没有想象，没有诗味，尤其是语言要么生涩,要么庸常"的致命弱点。杜老师所指出的这几点,是诗写所大忌的,没有想象,就是叙事文,也就当然没有了诗味,没有了诗味当然就语言庸常。

对我来说,真要做到"诗歌,意藏于象后,奇谲的想象,高远的意境,'陌生化'而优美的语言"还有一定的难度。只有靠大家来帮助。我想有没有诗写同仁们就《今夜,我住宿南昌》诗题和诗所提供的状态内容改作或另作一下呢。那样一定会很有意义的。

杜春锋:看了李老师的回复,也看了李老师简历和其他文章,很欣赏李老师也是学界人。学界人自有学界人的胸怀和气度。

但是,为了证明我对"大众诗歌"的不理解,也为了不招致习惯阿谀奉承者逼仄的眼光,我已申请退出了该网站,所以,给你回贴大概也是最后一次。

对于诗的"非诗化"倾向,李老师大概也不会完全赞同吧?像基于"便条"体而出现的"梨花体",李老师也会像我一样指斥它在培养结巴吧?对于"下半身主义"称自己最前卫的诗人,李老师大概也会怒目而视吧?传统和经典在后现代思潮中不断被瓦解着,诗歌的评价标准也日益多元化,但无论怎样瓦解和"多元",诗之为诗的最基本元素大概不能被丢弃吧?为了让诗能够大众化,李老师的尝试不能说没有意义,但我觉得它会导致这样的结果:每个人的日常谈话都会成为诗,十三亿中国人十三亿诗人,那么诗魂、诗韵和诗赖以存在的基本特性呢?这能不能说是对诗歌的一种反问呢?是不是在一定程度上验证着"梨花体"所张扬的"结巴是天底下最杰出的诗人"和"下半身主义是前卫的诗人"的正确性呢?对于当代诗坛和诗作,我抱着很强的疏离感冷眼观望着。也许时间证明我最终落伍了:当十三亿中国人都成为诗人的时候,巴赫金的"狂欢诗学"理论被中国大众淋漓尽致地演绎成诗歌时,我能够做的,大概是要检讨人为什么要穿衣服这个问题了吧。

因为给学生要讲授诗歌,所以就讲经典标准。我不知道李老师在给学生讲诗歌时,会讲哪些标准?讲未名湖和清华诗社的标准,还是要像我一样,死守经典?

感慨太多,还是罢了。不妥之处,还望李老师海涵。毕竟,我们作为学界人曾经进行过很机智的对话,足矣!祝愿李老师好诗兴、好心情、好身体。

李天明:十分感谢杜老师将我列为学界人,并受到这等气度和胸怀的评价;从短短的讨论中我深切地感受到杜老师为人为学的耿介磊落。不说诗观有何不同,单就这种旨在问题观点的深入方面表现出的胸怀态度已能够使我敬慕。我的意图十分明显,就是要倡导学界丢失已久的耿介之风,引导良好的争论与讨论,而不是一味地无条件地奉承和趋附。就诗观而言应当有所不同,读诗的感念也应有所不同,对一首诗作的解读评价也应当完全不同,如果完全相同那一定有问题。这应当是"和而不同"的具体表现。就杜老师与我的诗观存在之不同还可以深入讨论,不必注重其他什么而退出网站,要充分相信网友们是有见识的。你所说的有很深的研究价值,值得深入阐释。

对杜老师所谈的"便条式""梨花体"诗歌意见,我也是存在不同看法的。

杜老师感慨于这种诗写现象,提出诗魂、诗韵和诗性的问题,确实是值得深思的。我理解这三者中诗魂和诗性是否就是一回事呢？诗魂就是诗歌的灵魂、核心，是诗之为诗之本真，是诗歌这种文学样式区别于其他文学样式的固有特征，就是诗的特性、特征。诗魂是从文化包容性方面的描述性表达，诗性则是从诗歌本质定性方面的概念性表达。我想杜老师所要说的诗魂是否意指我国有史以来的诗歌传统、诗歌脉络、诗歌审美价值核心呢？杜老师所说的诗性——诗歌的典型特征，应当是诗歌这种文学体裁在表现生活方面所具有的独特的本质规定性。

其实我私下认为，诗魂也好，诗性也好，它应当说都是时代的，它必须表现为强烈的当代或者说是当下精神。它必须与时俱进，关于此，清代文学家王国维有"一代有一代之文学，唐之诗、宋之词、元之曲"，这虽然偏重文学形式而言，同时也启示我们文学随时而变。诗歌审美离开了实践性和时代性，它严格意义上说是不存在的。

在当今，无数诗人进行广泛创新探索的背景下，审美一律肯定没有了坛位。至于诗的特性应当是什么和已经是什么，已经是一个不容回避的话题。我在私下认为：诗歌在由传统向当代蜕变的时候，正从具有强烈时代文化特色的声光电传媒手段中重生与自新。诗歌由古代的歌、吟、唱、诵的解读方式到今天纯平面化的读、会解读行为变化，它自身也在寻求着生存发展的空间。

下半身写作、便条式、梨花体有其非诗化因素，但从另一角度看，是否表现了人们的一种寻求，一种试探，或者说是一种反叛呢？

当然这样说是抛开了它们的道德因素而言的，对那种情趣低下的内容表现我是绝对不赞同的。

任何事物都应多面来观，它们存在的条件和理由应是我们思考的重点；杜老师"对于当代诗坛和诗作，抱着很强的疏离感冷眼观望着"。这种态度是有道理的。如果冷眼观望，愿我们共勉都看到它们存在的另一面：为我们的寻求和思考提供丰富的取舍蓝本和新鲜样态。

李天明：现在回到与杜老师讨论的实质上来。杜老师论《今夜，我住宿南昌》中的非诗因素的重要观点是它不符合经典诗歌的标准，这种大众化的表现，导致的结果是："每个人的日常谈话都会成为诗"。我还是认为，日常谈话可否入诗，应当是可以讨论的问题。有的日常用语用好了确实是很有诗味的。就杜老师指出《今夜，我住宿南昌》中的日常用语句子，我也想改得更好，可就找不到更好的句子，真希望同仁和师兄们出出主意，帮帮忙。这对大家也是一种训练。另一面说，离开丰富生动的日常用语，去寻找诗性语句，不知到底现在有没有这些现存的东西？海子是公认的（校园）学院诗人，他所写诗的经典名句"面朝大海，春暖花开"就与日常谈话没有多大差别。

尊敬的杜老师，我十分珍惜咱们的交谈，愿我们的交流更加深入，让我们都不忘记有智慧的交谈，相期于更加智慧的交谈。

杜春锋：网络写作造就了整个时代的浮靡和矫情：看都没看别人的文字或者根本就没看懂就阿谀奉承，像《皇帝的新装》里的大多数人一样，装出一副惟恐让人知道自己根本没有阅读或者根本没有读懂的恭谦样，招摇于网页之间，混个"脸熟"，混个人缘和回贴率。这种浮靡和矫情大概是写诗的大忌吧？

推荐李老师这首诗的西域先生当初为什么推荐它？请讲讲理由啊；说"这些文字让我的心颤抖，拜读佳作！"的一则先生也应讲讲"心颤抖"和"佳作"的理由啊。这里不是我的课堂，不能由我一人唱独角戏。

因为要去上海几天，关于诗魂、诗性的问题只能等我回来后探讨了，非常感谢李老师的盛情邀请。我在自己正写的一篇文章里想引用李老师的这首诗并进行彻底的分析，不知李老师同意否？

李天明：杜老师对诗评文评现象的批评是有道理的，因为当下整个文坛诗坛的确不乏这种现象。但如果就我的好友西域先生推荐了这首诗因而就遭致未读懂就荐诗评诗的嫌疑，我毫不隐讳地说，这有失公正；荐诗有荐诗者个人理解的审美方面；杜老师要我的师兄弟西域、一则、吴贤斌、尘子、明江等都来参与讨论是好的，但说他们未读懂就不太妥当。

对杜老师给予拙作的倾重，将在重要论著中给予分析，我是很高兴的，请放心，既然杜老师已感知了我的胸怀和气量，你就尽管批评。问题只有越辩越明的，认识只会越辩越深的，在深入的分析面前我们会获得更多的见识。求学之人，治学之人是绝不会不懂得的；同时，对杜老师的观点也请允许我在适当的场合以恰当的方式作一些分析，进一步阐明我的观点。

一则：问好各位老师！诗歌的本性是什么，我想我并不能说清，诗人废名说过诗歌是自由的，偶然性的，他也提倡诗歌散文化。我并不是给诗歌定了一个局限，中国的诗歌在近几年看来是危险的，诗人是可怜的。从古体诗到现在的现代诗歌，是一个相当长远的过程，谁能肯定地把一种或几种的形式归类为诗歌呢？泰戈尔的诗歌，普希金的长诗，希梅内斯的诗歌，包括叶芝的、托马斯等人的诗歌，又有多少相同之处呢？很多人对我们中国现今的诗歌产生着质疑，北岛的诗歌长时间被人怀疑、误解，海子和骆一禾的离去。我们对一个人或几个人的作品持批评态度是可以肯定和接受的，但最主要的是应该如何面对这一大的态势，好好地去发掘一些新的东西。至少不应让广泛的人们怀疑这一个时代的诗歌，怀疑也是可以有的，至少我们应该考虑如何去面对、解决它，如果我们盲目地停滞在讨论中是完全不够的，希望各位老师谅解我愚昧的评论。

再次问好杜春锋老师，李天明老师，以及各位参与讨论的老师们，谢谢你们这些真挚的语言和对文学的真诚和公正的态度。

李天明：一则君"发掘新的观点"的意见是有着广泛代表性的意见。是的，问题的讨论、研究不应当就讨论而讨论，一切讨论研究的出发点和落脚点都应当是建设性的。深入讨论的目的就是要从现状出发去看到诗写形势发展的未来。一则的这个倡导至少在我来说有强烈的同感共鸣。诗写方式多样，诗艺成就各异，相互认同理解的同时共同去发掘新的东西，去找到促使诗歌在一定层面上的巩固稳定的发展态势的规则，或者说属于时代所应有的形式与内容，或者另一面说求得诗歌这种文学样式在此时代最好和最大的共解。有没有这种能够共解的美学规则就需要我们切实地作出努力寻找。

高山评论：诗言志，歌咏言。诗歌现在教化的功能越来越淡了，别指望着一首诗就能改变什么，但诗应该是作者的心之声，若它是真实的声音，那就是他认为的好诗。若是有"媚俗"之感，那也是他的嗜好。公说公有理，婆说婆有理，若能流传并在10年后除了作者自己，别人还能读懂并在以后的岁月里想起，那就是不错的了诗了。

一笑评论：杜先生的言辞虽有些过激，但他说得有一定道理。用存在的一切现象就是诗的标准来评论诗，等于取消了诗。

李天明：一笑先生的意见具有一定的代表性，值得深思。"用存在的一切现象就是诗的标准来评论诗，等于取消了诗。"这是不必言说的道理。存在即是诗，这是前些年被批得最狠，也是已被公认不能通说的荒谬之语。存在即诗观点主张的是生活中不加选择、不进行艺术加工的东西就作为诗。这在西方艺术理论大师那里认为：客观存在物，是艺术的基本初始材料，而绝对不是艺术品。问题是：由客观自在物到艺术品的路径、心路历程，进行桥梁、转化媒介是什么？需要怎样的心智要素？它所赖以产生与存在的样态、条件、基础有哪些？它受到诗人本身诸如气质、品质、知识背景、性格学养的哪些影响，时代生活对它有哪些制约与影响？等等。实际上这些问题想来不是那么一两句话就能说清楚的。就像我在与大家的交谈时，我就私下揣想我具不具备与大家交谈的资格，我的准备够不够？事实上，要把诗人写诗的情感状态理性地思考下去，是具有难度的。因此我建议我们能否顺着这个思路客观地、冷静地讨论下去，增长我的一些见识，也使问题讨论越来越明朗。当代许多才情勃发的诗人们按照诗文无定法的规则，在瞬时感应中捕获到诗的灵感写出了了不起的作品，就其作品来看，其中也确实具有客观材料的一些要素，但却熠熠生辉。客观存在是否可以为诗或者说怎样为诗确实是值得我们大家很好地思考和回答的。不知一笑先生是否同意我的这个不成熟的意见？

二十八、在城乡断裂处缝合情感

2012年9月25日,四川省作家协会会员钟明权在华蓥山作家QQ群贴出了他刚创作的诗歌《黄昏,一片鸟鸣的田野》。读后我觉得这首诗比其他以往的诗歌来,有其独特的内涵。

整首诗还比较清新、幽怨、期待、追寻、思考、很好。诗境秀雅,缠绵,是现实生活思想精神的刻录,是城市人对自然的追寻和向往,城市化生活中的精神反叛。很有时代典型意义,我高度赞赏这首诗。

钟明权的诗我们读得已经不少了,基本上已形成为了一种纤细、秀雅、质朴、隽永的风格。这种风格在初读者来说可能会有一份误解,认为它是把诗当成文章来写,总是要把话说完说尽,当人们再读他的诗的时候,就会感到他的诗这种特有的细腻、秀雅和质朴,他会带给读诗的人一种平实、细密、柔和、质朴的感受和体验。

但与此同时,正是这个特征,使他的诗有需要语言锤炼的必要。有人要说,有这个必要吗,诗歌需不需要语言的锤炼,锤炼的标准是什么呢?要讨论这个很复杂的问题,就要讨论到诗歌语言与其他问题语言不同的地方了。诗歌被称为语言的艺术,是语言的精华所在,是用语言表达思想意志、运载思想情感的工具,工具的精致才能使运载的东西更便捷更高效地到达对方的目的地。诗歌运载的过程,就是从诗歌写作者心灵那浑厚圆润的思想感情园地出发运载到读者的心灵中去碰撞那激情的大门。因此语言能否很好地运载思想情感这就应当是标准。我们常说言不由衷,就是口里说的不是从内心发出的,简言之就是心口不一。要心口一致就必须言必由衷，这个衷就是诗歌所要追寻的基本极致，你想的是这个说的是那个，当然你就得调整一下，这就需要反复锤炼。就我们一个普通读者来看，凭感觉得有些需要调整，而在诗歌写作者那里就应当是很优美的、准确的、深刻的语言选择。有人说，锤炼语言是一个比较吃力困难的过程，这话应当是有一定的道理。试想，"有文化"状态在今天已不是个别现象，大学本科生在街上什么地方都会碰上。有句俗话，在北京从楼上丢一块砖，可能会打到三个博士五个硕士。也就是说，今天要写出点东西来，已不是过去年月那么神圣和稀奇了。便要写出出彩的东西，就得看各自的修炼了。这种修炼就是思想感情的修炼，就是思想感情外化——语言的修炼。

Q友罗仰虎说道：农村到城市的变迁、社会的变化是时代的进步，你们的思想和灵魂空间也要与时俱进，如果老是在慨叹你的温馨的田园没有啦，你家的柴禾堆没有啦，你们就是在无病呻吟，我真诚希望我的家乡广安富起来，成为联合国秘书长都想视察的地方！

如果你们想逃离这种变化中的世界，那就去冈仁波齐朝圣吧，反正那里是纯净的，是境界中最高的地方，多个宗教的发源地和圣地！

手头也忙。我从1992年起就不读诗更不写诗，所以不是诗人在说诗，请谅解啊。

在探讨诗歌本真和技巧的时候，我想应该仁者见仁，智者见智。请明全兄不要介意，我就是顺便讨论一下而已。

讨论永远是积极的，人类没有讨论不会进步。地势坤，君子以厚德载物，说的是要像大地一样宽厚包容，这是中华民族的优秀品格。

评诗不一定非要是写诗的人不可吧，从自己感受出发谈体会、谈感受不就很好嘛，很久没吃肉就不能再吃肉了吗？

但就罗仰虎谈到农村到城市的变迁、社会的变化是时代的进步，思想和灵魂空间也要与时俱进——这个问题是值得讨论的。

城市化，改变着人们的思想情感，城市造就的纯粹城市一代还没有真正意义上出现，现在当世的"60""70""80""90"后都还带有很浓重的乡土味，对田园的眷念，对农家的依念会十分深厚地扎根在灵魂的深处，这种情绪会时不时地爬出我们的灵魂，对城市化进程现状进行反叛和思考，甚至在追寻一种能够调和的精神状态，这应当是这个时代包括诗人在内的城市人的精神潮流，不管我们承不承认，这种时代精神都在影响着我们的生活情感和行为倾向。所以说，表达着某方面的情感，反应这方面的思想情绪应当是对时代精神的刻录。当然，说到应当与时俱进，这个问题在另一个方面来说很有合理性，不如要求我做一个真正的城市人，拥有城市人的文明和姿态等就很可赞赏，但对于写诗来说，是可以保留某种质疑、追寻和思考的，即使在城市化程度已经很高的客观情况下，也允许人们对某种状态、情形、历史时期进行思考和追忆的，甚至这种艺术化的追忆在一定程度上体现着真正的艺术价值。

另外，我高度赞赏钟明权的这首诗，还有一个原因，就是钟明全以前所写的政治题材的诗歌，总是感觉到他是在做诗，形式化太严重，甚至，我把他的诗打乱成散文读起来反而还更顺一些，而今天这首来自于自然的诗，就显得出自内心，形式化的东西没有，并且有一种清新淡雅、秀丽的意味。这种来自

文艺评论集　　117

自然、清新淡雅、秀丽的诗文我希望多读到一些，作为一个读者，我真诚地希望着。

二十九、平民化写作

诗歌作品通过对苦难遭遇情深意切的悲悯，是民间平民化情怀的真切流露，具有着强烈的时代精神元素。

诗人主体意志精神健康积极，所写客体典型，所写事态自然合理。

呼告手法、唲唲唉唉，抑情至喷，是比较成功的诗作。

广安籍诗人，省作协会员钟明全近期完成的诗歌《疙瘩家的新房》，通过对已逝疙瘩的追忆，表达了诗人浓厚的平民关怀情绪，是诗歌平民化写作的代表性作品。

结合诗人个体诗写追求来看，应是其平民化写作的阶段性标志作品，比原《星星》刊发的《疙瘩》艺术上深化不少。

其实，我个人内心来说早就想就钟明全先生的诗歌发表一些看法。只是出于自己没有深思熟虑和对言辞的准确表述定位。

这样说，其实是自己给自己出的一个难题，好像自己就要对钟先生的诗歌和诗歌写作有一个如何了得的看法和意见。

其实，就读诗评诗来说，这本身就是一个难题。因为，从对一首诗歌作品的真正解读来看，作为读者的个体对阅读对象——作品的解读，每一次都有不同的感受，或者因为自己的个性气质，认识参照体系的不同，瞬时情感变化等因素影响，都会有不同的感受和体会。但是，我觉得，应当从总体性上来考虑钟先生的诗歌，客观地、在一定的诗歌阅读背景基础上来讨论钟先生的诗歌，才是对他诗歌艺术价值具有客观性的认识和评价。

钟先生是我们很好的朋友，他写诗已经很久了，他加入四川省作协也是以诗歌写作加入的，已有很多年了。

曾经一段时期，钟先生、诗人彭歌、作家唐铭，我们都曾被戏称为"渠江四贤"。最早读到他的诗歌作品也是很久的事了。记得很早之前，就听彭歌介绍钟先生写诗以及他对钟先生友好的间接评价。因此，一直印象是比较好的。然而，真正细致准确地读到钟先生的诗歌，是他发表在《星星》诗刊上的"疙瘩"。他当时送给我一本《星星》诗刊，那上面就是刊载他作品"疙瘩"的那一期。我回到家，反复读了不止三遍。给我的印象是，他的诗歌细针密线串连感情，很有自己的特色，在情感抒发方面，有内敛阴柔的情思特征，已具有自己的风格。在表达感情方面，细致、隽永、绵柔。浅显一点比喻，就好像一个柔情似水的女孩在给你讲述其对某事某物某人的感受体会和看法。

除了他诗歌风格的这些个显著的特征外，他的诗歌在表现手法上，多采用叙事、描摹甚至有时候议论，但很少有直接抒情的地方。即是说，他是把对事物、人物、事件的感受体会凝聚在细致的叙述上来完成的。是让人在读他所叙述的事件形态中来实现对自己情感的表达的。

能够称得上钟先生代表作品的，我个人认为还是他这次获得广安市文艺三等奖的诗集《我深深爱怜的广安》。那本诗集应当是很有分量的。一方面收集了几乎是他早期写作诗歌的部分佳作；第二方面，那上面的诗歌，带着她青春原初的感情要素，给人以质朴、清新、细致、绵柔和隽永的质感。同时，在

文艺评论集 119

写作手法上也是比较成形态的。即是说，那时他所写的诗歌，技巧性并不显著，给人以浑然天成的感觉。诗人臧克家先生曾说，诗歌的最高技巧是无技巧，巴金也说过同样的话。这说明诗歌感情的表达，它本质上是远离技巧的。最近听传言，我们的好友童光辉先生就主张，用写新诗方法写古诗，以写古诗方法写新诗（大意）。这背后意思是不拘一格写作诗歌。从这点来说，钟先生早期的诗歌，在技巧方面的斧凿痕迹不是很重的。但是，千万别误解，是不是钟先生的诗歌后期就有了很重的斧凿痕迹了呢，那不是的。这里只是想说明他的诗歌在早期，这种"清水出芙蓉，天然去雕饰"的特征比较地突出而已，这也是他早期诗歌很难能可贵的地方，也是他这本诗集的表现艺术十分可贵的地方。这包括他写给他夫人、带着很强的隐秘私情的100多首爱情诗歌，那种直抒胸臆，那种山水汹涌的情感倾泻，都是很质朴和自然而又清新的。这样说吧，很多经过恋爱的人，读到他的这类诗歌，都还会从他的这些诗歌中找到和唤起过去那些甜蜜场景和情感依托的深深回忆的。

　　为什么要这么肯定他的早期诗歌呢？我个人认为，他早期的诗歌，有价值的一个重要的方面，是他早期诗歌是用心来写作的。

　　这句话可能会引起其他文友或者钟先生自己的反感的。你说，用心来写作，那你说说哪个诗人，那首诗歌不是用心来写作的？这一问确实使人为难的。是的，每个诗人、每首诗都是用心来写作的。但是，诗歌写作怎样入心入志，又怎样出于心、出于志，这可是一个值得研究的好问题。记得我的一位好友龚炜在《黔南师专学报》上发表过一篇诗论文章，他论述的是"诗与诗胚"的问题。虽然我们写诗都是出于心志的，但是，有很多诗人是把自己对事物情感认识停留在胚芽状态就表达出来，所写出的诗歌还不具备诗歌的成熟度，其实那不是诗歌，是诗胚。我的师兄弟西南大学著名诗论教授、博士生导师蒋登科先生曾就外国诗人提出的、我国著名诗歌理论家、四川大学教授尹在勤先生曾强调过的著名诗歌论断"在诗状态"进行过深度分析。即使说，你写的诗歌被读者接受的程度效果，艺术成就的高度，美学价值的大小，实际是与你在对要表达表现的这个事物的理解感知程度——在诗状态是紧密相关的。

用这方面的理论知识来对照说，钟明全先生的早期诗歌，是"在诗状态"的，是成熟的诗歌，而不是"诗胚"。

记得他的诗集中有一首写北航的诗歌。本来写对一个人的感受是很容易落入浅显和平庸的。但是，钟先生的处理，使那首诗由人物表面进入到自身感知，再进入到诗歌的表现层面，使这首诗歌作品脱离了一般的写人论事层面，具有了诗歌的真切质感。这首诗已是客观存在，包括他钟先生自己也没法立即去改变，大家可以从我提供的思路去读一读，就会感觉到我说的言之有理。

诗歌，尤其是现代新诗，脱离古代的唱吟解读方式，完全依托于平面纸媒或者近年兴起的网络电子文本阅读，其解读方式都是从眼及心及情致感觉体验。这种对诗歌文本的解读方式变化，使我们对诗歌的解读和创作具有了很广阔的基础。他是由感情的自由感知，到理解、体会的过程。这样她对诗歌解读产生影响也就有了几个方面、事物、景物、层面、写诗遴取层面、锤炼表现层面、文字层面，再到读者的解读层面。只有这些个层面协调一致，才有诗歌从写作到解读的完美呈现。

向着传统的方向

彭俐辉，何许人也？对于知道彭俐辉的朋友来说，不会有这样的设问，而对于不了解彭俐辉的人，难免会这样发问。彭俐辉 2015 年以前在报社工作，是一位职业记者；2015 年后在北方某国企工作。他对写诗情有独钟，算得上以诗歌写作为主的纯粹诗人。他于 20 世纪 80 年代中期就开始诗歌写作，18 岁就开始发表诗歌作品。他以写现代新诗为主，在新诗写作界是比较有影响的诗人之一。读诗的人，大多知道或者读过他的诗歌。其作品的抒情味道比较浓厚，表现手法较为独特，构成诗美意境非常优美感人，许多作品感人的魅力深厚隽永、经久不衰。

20 世纪 90 年代初，他凭着诗歌写作实力比较早地加入了四川省作家协会，是广安区域内较早一批加入四川省作家协会的会员。那时，广安地区还没有成立，广安属于南充地区管辖，广安这边加入省作协，成为会员者是比较少的。记得当时，岳武广这边就彭俐辉和华蓥山矿务局绿水洞煤矿写儿童诗和散文诗的萧习华；成立广安地区，以至于广安建区设市后，从事写作的人多起来，省作家协会的会员才逐渐地多起来了。

20世纪80年代末、90年代初，四川省作家协会主席阿来还在阿坝州编辑文学刊物，因编发作品，彭俐辉就与阿来主席成了很好的文朋诗友；后来，阿来主席到成都发展，进入四川省作协，以一部长篇小说《尘埃落定》获得大奖，奠定其执当代文学牛耳地位。他俩的交往与日俱增的，至今，友谊已十分深厚。彭俐辉和当代叶延斌、大卫、大解、李元胜、梁平、张新泉、龚学敏、曹东等许多著名诗人是在同一个时间节点线上的。算来，彭俐辉写诗、创作现代新诗已有近40年的历程了。这个时间节点也是和我国改革开放的历程同步，属于改革开放一代诗人，是我国改革开放历程中，文学变革尤其是现代诗歌写作发展历程的亲历者、实践者和见证者。用彭俐辉的话来说，事隔这么多年，仍然在诗歌写作圈子里进行写作实践、摸爬滚打、坚持下来、保持高度热情者，已不是很多了，是十分珍贵和稀有的人群了。这个群体，作为参与和见证改革开放历史的这代诗人，在时代文学的地平线上，是具有着特殊的意义的一个群体了。

回顾改革开放初始年代的文学，尤其是现代诗歌，写诗者大多是饱含着热血、激情澎湃的一代人。他们对生活、对人生、对未来都充满着无限的向往和激情，所写作品往往是讴歌当下生活、抒发精神意志、表达追求和向往为主旨，诗的行间往往饱含着强烈的时代精神，流淌着清新明亮的青春气息。正是当年这一大批执着追求、锐意探索、敢于创新的一代诗人，装扮出了我国改革开放过程中缤纷灿烂的文学天空。

回想当时的情景，那可是激情满怀；诗人作家们往往从写诗作文开始，学中写、写中学，借鉴、比较、鉴赏、探索；凡

文艺评论集　　123

发表了作品，常常会心跳一阵，祝福一阵。因为那时公开发行的报刊很少，远不像今天这么繁荣。今天的内部外部刊物这么多，自媒体更是比比皆是，文学、文艺社团也这么众多。

彭俐辉 2015 年后在某国企工作。因为距离的关系，他每年都要回到广安，他的诗歌写作的内容、所关涉的事物，大多与以广安为背景的人事过往、社会发展、生活变化相关联。

酒逢知己千杯少，话语投机不嫌多。我借着相逢的机会，就诗歌写作实践方面的内容进行了比较有深度的交流，很有访谈的意味。为了记录心迹、留存思想、启迪以后，我将交流的内容进行稍微的整理，以供方家参考。

2019 年新年的夜晚，广安市思源广场，这个以饮水思源为核心内容建设、占地 660 亩、设计古朴大气、建筑精美的中国西部最大音乐喷泉广场，在彩灯的装饰下一派节日的气氛。来来往往的人群，脸上都洋溢着节日欢乐的光彩。我和彭俐辉绕着转着，话题始终是文学，丢不掉、绕不开的文学，那浸透血髓骨脉的诗歌。

近年来，他在《诗刊》《星星》《诗林》《诗潮》《草堂诗刊》《草原》《北京文学》等国内知名文学刊物发表不少优秀作品，获得了不少诗歌奖励。2018 年他获得第二届"魅力临夏·良恒杯"全国诗歌大赛一等奖，是一个重要标志。颁奖典礼在北京现代文学馆进行。这次获得的奖金比较丰厚，他应邀亲自前去北京中国现代文学馆领奖并发表了获奖感言。

诗人就是诗人，往往不以岁月流逝而改变自己的习性。诗思是一种思维方式，写诗是一种生活方式，是一种人生的修行。这也是为什么不少作者从写诗活动中获得生活快感，回避掉人生繁杂烦琐事务，进入到自我净化、陶醉和快乐境界的原因。"腹有诗书气自华"是说诗人内心读有许多诗书，保持着诗卷的气息，常以饱含情感的思想去认识、对待和处理生活事务，人的外在气质、姿态仪容都显得华丽高贵。而这写诗的过程更是以诗思的方式认识世界，以诗情美感去打量世界，以诗美情态去选取和裁剪生活，因此更会让诗人体会到由诗写主体到考察客体的过程都蕴含浓厚的审美因素，从而气度不凡，华丽多彩。诗人写诗过程中，沉浸于诗性情怀中，往往会忽略他世界变化与存在，常常有"我为诗歌狂"的倾向。

诗歌是时代的精魂，诗人是时代的百灵鸟。时代因为有诗歌而光华灿烂，生活因为有诗人而摇曳多姿。

谈起诗歌写作，谈到写诗的感受，彭俐辉目光晶亮，有羽化而登仙的感觉。那种投入、凝定、自守，强烈地表现着诗人顽强坚定的意志风采，这就是著名诗人的风范。而笔者私下暗自追问：见过的、听说过的诗人确实不少，但有多少诗人对待诗歌写作能进入到这样忘我的诗写状态，能够用一生来坚持、毫无愧疚、大声宣称自己就是诗人的？更不要说那些极少数诗歌写作者一心多用——一手握着写诗的笔，一边眼睛盯着面包、荣誉、地位、钞票、权柄甚至美色者。

伟大变革的时代需要执着专注的诗人，只有执着专注的诗人才能够浸淫于时代生活的诗情画意之中，深刻体悟时代生活的精神脉搏，深刻感知时代生活的流变，从而含英咀华，奉献给时代以精美华章。

谈到写诗的体验，他讲了和诗友交流的意见。有诗友对他说，有时诗思如泉涌，一天能写10来首诗。而彭俐辉却告诉他，把写10首的时间用来思考，写一首即可。

彭俐辉认为，诗不是写出的，诗是思想出来的。

彭俐辉的这个诗歌写作观点是合理的。诗歌感人的实质是情思——饱和着感情的思想——是带有鲜活情感现场和思想意识物象的形象思维，通过诗人个体主观的认识创造，凝聚升华为至美的诗歌作品，从而形成一个诗歌审美客观作品。这个饱含感情的思想表达又是需要独特的技巧和方法的。这就需要诗歌写作主体深刻感知事物，找到心灵对事物映照的切入点，抓住那些光辉灿烂的情思内含，捕捉到表达这份情思语言的霓裳羽衣，记录心灵的瞬时感悟，凝定为作品。然后让读者顺着作者的情思路径，还原诗人创作诗歌的情景物象，品味诗人设定的审美情态，从而迷醉其中，获得心灵与诗歌意境的完全契合，产生再创作的心灵映照，达到自我精神愉悦升华的功用和境界。

谈到诗美，彭俐辉说，近来他特爱研读唐诗宋词，那其中的诗意美境妙不可言，决定多从中国古典诗歌写作传统中借鉴其表现手法和造美路径。

我认为，彭俐辉这个诗歌写作主张具有深刻的代表性，表现了诗人深刻领悟、研习、承传中国传统文学艺术审美的自觉。

前不久，在广安举办的一个诗歌写作研讨会上，《星星》诗刊著名编辑、诗人、诗评家李斌强调，在诗歌西化和大众化方面，他倾向于大众化方向和道路，主张诗歌审美回归中国诗歌写作传统，认为这才是当代诗歌写作有出息的审美路径。会上，著名诗人和诗歌评论家鲜圣在发言中也表达了同样的观点。

中国诗歌审美向着中国传统审美方向的回归，昭示着当下诗歌写作发展的路径和方向。

是的，诗学界正潜涌着一种潮流，中国新诗在美学观念上正朝着古典诗——传统诗歌审美的范畴方向回归。

中国古典诗歌中那些诸如"清水出芙蓉，天然去雕饰"的审美意象，那种"自言臣是酒中仙"的旷达豪迈，那种"名花倾城两相欢"的诗歌审美情态，曾经创造了饱含鲜活时代精神情感，具有穿透时空精神光芒的诗歌审美味道，一定是我国未来诗歌写作审美表达的明亮前方。

读当下诗歌，有时就想，写诗作文者，不论从文化人角度讲，还是"经国之大业"方面讲，诗歌是由人写出的，是诗人内心灵魂的最直接"手工"。因此，诗歌写作主体的诗人内心精神是起决定作用的。有什么样的精神主体就会产生什么样的精神客体，才有何等精美感人的作品。只要你主体意识净美空灵，不受市俗牵绊，保持"明镜亦非台""了无挂碍"的心灵自觉，写出来的东西至少就有七八分可读和感人的成分了。当代法国哲学家皮埃尔·阿多说，当下瞬间的体悟是存在的最为真切的感受，这种有限时刻蕴含有无限价值。

在考察古代诗歌审美要素时，我们常常会体验到，古代诗人写作中，那种人生状态的深度投入，那种诗写状态当下（此时）精神意志的凝定，那种"精骛八极、心游万仞""笼天地于形内，抚四海于一瞬"的思虑状态，那种人生体验中鲜活要素的贯注，让作品具有了穿越时空、链接古今、融通心智情怀、唤醒灵魂和激情的功能，成为万古不朽的诗作，而不是写了印了读了罢了，等着写入年鉴、大事纪的作品。

彭俐辉谈到诗歌写作成功要素时，他极力主张要写出自己独特的感受。此中的感受，我的理解就是当下瞬间体悟，是存在的最为真切的诗美情态。

比如他发表在《广安日报》上写广安的《广安，广安》(组诗)，就是把自己离开广安流旅生活状态下、怀着一颗游子炽烈情怀的特殊感情进行凝练表达。

(本文原副标题为——彭俐辉诗歌访谈)

《山道》上的寻思

(一)

打开邮箱,见诗集《山道》的清样稿,并言"大侠:请指导。胡红拴。"这使我有一些惊喜。

以前只在中国土资源作家网上读过一些红拴君的作品,未见其人。记得很久以前,为了解红拴君的情况还特地打电话问过友人,友人答得虽然详细,然终因未见其人,印象也就难以深刻。

可这次抗震救灾报告文学改稿去向嶂石岩途中,上来一位精神抖擞者,大家便指认他就是中国国土资源作家协会的副主席胡红拴。

嶂石岩第一天开会,我去得稍晚,见座位上放有一本书《许钦松诗画记》,是胡红拴所著。很精美的一本诗画册,画是许钦松作的,诗是胡红拴作的。挑选几页看过,画有古朴之味,诗有涵通圆润之感。签名时好友窦贤闹了一闹,结果窦贤君先写上面,红拴君便在下落名,算是完结。

吃饭的时候，他说他踩过我的网易博客。这样，我便真切地感受到了此人平易近人、善交谈、对人很真诚。有缘的是，在嶂石岩改稿期间，吃饭住宿都在一起，得以近距离交流，交谈就成为家常便饭的事了。

那天大家去爬槐泉寺，我与红拴君走在了一起。这次推心置腹的谈话确实给了我一个很深刻的印象。我们的交谈从他由河南到广东，由从医到从文从艺，由他搞地质工作到专业医师，由写作品到出版30余本著作，由他现有工作到家庭孩子，谈到了差不多全部的人生轨迹。

工作几经变换，中年后抛家离眷南奔北走，对文学艺术锲而不舍追求，为了什么？不就为了心中那盏永不熄灭的圣灯星火吗？

我心中暗自私思忖：中国国土资源作家这个队伍由散而聚，由无闻到有影响，靠的就应当是一批坚定执着、顽强坚韧、在文学艺术探索道路上具有一往无前的精神意志的一群人。佛经故事中曾说，坚定执着地追求人生目标者，佛会赐予幸福的。《诗经》中说的"信供尔位，介尔景福"也就是这个意思。他的追求最终是会获得恩报的吧！

在了解的基础上，我对这位仁兄充满了敬意。我在想，对这种执着与顽强的精神，首先应当报以鲜花和掌声，然后应当作为旗帜树在人生目标的高远处。

那天，我们都起得较早，见红拴君立在楼外栏边望风观云，便和他漫步晨光。他给我讲起他写嶂石岩晨景的诗稿修改情况，他念诵道：

嶂石岩晨雾

昨日/仍然是/骄阳依旧/为何今晨/将迷彩服/披上肩头/朦胧中/带着几丝娇羞/是否因夏风驻足/是否是/九女出浴/拉上了纱幕/别是为/昨夜/我酒醉的缘故/愁绪/跳上了心头

那时正是晨初时分，我顺着他的诗写意境放眼望去，位于我们居所右边远处的九女峰果真如诗所写，披着晨雾，曼妙多姿，楚楚动人。把本来无心无意、变换自在的山石云雾，写成肩披迷彩、驻足夏风、沐女披纱、为我而愁的怨春少妇，情态、意境、节奏，都轻快明丽，颇具匠心。想起他给我说过的一句话：玩玩而已。这也可能仍然是他的偶作罢了，当时并未更深地思考与交流，未曾想到他一回到岭南，就会这么快弄出一个集子来，甚是钦佩。

（二）

百多首诗的诗集《山道》，我很快就读完了。要知道，对于我来说，许多诗集，是不能够一口气读完的。读完《山道》后我想了想原因，大致是因为所写的这些景区景物自己大都去过，对所描写的对象有与作者感同身受的体验，能够再一次唤起同感共鸣，即使有个别地方未去，通过诗人入境入味的描写，也能够身临其境；另一个因素就是诗确实好读，短句、快节奏、意向鲜明、情景生动。在形式上，将句子按照诗韵节奏分行，有马雅可夫斯基式的节奏和韵律；而实际一首诗的句子是很少的，可叫作短诗或者小诗。这样处理使诗歌本身在形式上有了流动的情感。在表现内容上，作者所站的角度不是置身景外，而是身临其中，解读景象的距离感很小，一句话，诗句对景象的切入十分明快、顺畅，有民间花鼓的节奏与情调，所以能让人顺畅地读完，并有清凉透心的快感。

这和那些用心去打造着意象、寻求诗人个体内在体念的心路历程、让人着重去解读诗人个体意志，甚至让人去解读难以把握情感意向的诗有着显著的不同。应当说，在诗的构思理路上，有着很重的传统诗歌的特征。对书写对象做直贯的情思寄托，想像在原事物上展开和深化，并且多用拟人、比喻、呼告、衬托等手法，诗人的个人情思在所写对象上得以充分的寄予和展示。我认为，这样的诗是走着新诗发展以来的传统理路，吸取着新诗传统的精华，在传统与现代、在流行与时尚方面起着焊接和递进的作用。因此，许多诗篇读来清新、明丽、不做作、不古板，有着饱满的激情和诗思的灵动。

这是否与"80后"等当下流行诗人们在诗写理路上有着的较为典型的区别呢？对我国诗歌写作发展历程进行跟踪考察，对中国现代诗歌写作发展进行梳理中，看到我国诗歌写作取得异彩纷呈的突出成就，也看到或大或小存在着的代沟、流派间的分歧和隔膜。一代人对另一代人的作品在认可上多少存在着异议。就当下情况而言，有以城市生活为主要书写内容，以城市青年学生为阅读对象的诗歌，被一些学者称为学院派；有以广大的农村生活的参与、眷顾、回忆作为内容，以广大在农村生活或关顾农村的人士为阅读对象的乡土诗歌；有着力于寻找对现实生活做整体性、普遍性思考追问的先锋诗歌。在这些各具风采的诗歌样态中，红拴君的诗是有独特价值的。至少在时尚与流行的喧哗中,给了传统与时尚诗歌精神以合理的表达呈现和诗着的连接。我认为,这绝不是着意比附或者故意牵强。

他用诗来写自然景观体验,这在当下的诗界已不多见了。正如有学者分析指出:80年代以后的诗在"学西方"的潮流中,走了一条向内心开掘的道路,作者对待外界景物不是表现尊重与理解,不是寻求诗写主体对所要表现的客观对象的渗透与溶解,而是转向于内在心情为主的,对外在景物的利用与心情的排解。甚至有人认为,这是当下部分诗人极为自私的表现。个人情感表达与排解固然重要,但客观生活也值得尊重,任何时候,处理好主体与客体的关系都应当是一个不容忽视的命题。诗歌的大唐气概实质是什么,我浅显地认为,就是诗人很好地处理好了主体与客观生活的关系。就是初唐以写内心感受著称的陈子昂的《登幽州台歌》"前不见古人,后不见来者,念天地之悠悠,独怆然而泣下"这样的诗,也是以"见"为诗的起点的。因此,如何处理诗写主体与客体的关系是诗歌解读过程中的普遍问题。而《山道》这首诗,让我们所感受到的是作者与客观景物的平等与自在,是物我同在,是相看两不厌的境界互融与情感共生。这在今天这样的诗写潮流中,具有一些探索创新的意义。

同时,我想提示读者,还应当看到《山道》的另一份价值,那就是全诗以山、道作为书写对象,表现诗人主体的行侠游踪,为旅游文学提供了很好的范本。因为以景观的优美描写来满足旅游大众对文学作品的消费已显露出广阔的市场。同时,以"入"与"出"的恰当距离来写景观应当说是颇费功力的，值得诗人们做出努力。也许正是这种趋于客观的描写、中性的情感表达，使诗歌的受众具有了普遍性，尤其在旅游景区的宣传上，是值得好好研究的开发项目。在这方面，我国古代许多写景诗都可以说是达到了文学的高峰。祖国的许多名川大河都是通过诗人的优美吟唱而传之久远的。今天，我们共同面临着如何以当下精神意识、当代表现手法准确到位地写好景观诗的重要课题；也是当下诗人和诗写理论所不能忽视的课题。

红拴君的诗写得快，所写诗的形象感强。不少诗在我看来是情、景、意三要素有机融合的好作品。这些作品在景物与情感间构建起便捷的桥梁，给人二度创作的便捷通道和合理空间，读者可以较为直观地体会到诗和景的美，甚至产生直达心灵深处的效果。

也许是写得快的缘故，在运用呼告手法方面，有较多的重复，存在表现手法单一的问题，若能多变换一些方法可能会更好一些。

这些意见不一定准确，希望红拴君包涵。

忠实而质朴的守望与讴歌

面对一如热浪般涌来的，带有新潮、浪漫情调的都市生活，面对日益商业化的社会人文，我们赖以休生养息的乡村，以及那永远质朴地奉献着的土地似乎在渐远、在疏离。当代人文情怀下的乡村该是怎样一派情景，它的美感氛围是否会永远令我们心驰神往。带着这种种疑问与渴求，去读谢宜兴的诗集《留在村庄的名字》，只要心绪不因世事的繁杂而烦乱，是一定会获得审美期待的满足和充实的。

这应该是一部被定位为乡村诗的力作。在多数诗人作家用热情和灵魂去感知、反映和讴歌五彩缤纷的现代都市生活之时，谢宜兴的目光锁定在乡村，并以一种虔诚的忠实和质朴，深情地凝望乡村，凝望乡村的一事一物，讴歌赞美乡村中的变化与发展，表现出当代诗人对故土炽烈感情的坚定和留守，表达对承载我们爱情与思想的土地及那片土地上亲情浓郁的颂扬。在每一种的痛快淋漓解读中，你都会感到，泣血般的忠实、热浪般的炽烈。这成为了我们亲近乡村、喜爱乡村、拥偎乡村和多视角解读乡村的一种导引。

看看《独坐山坡》吧！那时我坐在陌生的山坡上/山菊在

我身边一个劲地疯狂/我看不清太阳为谁匆匆西去/月夜冷冷地忧伤……

读读《这个黄昏》吧！花布伞在村庄那头消失/檐雨迟疑而又迟疑地滴下/如我三十年后的泪水/一种情绪涟漪一样/漫过屋顶/晚烟的手已无力挥别……

品品《父亲的灯光》吧！就这样/父亲手上的马蹄灯/温暖着我们长长的一生/多年后想起秋夜上薯场/我们深深体会到/粮食的甘甜和艰难……

感受《好不容易雨停了》的乡村爱情吧：既然我的月光/已照不着你灿烂的背影/每一次相聚都逼近分离/我为什么还把/深深的祝福待在你/生命的每一个驿亭/晨钟如此残酷地在我头顶……

种种绚丽的乡村激情被诗人从心中、从眼中、从口中、从笔下深情地讴歌着。我们没必要说这就是当代乡村诗的绝唱，但它实实在在地以诗人的灵巧和聪慧，以主体的坚定顽强和言说的执着与忠诚，深情地讴歌着属于 20 世纪末的中国南方近海的乡村，塑造了一份难能可贵的乡村诗的瑰丽和辉煌。让我们久溺于对乡村诗歌及对乡村情调酣畅淋漓地讴歌吟唱的充实和满足之中吧！诗人由一个情景阶梯自然圆润地转向另一情景平面的顺理成章的逻辑承递、用利剪式的快捷直裁动人事物入诗的情境构造、以独具品味的语言组拼表达出的内心情绪的流露，无不合情合理地把他的诗艺创造铸定在一个峰峦的台阶上。当然我们期望读到更多优美的乡村题材的好诗，也希望作者沿着这留在村庄上的名字去寻绎出更深更美的诗句（他完全有资格有能力），严肃客观地肯定他的诗歌成就相信对于今天的阅读与创作都不会是溢美和多余。

（本文发表在《中国国土资源报》原有副标题为——读《留在村庄的名字》）

灯下文语

（一）改革对文学创作的深切期待

从 20 世纪 80 年代起，中国社会进入一个全新的历史时期。这个时期的显著特征便是扭转十年"文化大革命"给中国社会带来的灾难性影响，使人们的思想理论、认识观念和价值判断都回归到正常状态上来，社会经济文化以超速的发展弥补着过去的损失。这个恢复重建、拨乱反正和深入发展的历史进程，就是人们所概括的改革时期。不难看出，改革开放作为一个时代的标志，它是以上层的政治措施变革为起点的，并且不仅在政治经济领域，而是经济、文化等社会更广阔层面上具有深刻的意义并发挥着深刻的作用；它是一种社会经济文化现实变迁总体推进的实践活动。这个社会实践活动随着社会的不断深入，不断地向着社会生活的各个方面渗透，直接影响人们的认知水平、精神风貌的改变，可以预想会引起一个时代的变迁。

文学是社会生活的艺术化反映，是社会生活的一面，它必然会以特殊的方式和手段，反映时代精神，反映这个时代的生活状况和人们的精神风貌。

事实上，文学发展的历史表明：任何一次具有深远意义的、划时代的变迁活动，文学都会忠实的记录和作出积极的反映。作为一场深入影响中国当代社会变迁的社会文化实践活动，它以前所未有的规模向社会的各个层面进行深入扩展，引起社会产生划时代的变革，文学必然会受到直接巨大的影响。在这个过程中，文学已经作出了比较积极的反映。

在改革开放新期，出现了一批被称为"机械才子"的改革作家和一批弘扬开放思想的优秀文学作品，受到了人们的普遍观注。然而就文学在时代发展中的作用而言，文学承受了人们更多的期待，人们期待着有更多更好的作品出现。

其他历史时期的文学变迁一样，当社会经济文化发生巨大变迁，文学变迁总是面临着超现实状况，突破现实范围，实现人们的期待与理相衔接的沉重困惑和思考。作家程树榛在《文兰报》39期撰文说："改革文学正处于浅层向深层发展的胶着状。"程树榛的这个观点，描述了改革文学目前所处的现状，是一个比较准确的概括，表明改革时期，人们对文学寄予了深切的期待。突破现状，超越现实是现实文学发展的实质性问题。

从另一个角度分析，不难看出，改革文学的突破与超越是基于文学创作现实的落后的，是以从改革的深刻程度和文学未来理想状态为目标的。目前，文学批评理论也好，文学作家也好，都受到来自社会各方面的指责和批评，陷入了前所未有的焦灼状态。反映改革实践的一批文学作品被评为落入种种范式或模式。比如，在塑造人物方面，往往书记正派，抓思想路线，而厂长总是具有单纯的业务思想；再加上新干部的管理故事等等。这样，作品的人物就成为了一种按标准调配好的，一尝便知其味的东西。这些作品与生动活泼的、发展着的改革现实相距甚远。这种范式化、模式化的处理，是对改革实践的简单化处理，没有实现文学反映时代的艺术目的。

与此同时，文学艺术方法也沿袭旧惯。比如人物性格塑造上，不是把笔触深入到改革实践的社会生活中去真实客观地讨论人们思想精神和心灵世界受到的影响与冲击，去探索人的内心世界，去触摸人的品格、性格发展的复杂历程，而是往往表现人物在公与私、公众与个体、政治与生活等等方面的双重人格，从而在简单化的矛盾心理斗争过程中展开内心冲突，又在明显的机械的程式中得以解决。这样处理起来好像是创新，但实际上又落入了人物心理塑造的一种范式。这样，现实生活的生动性、复杂性就被简单化，反而表现出文学作品反映现实的虚假性和幼稚。

基于以上分析，人们对改革文学的深厚期待是基于作家的社会责任的。作家是时代的先驱，是时代精神的解释者，作家群体理应担当起反映社会生活的责任。作家不应当回避社会的矛盾，更不能回避反映时代生活的困难，还不能简单化地处理社会生活，而应当以最好的文学作品、以最为迅速的速度反映生活，触动人们的灵魂。俄国作家普希金曾说过：作家和学者的队伍，无论他们是何许人，总是要站在一切教育进军和文明攻势的前列。作家们应担当起这个社会责任，深刻地反映时代的本质，回应人们的关注与期望。

在题材选择方面，现实题材可以写，历史题材也可以写；战争题材可写，非战争题材也可以写。历史的战争题材可以唤起人们的历史共鸣，通过对比认识今天改革的意义。应当把才华融入到热火朝天的现实生活中，触摸时代精神的脉搏，把握时代生活的主流，而不是过多地强调时代的文化背景，单纯地去主张所谓的自我实现，自我超越，单纯地主张所谓的挖掘历史文化内涵而沉溺于过去的生活，以好奇的心态，哗众取宠的笔调进行描摹。有出息的优秀作家，应当深入现实生活，分析一切社会原因，分析人的精神，对时代现状进行深刻反映，从而满足人们对改革文学的深刻期盼。如果不以深刻的体验，触抚时代的脉搏，对今天的现实生活不能不说是作家们的遗憾。

改革文学创作的现实也证明，满足人们期待的作品是深受人们喜爱的。前不久评选揭晓的"火凤凰杯"报告文学奖引起了人们的热烈关注，掀起了文学兴奋的热潮。分析其原因，正是这些获奖的报告文学作品拥有宝贵的速写现实生活的精神，站在了时代的高度，反映了社会的热点，从不同角度揭示了改革这个伟大历史进程中人们的社会心态——人们在这场改革大潮中的喜乐与忧伤、困惑与欣喜、获得的兴奋与失意的忧郁。这些文学作品用事实表明：改革开放呼唤作家要对火热的社会生活有强烈的参与意识、自律意识、主人翁意识。而不是以观赏者的身份、调侃式的语言、漫画式的笔调、简单化的态度在作品中评就纷纷。如果作者与所表现的主人翁保持血肉深化的联系，真实地再现人物在改革进程中的困惑、奋斗与挣扎，表现他们鲜活的人生，这样的作品价值就不会很低，这样的作品就能够满足人们的期待。

还是作家程树榛发表在《文学报》第 39 期的文章说得好：以局外人的身份去体验生活，哪个厂长会对你说心里话？改革像一股巨大的热流，正向社会生活的多方面渗透，在沸腾的社会生活中，一大批真正有志于反映改革现实的作家，在深入总结历史经验的同时，在经过一段时期的喧哗后，正默默地思考着、体验着、探索着如何把改革这个时代热潮与人们的精神联系起来，把他们的心理状态、生活状况表现出来，以历史的责任感，以哲学的深邃和高度，深刻地揭示出来。他们在寂寞中进行着挖掘。可以期待，在改革文学发展的大潮中，一定会有更好的作品出现，就像改革的春渡大潮，会给那些有准备有志气的作家们以鼓励，给期待者以满意的回应。

（写此文正值 1987 年 10 月 7 日，正值中秋月贺，是在华蓥市永兴中学搬入家属楼 6 楼后的第一篇文学，特有意义。以此作为得月安主人书，以激励自己努力学习、成功、专志。）

（二）深情歌唱不朽的时代精神

已是崭新世纪的早春，目光所及的阳光与空气都吐露着无比的馨香，思想所至的景观与世事都令我们振奋和感动。这美好的时光属于我们大家，属于我生命历程中、生活河流里、事业天空下最宝贵的时刻。有一千种理由放飞我们的精神意志，振奋我们的激情，拒斥哪怕一丁点儿慵倦，抛弃疲惫，来充分地感受、深刻地体会以及生动地表达属于我们的大好时光。

岭上晴云披絮帽，树上初日挂铜钲。春光灿烂的景象就在不远的前面。因此，春天的聚会是美好的聚会；是华蓥山下在新世纪里文朋诗友们携带热情与豪情，满怀昂奋与激动的相聚。此时此刻，我们可以想象华蓥山的每片绿叶都在对我们微笑致意，山顶上绚丽的云在为我们喝彩，渠江水在为我们扬波祝福。我们真诚感谢春天为我们创作精美作品带来的真挚的祝福。

社会生活环境里，不时传来文学低落的消息，实用功利、商用文化精神盛行的状态中，文学受到从未有过的冷落，无数人用劳动去垒筑温暖舒适的生活时，给了文学艺术漠视。然而，社会是否不需要文学了呢？现代智能化生活是否应远离文学艺术呢？回答是否定的。理论家告诉我们，只要人类的思想存在，就永远会有文学的繁荣；只要人类感情不灭，社会就永远会有精美的文学艺术作品产生。只要人们稍微关心美好的生活，就会感到文学带给我们的鼓励和振荡。因此，我们不怕在文学最低落的时候切入文学，不怕把一生的奋斗追求大胆地抵押在文学事业上，因为人类不没，文学永存。因此，愿我们相互勉励着为生活深情歌唱。

我的文学创作走着一条十分崎岖的道路。1976年高中毕业，便与几位好友组建了一个写作小组，创作讨论，相互砥砺，采访先进人物，为公社出板报，自己荣幸地成为四川日报通讯员，每周便会收到川报寄来的资料。从那时起自己就不停地写散文、写诗歌、写小说，甚至写相声、快板等作品。曾于当年在县会演中获创作奖。1986年初在《南充日报》《教育导报》《中国妇女报》《杂文报》《语文教学通讯》《语文教学》

《语文报》《学语文》《山花》《星星》《青坛》《青春月刊》等刊物发表各类文章及作品。从1985年起至1990年连续5年报考研究生，先后投考西师大吕进，华东师大徐中玉，川大曹顺庆等教授的硕士生。专业成绩得到高度赞扬，以至于与吕进、曹顺庆先生结下了深厚的情谊，一路得到关爱。1986—1988年参加中国文化书院"中外比较文化"专业大学后教育函授，直接得到北京大学哲学系主任、著名美学家叶朗先生的指导，撰写的论文《宗白华〈美学散步〉研究》得到他的肯定。1988年考取武汉大学中文系插班生，因家庭关系未能去读。此间除阅读了大量中外文学作品及理论著作外，还撰写了较多的散文、诗歌作品，择要在全国一些刊物上发表。《青春，在痛苦中复苏》在黑龙江刊发后曾收到全国不少青年学生的来信和主编的高度赞扬和约稿，后陆续有近十篇文章被发表和选入有关文集。有作品收入哈尔滨出版社的《精短作品选》，贵州出版社的《青年文学千家诗》选，以及《永远的歌手》等十余种作品集。也曾在全国大赛中获三等及鼓励奖，获华蓥市、广安统战系统的创作及理论奖。回顾创作历程，虽不成系统，但却表现出那么的专注执着。

目前我出版的作品，就是先期结集的三本。诗集《情心话语》约16万字，散文集《往事情缘》20余万字，理论集《诗美论》约25万字。近期正着手华蓥山历史文化的考察，准备写一部纪实类的反映本土文化的作品。

就目前出版和发表的作品看，因系过去的东西，内容大都比较浅泛，难以叫我本人满意。我所反映的大多是自己对苦乐爱恨的深刻感受，对人生世态的深切体悟，对青春旅程的思考和理解。我所写的内容按流行说法可称之为本色文学，均从自身感受出发，目前还没有超出自我感受而属纯艺术构思的东西，这是作品浅泛的原因之一，但也正由于出自自身感受，它更多地带着原生情态，不失与读者的亲和力。

作品中我更多地注重思想与感情的高度融合。如散文集中的文章，主题都较集中明确，情境表现尽量透明，给人以华蓥山的清朗和明静感；语言上更多地注重鲜艳华丽，以形成自己独特的风格。

由于本色文学特征的张扬，作品往往显得浅泛粗疏。出版著作，缺乏经验，致使作品缺乏应有的高度和深度，甚至语言词藻，篇章结构方面也有错讹之处，很感羞赧。但这可作经验教训，相信在今后的创作中我会不断地成熟起来。

在我心中，华蓥山山民坚强不屈的执着精神、顽强勇敢的生存意志、勤劳善良的品性情怀给了我深刻的浸润和鼓舞，我曾为这些人与事偷偷感动泪流，认为自己此生其他方面不能有用于社会，一定要以笔来张扬华蓥山山民的精神品质和特有情怀。在我矮小的身躯面前每一位华蓥山父老乡亲都是高大的；在我高远的心志情怀中，华蓥山精神是永远燃烧的太阳。我愿用生命的全部热情与在座朋友们一道为华蓥山人民深情地歌唱。

今天令我激情满怀，明天更多更精彩的作品和更加优秀的作者作家一定会出现。为了明天文学艺术的繁荣，我真切地希望通过我去推动未来的文学潮流。我的作品是幼稚的、粗劣的，如果大家分析这些不足，很可能对大家的创作有所启发，这是我的真切愿望。

作为文人，有理由面对文朋诗友纵放情怀；作为朋友，没有理由拘泥于某种顾虑而不放飞自由的想象。希望放弃各自壁垒和种种疑虑，坦诚地交谈吧。因为我们的时代缺乏艺术的交流，缺乏应有的思想沟通，常常被苦思的孤独和郁闷的情绪所掩埋；我们不应该对真实的心灵表露选择回避。因此，真正的文人，真正优秀的文人，就应当开怀地言说谈论自己的主张。无论谈到何种程度，都会是一种观点与态度，对于未来的文学共建，无论谈得多么高远都会有益。真切地希望在讨论中收集到有指导性的意见和精美作品，收获到饱满的精神情怀。

（三）文学与社会文化心态

在20世纪80年代的一段时期，有关文化的俗语、谈论都显得特别时髦，有关文化的讨论十分惹人注目，总之，文化讨论成为了名副其实的热门话题。

然而在那些轰轰烈烈的讨论中，对有些现象加以深入考察，得出结论是，有许多问题实际是需要我们细加分辨的。《光明日报》曾发表一篇名叫"反文化的文化现象"的文章，文章对"中国书法文学社经理业务室""翠微艺术咨询公司"开展有"帮助看、改、推荐文稿、帮助构思和引见著名艺术家"的业务项目，提出了不知"算是哪路子买卖的批评意见"。认为"公司人员所看、改、推荐、构思的稿件在报刊上发表"除了表明它是货真价实的冒牌货外，没有任何价值可言，其理由是，"文学作品只能由作者通过艰苦的艺术实践创造出来，真正的艺术家是断然不会参与这项服务项目的"。这里涉及到有关文化的两个问题：一是文化现象，尤其是新出现的文化现象；二是对待这些新的文化现象应具有的心态。的确，这种帮助人看、改、推荐文稿、帮助引荐名人、帮助构思文稿的文化现象，以前也许不多见，但一查历史，那上面便记载着宋代、清代都有过这些活动。就算作为一种新生的文化现象，也没有必要去责问算是哪门子买卖。其实，就算公司以赢利为目的，只要不违背有关法律法规去操作，或者不存在公司人员水平低下、与所称的事实不相符合的情况，没有欺诈行为，那便是无可厚非的。而单就公司以帮助看改文稿这种现象就认为是反文化的，那就值得思考了。

诚如前文所说，文章只能通过艰苦的艺术实践创造出来。这里的文章不单指经过艰苦的艺术实践创作出来的文学作品，还包括了一些应用性和技术性的文章。这些应用性、技术性的文章的产生，除了有自己的体验，感受认识以外，还需要有一定的规章、技巧才能开展。在具体的写作过程中，得到一定的帮助，帮看、帮改、帮推荐，这何尝不是好事。就是艰苦实践中的艰苦也包含着对文章的审看、修改，对构思的评议、修炼。请人帮助，无非是要借助更大的认识参照体系，以使自己文章的构思写作少走弯路。一些大师的文章也曾请人批评指正过，就是明证。而今，这些公司所从事的无非是有偿的劳动罢了。通过有偿的劳动，增大双方责任感，又何尝不可呢。如果真正通过修改、推荐出了好文章，这也不是所说的毫无价值可言。退一步想，如果艺术家为了创作出更多的作品，一味地艰苦实践，不能在更大的认识参照背景下来审视自己的文章，进步也许就相对要小一点，那么，请人看一看、改一改、荐一荐又何尝不是一件好事。如果这些作者写作了文章，未通过修改、推荐，形成为对社会有益的成果，束之高阁，那才是于人于社会都无半点好处的呢。

就此看来，将这类以前少见的文化现象称为是反文化的现象，其实是有失偏颇的。反文化之意，是指违背文化规律，损坏文化内容要素的一切行为或动因。这种随社会发展而出现的前所未见的文化现象，表明了文化发展的多元要素。虽然就内容而言有消极与积极之分，但它都是社会产生和存在的文化现象，按照黑格尔"存在即合理"的理论看，它的产生、发展、消亡都有一个自己的运行过程。这与人们所认同的违背文化要旨、规律，归附原始，展示粗俗低级生命的动物本能是有一定距离的。一个时代，当它处于一种社会形态向另一社会形态转化的过程中，这种转换或因精英人才对制约社会发展的措施进行改革，或者对社会生产关系的调整，往往是文化变革的重要时期。文化形态往往表现在一种重建新构的渴望之中，这种渴望新生的进程，使得一些文化形态的内容，结构可能会被打破，一些新的文化思想、观念有可能被重新建立。这应该是一个探索、创新的过程，也是一个文化多元多形态发展的过程。这时，优秀的文化要素与陈旧的文化要素，进步的落后的文化要素都可能在此因变构而处于特别大的包容状态之中。这时，我们的心态往往有一个适应、认同、促进其消亡或新生的调整过程。

（四）文学的社会语言变化

要深入地思考社会语言这个问题，或者说要分析研究社会语言这种现象，是基于人们对信息社会思维对客观事物反映的一些明显的现象提出来的。如 80 年代，人们都说知识爆炸，把人们思维对迅猛发展的生活观念、意识形态的吸收和影响称为爆炸。我们从信息成倍增长的状态中就自然会联系到思维对事物的表述、反映。信息猛增，知识爆炸，观念更新，它的直观外化形式，就是时代的社会语言的更新。

其实人们把信息观念的语言词汇的增多描述为知识爆炸，实际上是不够准确的。因为知识爆炸一词仿佛是一个知识迅速衍生发展为多方面知识的词汇，其中有许多词汇是依存于想象或凭空产生的。其实，客观地看，当知识作为一种客观观念，作为一种被意识感应、反映的存在时，它应当说是一直客观存在着的，而不是从人们去认识它的那瞬起，或随人们时代生活行为去引爆而产生。也就是说，知识是客观的，是随人类社会生活的发展而发展的，只有当人们去认识了客观世界中被观念化为知识的东西，它就是知识，而未被观念化意识化的东西，还不会算作知识，或还未纳入知识的范畴。因此，当我们说知识爆炸时，它准确的意蕴应当指获取知识、明晰知识、表述知识的价值系统在更新，思维对外界的反映所形成的意识形态在更新，出现了更多更细更丰富或说更准确的表达形式。

讨论社会语言现象，考察知识与语言的关系，就必然要深入分析思维与外界、意识与存在、思维与语言的关系问题。马克思主义典型作家对此早有阅述：语言是思维的外化形式，语言是物质现象，它是客观事物的直接反映。要彻底准确地说清楚社会语言的发展变化情况，仅此是不够的。必须深入地讨论社会语言受时代社会生活的影响所产生的变化情况。

2002年6月12日《人民日报》第101报刊发了吴锡平的文章《流行语解码》一文，从流行语的角度分析了语言发展变化情况。文章说："有时候，流行语言是对现代生活中新生事物的即时反映……还有一些流行语在很大程度上反映了一个时期人们的心态或情绪，是一种比较有代表性的思维和国语方式……流行语丰富了我们的语言空间，增加了生活对话的情趣，流行语形象生动，对原生态的生活形象和内容有很强的概括性，又不失幽默、调侃的意味，是生活会话的'味精'，它潜在地解析了生活中的一些具有严肃意义的内容，增添了生活的情趣……流行语来源于生活，其本身是鲜活的、生动的，但其只是对生活浅层的一种描摹与表现，其本质是时尚，是文化的一种流行现象，是一次性消费品，其生命力也是短暂的，那些穿越时空留存在记忆中的内容始终不会有流行语的影子。"

不难看出作者论述的准确与偏激。准确是说他言中了流行语来自于社会，是鲜活的；偏激方面是他说，流行语是浅层的，一次性消费，是不会留存在记忆中的。文章的不公之处是不言自明的。

相比之下2003年11月27日第四届《文稿图报》转载《工人日报》刘文亏的文章《新词语折射社会发菜轨迹》一文就要公正得多。这篇文章从政治、经济、信息、环保、法律等类别中抽举了一些语言实例说明了"这些诞生于20世纪90年代的新词汇语汇聚到一起,大致为我们描绘出了身边社会的新鲜生活"。文章指出:"语言是记录人类历史及文明进步的工具,它真实地折射出社会发展的轨迹。"新词语的诞生是见证社会现实的一面镜子,新词语大规模出现时期,往往是社会迅速变,发展强劲的年代。据报道,中国近百年来出现了三次新词语诞生高峰,它们分别是五四运动时期,新中国成立时期,以及改革开放的 20 多年。而我们置身其中的第三次高峰,以经济类为主的新词语大规模诞生的热潮一直没有降温,这与改革开放以来中国经济持续强劲的发展是密切相关的。

这种分析是比较客观的,这是从三个阶段概括中国百年来的语言变化、新词语产生现象,初步分析了社会语言发展的一些现象和规律,但未作深入分析。

这就引起我们思考,社会发展与社会语言产生和变化是一种什么关系?有什么样的影响?又有什么样的变化规律?

当今世界,信息潮涌,运载信息观念的语汇不断衍生,使人目不暇接,人们把这样的现象比喻为知识爆炸。这个比喻实质上有夸大的一面,同时它的内容也并非知识"在爆炸",而是获取知识、反思知识价值的系列观念在更新,这就出现了不少的新词汇,对这些新词汇产生的根据和理论前提人们表示不解。我们发现这些新词汇与时代生活有着一些的关系。

现代汉语中出现的一些新词汇和"疲软""滑坡""爆炸""朦胧"等,这些词语都具有着时代的表意性。它使难于说明的事实现象明白起来,使人对要表现的对象的语言实质可感起来。仔细分辨,便可看到,这些词汇都运用了比况的手法,即由一个事物态势状况隐喻为另一状况。如"滑坡",本指山地在重力作用下滑移动的倾向，而这里引申指下滑倒退的趋势。这种比喻状况较之直接地说明某种现象，显得形象而具体，不再显出语言的单调枯燥。它给人以一种整体的形象再现、美好景象的可感，这表现明随生活的现代化，思维的敏捷度提高，人们选取语言的表义是朝着机智方向迈进的，企图从心灵深处融解对事物的感触，从而作出形象的反映。

进而考察这种语言词汇与直白表露，它强调的是语言的生动性和形象性，甚至包含了情感的倾向。这表明现代思维正朝着艺术手段的完善化迈进。

这种语言是否就因其注重整体性而失去了准确呢？其实，它是企图更为准确地追求目标的，这种追求的基点和实质在于人的思维的确定性，也就是语言外化的模糊性特征。实质上，任何一个概念和实质在于人的思维的确定性，也就是语言外化的模糊性特征。虽在思维所要表达的那一刻或许是静态的，但也就是正当思维寻求对应的那个概念语词时，其语言就游移和动态化了，如说，"他是一个人"时，这个"人"是指人类还是指他所从事的活动呢？因此，我们承认语言表达思维的模糊性前提，就不能不看到语言表达思维的时空性。正如绝对的真理和规律是永远不存在的一样，语言也当然有时代阶段性的表征。

基于此，语言的这种比喻形象表意特征就具有独特的生命力和独特的美感，这也是不同时代之所以能用不同的方式表达一种心理意绪的理论前提。

这样也就是使人们能够在解读任何一个词语，作出自己带个性心理的，携有认识参照物的解读。

因此，语汇不是人们痴意地编造，词汇的产生是人们对现实社会生活带有特殊性的反映，提出这些语汇或表现了这种语汇正是顺应了这种要求和文化背景。

（五）谈文学艺术的审美

审美活动是人类独有的精神意识行为，是主观见之客观的一种精神意志活动，它是以生命的律动作为基础的，是生命按照不断更新的意识来选择生活，选择客观自然的。作为对生活的一种特殊的反映，它要求生命本体对现实的一种瞬时性、整体性的印象所激发起的快感，而不是一部分的欢欣愉悦。人们常说的灵魂、精神等精神意识领域的所指，无非就是对这种认识丰富内涵的概括，即是对精神意识中引起这种意识的飘动感的认识，对它的认识如果不够深刻就往往会产生误解。整个审美认识，实际是以一种昂奋的情绪，无论悲喜，无论崇高与低微，都是以引起生命的振动为前提而达到鉴赏、品味等美感享受的。

我们说，艺术所产生的美感具有强烈的瞬时性特征，是指审美在一定时期内，对艺术对象接受的同时，引起意志、个性，以及审美主体的生活经历、精确类型特点等参与下的同感共鸣。如果不选择，或者说离开了这样一个过程，那么，美感或者说审美行为就根本不存在。

同时，我们还要看到美体除具有瞬时性特征外，还具有强烈的整体性。也就是说，审美过程，是审美主体在自我生命意志为基础的前提下，对客观自然被审美观照的事物作整体的观照，而不如理性思维那样，进行条分理晰，归纳演绎，部分再到部分，然后作出认识判断。它是对事物整体轮廓、特征、品质的观照，从而引起精神意志作出快感愉快的反映过程，整体是它不可分离的特征。

其三，从审美的瞬时性和整体特征来看，审美活动还是模糊的或者朦胧的。在审美的瞬时效应中，接受主体无法一下子就弄清楚审美对象是用哪一部分来引起审美感觉的，是哪一部分引起审美共鸣的共振的。这种朦胧就因其特点，而长期被人们神秘化，从而引起境界、意境等学说理论或命题。

我认为，正因为审美活动存在以上三方面的特征，前辈论家们在论及审美时才惶然莫辨，原因正在于此。

美感作为生命的外化需要和标志，它是根据生命的发展为前提的。生命的发展运行前进、更新、成熟，对艺术就会产生不断创新的审美要求。作为审美的文字艺术，它必须要符合审美的求新求美原则。新，是给予生命以新鲜、新异的刺激，以影响生命节奏的更快律动和更新，从而从成败、悲喜的生活经验中吸取力量推动生命的角度发展，向前律进，以驱除生命更新过程中的疲惫和颓废因素。因为审美的求美求异要求，就对艺术有了"意新语工"的说法或命题。求美，就是求得获取生命快感的实效性，从而达到能引起生命快感的选择目的。这是人们性格、性别、不同中的文体、文势、文种选择的前提。

由审美的规律或特点，我们看出：文艺作品的创作绝对不是由等种理性思维或理性活动的产物。在整个审美活动中，它不是由理性来主审的。它需要从生活原始状态中去吸取带有本质性、典型性的历史断面，按照审美原则来进行表现、塑造，从而实现美感的。

由此，我们检阅现实文学艺术创作，谈论审美主流的同时，不能不提到，因为强化了理性，造成了艺术作品向着一些主题的倾斜，形成了审美的偏颇或不完美性。丰富生动的艺术客体被一种主观的理念主审了、分割了。因此，这样的作品往往显得单一、片面，审美艺术的苍白，在艺术审美的领域中，形成很大的落差，与生命的需求形成极不相称的局面。

分析这种现象的实质，它主要有以下几个方面：

一是对西方某种艺术理论的偏爱，强加在了艺术创作之中，在作品由构思到完成的创作过程中，有着强烈的理念先于形象而存在，往往"言在笔先"。如诗歌创作对现代派理论的袭用等。

二是创作主体对生活的疏远性。我们真正符合和满足生命律动的文艺作品，必定是来自人们对生活最真实生动的经验和表达，而不是来自哪种现性的概括。之所以工作总结、经验交流文章不是文学作品，文学作品也不是什么总结，就是因为只有作家全身心地投入生活，对生活有了血肉深性，用生命在体验，那种历史的生活曾经引起过审美主体自己生命的律动，才能够感动他人。《红楼梦》是一把辛酸泪写出来的，它给人的艺术震撼绝不是一个林黛玉的美丽或者其他某个方面，而是整个作品的艺术力量。要是作者没有对生活事件的深刻理解，绝对不会以泪代墨、以血代笔来书写。当代文学作品中，从批判怀疑的观点来看，史诗性的作品还未有产生。虽然有不少获奖的作品，也许今后的历史会高度地肯定当下的文学有着不少史诗性的作品，但人们期待的心情和目光，是很深厚的。人们希求于完美的史诗性的作品也始终是生命规律的表现或是它应有的要素。

三是美在社会发展中的不协调性。

按照接受美学的原理分析，冷静地分析审美的接受对象是很有必要的。一定的辉煌的艺术作品，必须产生在一个辉煌的文化背景中，离开了一定的文化背景，作家无从产生，作品也无法产生，这是相互制约的。巴尔扎克和他的巨著《人间喜剧》只能够产生在那个年代的那种国度，非那时那地不可。因为文学作品的产生和接受是要受文化背景的制约的，人们的接受心理、生命需求、意志渴望，乃至于欣赏水平、文化素养、品格操守都决定了文学作品只能产生于那个时代。

唐代的诗歌是丰富壮美的。但人们认为，唐代的诗歌只能丰富和发展，这是人们从艺术发展的历史背景来看的，在唐代这样的国度和背景中，人们的认识、思想和追求，没有什么观念需要更新。没有什么必要去借鉴西方，在一个较为封闭、文化高度发达的国度里，诗歌是自我发展的产物。因此，诗歌被推向了顶峰，原因在于人们有了一个那样的文化背景，人们善于去追求在一种诗的形式下的艺术创作的极致，不甘于停留在原有的艺术水平，以求得生命的向前发展。

今天，我们的文学艺术创作主流是多的，可以期待人们会转向于对文学艺术极致的思考，从而造成一个出现史诗性作品的文化背景，克服现实的不足，从而使文学艺术审美走出失落。

现实文学审美的迷惘不分析也会让人明白，无论怎样，我们在进行历史的纵比中看到了比较以前的文学艺术审美较大的进步，但我们同时要看到，这与真正的崇高而辉煌的文学艺术审美时代的来临，还有较远的距离。如果我们增强一点对审美的规律、特点的认识，克服文学艺术作品中的这种历史性失落，文学艺术审美的辉煌时期的到来就会比预期的时间可能要短一些。

（六）文学的普适性问题

一位网友贴出纪实散文《山花烂漫的季节》，引发了讨论。

总体上看，《山花烂漫的季节》文笔细腻流畅，情感真切。但这类文章很有点祥林嫂说事的味道。个人往事，独语情怀是否能找到普适的阅读受众，能否让读者迅速进入作者设定的文学意识情态，能否达到引发最大化的阅读认可，可能是我们应当讨论的问题。

我的点评很可能有些辛辣，但发自内心。

文学普适性问题我认为确实应当引起大家的讨论和关注。我们看到很多的文字都以言说个人感怀为出发点，重复着少年情怀、个人感受，有人说自己受了一些苦，就说自己的经历可以写几本小说。我就在想，他的这些经历要是真写成小说到底有没有意义或者价值，到底他该如何来写？现在能写文字的，小学生也能把话说通顺，关键问题，文学或者说弄文字的人到底该以怎样的角色介入文学。什么是我们所希望的、能够受到阅读者欢迎的文字。可以说，以他人个体的一般感受作为生活或者人生经验背景做参照的时代已经过去，文化人、写作者到底该奉献给大家什么样的东西,是不是值得我们深切地讨论呢,希望请教于大家。

我们稍微比较一下,巴尔扎克、罗曼罗兰、劳伦斯等等,他们以自身经历作为原创题材或者内容,很能看出他就是直白地说自己什么什么,这是不是他们高出我们一筹的地方呢?个人的喜乐苦痛对于文学的情态领域,可能毕竟是小的。怎样找到文学的普适性阅读价值,有没有思考的意义呢?

我想就文学的价值特性进行深入地讨论,至于时代、主观、客观这些文学的外部性的、宏观性的问题讨论起来很可能会大而空,暂时可以回避一下。文学的普适性很大程度上决定了文学的基本价值问题。这在作者选材立意,或者在构思之初对基本读者受众的设定都有一定的影响或者说支配作用。所以作家不在乎他写了多少作品,而是他被社会认可的、被垂传的作品是那些。站在这样的角度来审视的写作,我们就不会把自己仅仅停留在以写日记的方式来练笔写字的阶段,而让我们深入到思考分析的层面,从而学会舍弃什么、选择什么、表达什么。

这就是我们为什么不用"使命感""为大众""为革命""为人民""为时代"等等写作词语来作为讨论的命题的原意,把文学的基本价值或者说普适价值引申到使命的高度那是没有意义的。我们有时难免有这样的感觉,写一部作品就要去唤醒什么人,或者去教化什么,这就让文学超越了她自身的功能。如果构思之初就想到要在高原上放一颗什么原子弹,那是自己在搞笑,但如果写出的东西只能印出来很羞涩地送给别人捡着,那很可能也不应当是我们写作的初衷。

我们把问题简单一点，问，作品怎样才有价值？或者：作品的价值都包含哪些方面？请大家都来谈谈。

没人发言，看来这话题是不是太沉重了点，但我认为，讨论起来应该对大家的写作都会有好处。

平民化写作其实也有一个文学艺术普适性的价值问题。

这个问题，以前确实没有思考过，只是觉得想写就写。文学需要有价值，"什么是我们所希望的、能够受到阅读者欢迎的文字。"要想有提高，就得多学习，多接受批评。

与那些大作家，伟人相比，我们确实渺小，这一提醒，才知道差距在哪里。

其实像我们这等一般人的写作，只是偶然而为之，还谈不上使命。如果一写作就端起架子来要写出什么使命感、责任感，产生深远影响等的文字，那就是限制写作，反而达不到效果。

网友江南漪说得好，我们的使命是记录生活，记录时代。至于伟人、大作家是多种因素产生的结果，我们只要做好本色的自己就好了。北岛说过："在没有英雄的时代，让我做一个真正的人。"这话我赞成，听起来有味。

更深层次说，这涉及到文学审美，英雄精神表现与时代精神特点写作的关系问题。

还有我们前面讨论了大作家，那是革命年代，或者不正常年代的产物，他们在为政治与吹呼，为某种信仰歌唱。

在正常的年代，只有个人化写作，他们不能称为大作家，只能叫写手，或者作者。因为现在是文学边缘化的年代，写作对于社会没有那么大的影响力和巨大的荣誉感。

即使现在，我们也要有使命感，尽力以健康影响社会，或者周围的人。

所谓的英雄，是环境和时代共同造就的。所谓时势造英雄。并非某某某一开始就知道自己将成为英雄，一开始想成为英雄就能实现。就像你写一部作品，你事先并不知道它红或者不红。这个和唯物历史观联系在了一起。历史有它的偶然性，也有它的必然性，或者两者兼而有之。

伟大的时代产生伟大的文学。这个文学的大气候，即客观条件。文学的普适性，文学和普罗大众的关系，我们要做什么样的作者，什么样的文字。这个有主观的原因。我们如何认识客观，改造主观，使之达到主客观统一，创造属于我们自己的时代。这就是我们的使命了。

这种使命感，不是别人强加给你的，而是作者自身的自觉行为。就算你是"抽屉文学"，四川的才子余杰说的，你也可能影响你身边最亲爱的人。你的配偶、你的子女，或者父母姊妹等。

多元化的时代，就会产生多元化的文学。唐宋八大家说的"文以载道"，其实违背了文学乃至文艺本身的初衷。文学应该还原到文学本身，它就是文字，就是文字之美。不该承载太多的思想、主义。所以现在的参与写作的人很多，作家多、作品多、研讨会多，文学的门槛在降低，参与写作的人越来越多。但这并不影响文学素质的降低，在一定的时代，评判的标准会变化，限定的框框会越来越少。画地为牢，积重难返，思想过剩是当前的文坛现状。

文学除了拥有外在的、实用的、功利的价值以外，最重要的是它的超越功利性、时代性、阶级性的东西。跳出三界外，才是真正的文学艺术的价值。

（七）这是一本生命的书

我认为《纵横高原——青青高原地质大调查》是一部丰碑式的作品。它反映了我们的地质科学家在雪域高原上所做出的卓越成就与杰出贡献。作者所做的工作是在刻碑，是为中国地质工作者在青藏高原刻碑。从这个意义上说，这部作品著作是一部科学的作品，是一部纪实的作品，是一部报告的作品。

这部作品之所以精彩是由于作者采访到位，材料结构组织到位。而最值得称道的是作品为我们提供了大量的独特的细节，这是这部作品中最具有价值的内容。作品的力量，作品的美学精神来自于这种细节。我们在阅读作品时，被林林总总、绚丽缤纷的细节所打动。作者在细节的处理上花了功夫，通过大量的细节，写出了地质科学家的野外生存状态，将他们的生存方式和意志表现得淋漓尽致，读后让人泪水长流。如"最长的一夜"等章节。通过非常感人的细节，写出了孤独凄凉的雪域高原上的地质人的挣扎，写出了他们为了民族地质科学事业献身的精神。如果一部作品缺少细节，只依靠抒情与议论那是没有力量的。

这部作品还有一个最大的特点就是在取材上周到平稳，在语言上的叙述上平实准确。作者对雪域环境的描写是非常到位的精确的，给我们带来了雪域高原新奇的风光和一片新奇的世界。

此前读过电子文本，现在看到了书，作者增加了一个后记，才知道这是一本生命之书，是一部生命的著作。文学的价值在于表达社会人文关怀与生命关怀，这两种对峙才是文学界的最高境界。作者是深感写作之苦的，我们在评论解读作品的时候，以新的精神回归到作者创作的原始状态，我们感觉到，这是作者迄今为止其意志、情感、精神的最佳结合，也是作者到现在为止其精神意志的最高表现。

关于青藏高原地质调查的题材，可以让作者以不同的方式写一辈子，但要写出精品，写出更高的档次，应该向哪个方向努力，值得思考。应该思考《纵横高原》之后的那个高原应该是怎么样的一个高原？思考站在高原之上冲击最高峰的潜力和必要。

面对《纵横高原》，我们值得鼓励与期待。我们期待着站在高原上遥望那美丽的风光！

（窦贤根据录音整理，经李天明本人审阅）

（八）质朴中的高贵

《又见一年枣儿红》是中国国土资源作家协会会员、山东国土资源系统职工许中芹发表在《国土资源导报齐鲁风副刊》上的一篇散文作品。我认为这是一篇很有表现力的散文作品。

我最初见到山东的许忠芹是在去贵州贞丰开笔会的路上。出贵阳机场大家等齐一车开始出发，车后坐着两位女士，有说有笑的。但当车跑了一段后，笑声和言语声渐渐少起来了，以至于到后来有人叫停车。打开车门，见那两位女士跳下车去，急切地在那高速公路旁呕吐，这时我才看看二位：其貌不是特别出众，都很乖巧，眼睛大大的。这与我想象中的山东女子高大威猛大有出入。由于初次见面，不甚了解，因此交流是不多的。笔会后读到她写的散文说她在开会期间家人病重的事，写来细笔柔情，肝肠寸断，这时我才感到，参会的果然是些不同凡响的角色。就因此我专门点开她的文集看了看，那些文章果然都写得不错。

后来，在"齐鲁风"上读到了她的散文《又见一年枣儿红》，深感那种灵动与深厚，细腻中见大景，纵放里藏柔情，情感表达比较中态、客观，用情不偏不倚，很适合我等一般读者的口味。就因为此，见了许忠芹就想起山东的红枣，就想起一年特有的枣儿红来。我时常想她应当就写山东家乡特有的枣儿文章，说不定会与家乡的枣儿一起红起来呢。因此，每到年节，就想问候一下山东的许"红枣"（忠芹）新年好。

于是，我就有了希望看到、吃到她家乡那红红的、沁沁的枣儿的愿望，更是希望读到她细笔柔情地书写发生在枣树和红枣身上的美文佳作，希望她带着家乡的枣香走出山东，走向全国。今后有朝一日就叫她许红枣，在文坛多一个撰写红枣题材的女作家，那该多好呀。

2009年1月15日在QQ上见到许忠芹，她说进入冬季，成白痴了。我开她玩笑，冬天是养身体的时节，冬季许多动物都冬眠，准备力量呢，她也是在积蓄力量吧。她说系统内的作家很多，写散文写得好的也很多，感谢我对她的支持。

我认为，我支持的是她的天赋与才干，其余的无法支持。毕竟，她也不会参加总统竞选。

并且，这种支持说大了是为了国土资源文学的繁荣与发展，小了说是让一位探索前进的作家能够及时看到自己的长处，鼓鼓劲，以写出作品，出好作品。

说实在的，我也读过一些或者说不少的散文作品，也和一些散文理论家有所接触，做过一些交流。对当今的散文创作，我有我个人的选择与偏好。

就当今的散文作品来看，归纳起来大致有一下几种类型：

有感悟式的——以一物引申开去谈到其他的思想感情，表达出文意；

有感想式的——因事而发感想，表达文意；

有感伤式的——表达遇事伤情动怀，表达文意。

还有直接表达个人自己的心境感受什么的，但要把散文写得中性、客观、让别人不能够读出一己情怀、个人哀怨、偏执情感，那是很难和很少的。

这些观点，我在我的分析文章《感悟式：散文的优长与不足》中有较深一点的分析。

性灵散文的中态表达——我认为是最能赢得读者的。许忠芹的散文《又见一年枣儿红》一文中就有这样的元素。

我鼓励她也就是希望她自己看到这种长处，发挥下去。

实在说，我认为，要写一些一己感念的东西谁都会——五岁小孩都能做。但要写具有普适性的情怀感念可能较难一些，至少我个人这么认为。

国土资源系统的理论大家们不愿发表这类的见解，认为这是小儿科大家不为，领导们又忙着做其他什么的，我就只好发表些不成熟的意见，但总体上考虑到不会把她往坏道上引，也就不担心其余的事了。

我是希望她不断进步并且能经常读到她的优美的、不断超越自己的散文。

(本文原副标题为——读散文《又见一年枣儿红》)

感悟式：散文的优长与不足

（一）

众所周知，"触景生情""临事怀人""有感而发"基本上是对散文创作思维形成过程的概括性描述。由于散文创作的这种由事、由人、由景而起文的特征，铸造了散文纵横捭阖的豪迈思维体式和不拘一格的结构形式以及情意互融、景情互动、馨香贯顶的思维流程，从而创造出超截止文字或者具体事象的意境。由此而言，事与物、人与景是散文得以凭借的叙事言情的载体，在事、物、情、景上寄托作者浓厚的心志情怀，表达作者心中所要言说的世理人情，才是基本的目的。这么一来，使事感情、依物悟理往往成为散文创作的基本思维模式；感悟式的散文便往往成为散文写作概莫能外的程式或者说叫范式化文本。比如《白杨礼赞》，比如《井冈翠竹》。

就其散文创作的成就看，感悟式散文具有十分明显的优点和长处，为了简略，我们称之为"优长"。首先，他立足于作者所面临的事与物人与情，作为基础，使文章的底蕴建立在真实的事理之上，使文章具有深厚的客观情感。其次，主要在感悟。就是通过作者的思想情感，建立在超越现实具体事物的新的情感境界和认知阶段，形成新的思想情感格局，这就是深含或者隐藏在文后的丰富生动的主题。再次，由于这类散文不仅通过散文对生动的景的描述，对新鲜的事的叙写，对复杂的物的说明，来展示现实成人的生活世界，更能够通过事与物、人与景的再现，通过情与理的体验感受，从而把景、情、意有机结合起，产生对生活、人生、宇宙的一种"悟"，使事理情景给人以深厚的回味与思考。这便是为什么自古以来优秀散文历经风雨、拂尘去垢的仍然光华灿烂的原因。"觉宇宙之无穷、感吾生之须也"是苏轼从散文中所得的"悟"；"先天下之忧而忧，后天下之乐而乐"是范仲淹从散文中所得的"悟"；"白杨树象征了北方的农民"是茅盾散文的"悟"。可以说正是这些各式各样"悟"造就了自古以来散文家们金石有声的作品的成就。

（二）

深入思考古往今来的散文大家的作品，是什么造就了亘古绝唱，穿越时间撼动一代代人心的艺术光芒？所历之事，所观之景，如是而已。关键在于历事之心，成景之情，所思之意。直白地说是这些大家圣手具有独特的艺术智慧，一颗七窍而充满光彩的心灵，具有浓重的绚丽生动的情形，一句话，精彩亮丽的心志情怀，对人生、对时代、对生活深刻细腻的感受。没有站在时代精神高度去观察思考，感知具体生动的时代生活，没有在时代生活面前所渐漓的深刻的人生情感、要写出震撼人心的散文几乎是不可能的。若有侥幸之盼，也便是痴望。这就证明，优美的散文，不仅在你的感，更在于你的悟。如果把感与悟分为散文写作的两阶段或思维的两个层次来看：感是由事、物、景引发的内心触动，是表层的、瞬时的，充满灵性情感的。它具有思想认识和情感体验超越具体事象，由物到人的心的抽象过程，但它是形象的、充满灵动情感的。它虽然超载了具体事象，所感人程度有待深化，情思语序需要调理。这也就是要把由景、由人、由事所感之思深化或升华、完善，然后艺术地表述出来。这个过程在西方艺术哲学叫演进，而在我国传统哲学中可称为悟思。我们简称为悟。所谓悟，它是在由事、由物、由人的感念基础上的升华、凝练、结集。由氤氲之状到澄明之状，由朦瞳之势到亮丽之境，从事象、人物、情景感念再深度超越到对情理的深悟。这个悟便把客观之景、人世之事与作者主体之情浑然融合，实现情、景、意的艺术再造，从而构建起傲然挺拔，卓尔不凡的艺术品格，这便成就了艺术精品的卓越品质，造就了穿越时间，拂尘去垢，仍光芒四射的艺术力量。

那么这种由景由人由物的感念在理念上如何实现新的升华与超越呢？古往今来的大家们的艺术方式不同，但有一个基本的脉络可以借鉴，那就是著名的文学理论批评家吕进先生提出的：文章应具有深厚的人文关怀和时代关怀。人文关怀，就是你在所感之景、所思之事、所述之文中，深度发掘人类所共有、人生所共寻、人世所共求的东西，把对人生、人世、人情的把握与理解向深度揣摹，去发掘人世间光彩照人的情思，析理光芒四射的艺趣,去阐发深度的哲理思想,这也许是一切散文写作者有所感而无可言的内心倾向。同时,光有了这些要素是否就悟了呢?答案是否定的,光有人文情怀是不够的,《诗经》中的作品人情、人世有反映,今天读来仍然鲜活生动。然而是几千年前的作品,要使作品具有独美力量,还必须具有强烈的时代关怀,人是时代的人,事是时代的事,没有人能回避时代精神对他的定向塑造,每个人必有时代的烙印,体现时代精神,艺术家们用艺术的手段准确、深刻、生动、细致了时代和时代精神。

当然,不是把任何作品都往哲理上靠,时代关怀是广泛深入而细致的,它是要靠你艺术地反映和再现,一句话,要你在悟中去包容神的潜质。只有具有了时代关怀从而体现着人文关怀,这样的散文作品悟才会有美好的皈依,才能感人。

(三)

在散文创作的百花园中,一类以作者对生活的感受为落脚点的散文作品,它往往通过具体的事件、经历的叙描写,升华为一种感受,去揭示生活或社会的某种意义,实现感情的抒发。我们姑且将这类散文称之为感悟式散文。由于它往往带有浓烈的情感,负载着作者对生活的充分把握体验和心理流变。体现为强烈的抒情意志情感。给人心生命体会的本意反映。表现出作者对当代人文生活的热忱关注,阅读这类散文,从作者所叙述的事件、表现的人物中看还可以看到作者所树立的思想立意。它轻便、从容、不拘一格,是散文中比较灵活的一类。

从结构上看它也具有独特的品格，就是浑然一体。往往叙议结合，夹叙夹议，不见斧凿痕迹。给人心理想的阅读满足。

然而，一个它也具有独特的品格，就是由事由物到感受。这种思想意识的情感观念，很大程度上具有针对性，所摄取的材料具有初雏型，这转之其他诸如文化散文类对题材的深度把握，处理来就要弱化一些。

由于由事由物到感，结构上就易落入先事后感，先感后事的模式化套路中去，失去多姿多彩的结构活力。

当今散文创作的繁荣已显不了散文文体的旺盛活力，大有独领风骚的可能，但努力发挥已有，探索未有，开掘散文审美的新域是今天散文发展的当务之急。正如散文理论家肖云儒在《增强时代的活力——散文创作小议》（载《中国青年报》）所说："目前至关重要的，还是散文家们在继续写自己熟悉的生活和个人感受的同时，从知识界的圈子里走出来，去感受新的时代大潮……虽然对目前的散文创作来说，有众题材上加强反映新时代生活这样一个问题，但我们的着力点，则主要通过散文家投身于时代大潮，通过更多的生活实践去进入散文的创作领域，使散文的气质在整体上有所变化。"谢大光也指出："当前有的散文创作，尤其要致力于将当代人的观念意识、心理素质融入自己的作品中。（《散文的真实》，载《文化报》）"这是对散文创作的企望与要求，更是对感悟式散文优长与不足所作出的概括。

经过许多散文作家和理论家的艰辛探索，散文创作已挣脱应有的模式，打破单一的局面呈现出繁花锦簇的局面。相信感悟式类的散文创作，共同文体上不以某种范式为前提，重在随和宽泛地、充分地表达作者对生活和生命强烈感受与体验，表达作者在对事件特殊经历的哲理认识局面会展现出独特的魅力。

散文不是做出来的，而是流出来的。散文是人格的投影，你可以在别的文体里掩饰自己，但没办法在散文中掩饰自己的灵魂，散文一半是自己写出来的，一半是遗传密码的显示，散文把我心灵的历史朴素地表现出来，一切来自真诚的生活，诸如快乐、超脱、疼痛、幽默、时间、失语等等，这一切先人都有过表述，经过我的心灵感悟，染上了我的色彩。

（四）

正是从思维规律的角度所表现出来的独特优势，凭借着由物感事，由情、由果、由事、由人所悟情理，才使感悟式散文在摸揣事理、切剖物理、细扣人事的路径上，能够深切而准确地潜化作者主官的思想感情，使时代关怀与人文关怀的博大内涵得以实现。这不能不说是感悟类散文所具有的其他类别的散文样式不可比拟的优点和长处。

为了简切，不妨类归感悟式散文的特点，给大家以操作性提示。

西方著名哲学家黑格尔认为：美是由两个要素构成的；一个是内在的，即思想内容；二是外在的，即感悟直观的形式。是内容借以显现其特殊性的东西，艺术的理想就是要把两方面调和成为一种自己统一的整体，只有这两方面的统一，才是按它的真实性予以理解。由此观之，感悟式散文也同样明显地表现在内容和形式两方面的长处。

内容上起于事，成于物，观于人，悟于理。事理人情的有机结合，临事而起，悟理感情，使散文的内容选择和思想发挥上具有深广的驰骋空间。无论是对事理的剖析、议论，无论是对人情的叙写描述，都任由作者"精骛八极，心游万仞"。在事、物、人理的感念描写中是出作者主体的心志情怀，卓思鏊睿智，实现"欧刀削就"的艺术品相和傲然质地。

立意上重主旨，重包容，成自然，新技艺。感悟式散文，它由于起于感而先于悟，因而贯穿全文的主旨往往洪流奔腾，让读者在不知不觉间感受到大河支下三势，而未见滔滔水声；掩卷抚案往往心气四环，激荡澎湃。甚至成立惊天文气，却莫可言其所以然。一句话，感悟式散文往往容易造就时代大器，容易开创时代佳构。

但同时它以又是包容的，不拘于并一的内容和思路理数，就如大河涛涛却不拒小流，大风飞扬不拒流云。在总体思想的主导下，"耽思旁讯、心游万仞"。它包容许多情思，它兼容无数相关意绪，是美的集合体，是情关的大合唱。就此而言，感悟式或者说是理念中所期待的感悟式散文佳作，将具有磅礴万里，云雷声势和豪迈挺拔的美学意蕴，具荡气回肠，掠魂压魄，使读者数日回味的功效。按照当代散文发展，或者说按照时代对散文的深切渴望，应当是不被辜负的竭盼，有作为、有理想、有志气的作品，为什么会放弃这大好的时机和神圣的责任，而袖手旁观呢？

但同时，它又是自然艺术的。巴金说得好："最高的艺术是无技巧。"深切理解巴老的这句话，它道明的是大巧如拙的哲学命题。然而感悟形式散文的最高意境也应是"粗服料衣，不掩国色""清水出芙蓉，天然去雕饰"。自然清新，流畅和美。是完美之器，大美之器。

事物情理的不乏雕琢，不修饰，自然流露，自然表现，是内心泉流的石上奔流，是高天流云的纵槽飘荡。具体地表现的思想主题不是程式化和呆板模式化，而是天衣无缝，思想情思的逻辑流贯清新自然，不强势斧，顺理成章。当行则行，当止则止。文词语序的流畅自然，不是生搬硬套，不是为赋新词强谈愁，更不是故作姿态的作派作秀（后面将专门论及）。不是前言不搭后语的胡词乱语，更不是兴之所致的痴心谈梦。它是情思理绪的浑然融合，是意志精神的水乳交融，是心志情怀成于事理人情的油然而生。自然，可以说是作者追求的最高艺术，也是作品穿越时空和千百代后人心灵共鸣的基本品格。感悟式散文为思维体式和文理建构方面供了优越条件，但要更深更高的自然艺术彼一时锤炼，需要作锲而不舍的努力，超越平常、超越普通，同时超越队伍，才能不断地写了优美的感悟式散文。

（五）

一位朋友说，请细读一下他游丽江所写的散文，并嘱认真评点一下，最好是能推荐刊物，推出去。按照朋友的要求，粗略地看完了这一组作品，总体上看写得都不错。觉得在一组文章整体中，《游金沙江虎跳峡，夜宿香格里拉》一篇写得要好些。一二篇个人化太重了一点，后几篇公众性要强一些。后几篇修改一下是能够发出去的。

在成都与川报副刊编辑曾明曾讨论散文稿的问题，他说现在的文稿写作已十分灵活了，几乎和随笔接近却又更细腻、深入和睿智。

旅游散文在古代叫游记，我理解它具有三个部分的内容，一是游，就是要使他人独作品是具有强烈的现场感；二是记，既要简练准确地记好各种特色景物，又要有独特感人的情致；三是感，要表达出独特的文化观感。这三者合一的时候，浑然一体才为上品。

（六）

一位文友在读书群里贴出他的散文《宴遇》，出于对他的关注，我好好地读了，找到了几个值得自己吸取的地方。

这篇文章里真实地记录了他和朋友去重庆在长江边上弹子石吃夜宵的活动情况。表达的意思大致是，在其活动中，遇见了母女俩如饥似渴读书的情景，因此，像是一场艳遇，给自己很大的震撼。

就这篇文章主题总的方面看来，是很积极的，叙述方式上也写得比较实在。

但是就我看来还有几个人突出的问题可以讨论。

第一，这篇文章取名叫《宴遇》，这个《宴遇》就是吃饭的时候的相遇。这书店里面的情形和你自己的感受产生了两个中心，这两个中心实际是不对称的是不能走到一起的。

我读了那篇散文，包括你给我的那些资料我都读了，你的特点是就是把生活的质朴的一面能够很好地记录下来，但是你的思想一直都表达不准确。那种质朴感上面还得下工夫，还得做一些努力。我记得有两件事情令我很感动，一件事情是在四川日报社区和曾明老师讨论的时候他把我引到那个地方，他当时说了他说现在的散文是越来越精致了。他说，现在的散文写作已深化到了一个很高的程度，一些优秀的散文作家的很多作品都是抓住一个片段，深入进去，深入到事实的深处，抓住真实的生活的那个最哲理的深度来写。他抓出来的那些点非常生动精美，写得神采飞扬。曾鸣老师这个话就深刻地启示我们，抓住闪光精致的点，不及其余。

就是我们要抓住生活当中的一些细节，不在乎多深入，把里面的那些淋漓尽致的东西都展示出来。贾平凹和汪曾祺的散文都有此表现。

还有一个更重要的问题是对对方缺乏应有的交代，这个方法是个什么样的，东西在身边的位置什么样的？你是一个什么样的感受？

第二，就是我们在旅游散文的研究方面发现，现在写那个旅游散文的大多是宏观的、概述的、叙事的。

（七）

陕北无起应是陕北吴起镇，不是"无起"。基本的细节要注意，细节出品质。

近来读了一些好友赠与的作品，发现这些作品在一些基本的细节上还存在一些问题，这应当引起我们的高度重视。厦门一位叫余上元的好朋友，他是一位收电费的工作人员，却花了大量的精力研究电影制作手法，我十分肯定他已达到副教授的水平。他给我说了一句十分经典的话。他说，你在细节上出差错，别人怎么也不会认为你在把这个事当做专业。这句话十分震撼我，我写在这里和大家共勉。

大家能够真心诚意地来参与一个属于华蓥山作家自己的Q群，就要不怕批评，甚至很严厉的批评。大家缺少这种批评，一味地你好我好，那没有任何意义。

我甚至认为，华蓥山是一块灵山秀水，这里人杰地灵，物华天宝，这里的精英儿女，完全有气概、有能力、有眼光写出天下最好的东西来，有的虽然眼前一时写不出叫天下人眼睛一亮的东西，但潜质巨大，蓄势待发，未来也不可估量。

就用双枪老太婆说的话再一次鼓励大家吧——华蓥山的后辈儿女是有血性的，是敢为天下先的。

只要我们不断地审视自己、完善自己、却卑趋伟，是可以被世人称赞的，是一定能够写出叫自己满意，叫朋友满意，叫天下人满意的作品的。

前不久，《人民日报》发表评论员文章，说高手在民间，理论高手在民间，写作高手在民间。这说明什么，这说明官方也得承认民间，中国民间社会已是一个巨大的文化蕴藏体，这里面已存在和正在孕育着时代社会的精英人士和作品，这应当引起我们的高度重视。这也同时也说明，在现行管权体制下，管权等于文化与文学的状态下，当了官就有文化，当了官就可以成为作家、画家的格局正在不断被淡化，承认社会，承认民间已是一个很重要的话题。在北京大学盛行一句很朴实的话语——英雄不问来路。我想，只要我们真心地向着文化艺术，执着地奉献于文化和文学艺术，总是会弄出一些名堂来的。这仅是个人感想，没有让人"被认识"的意味。

序·跋汇辑

（一）坚守文学的神圣与崇高

以满腔热情和坚韧不拔的毅力切入文学，不惜将自己的一生都押在光辉的文学事业上，与文学一起走过二十余年的兴奋与低迷，走过新时期文学的辉煌和灿烂。然而，市场经济的消极对文学艺术形成巨大的冲击，一方面，一些文学商品化，重买方市场，从而逐渐机械化。另一方面是作者主体精神的自失，只注重自我感情世界的渲泄，甚至粗制滥糙，从而使严肃更学作家受到不应有冷落，文学作者受到忽视的，部分严肃文学作品步入止境。这是否就意味着社会生活和人们的精神世界不需要感人至深能唤起人们使命感和崇高精神的文学艺术呢？文学是人学，她总是以生动丰富的社会生活为内容，以人的知性情感为出发点，艺术地反映和再现丰富多彩的时代社会生活。现实生活中不难发现真正的文学艺术作品充满着十分深切的渴望，我对优美的文学作品充满亲切的顾盼。

当人们被时代社会生活所感动，对生活、人生，对未来充满无限遐想之时，对社会现实充满无限感慨之时，心灵的悸动与振奋，喜悦与悲怜和希望，难免会真切唤起心灵深处自发的对美的渴望与期待，希望有一种文学形式与之对应以实现精神意志的抵达，完成自我的充实。当此之时，优美崇高的文学作品往往使人内心激越澎湃，由衷喜悦。文学对社会的影响或许不是直接效应，但真正的艺术作品对人们精神的影响、感化、引导却是深厚的、宽广的、持久的、每个人心灵中都有着十分博大而神圣的崇高精神，这份精神的启动就靠文学艺术。古往今来的历史证明，文学虽有时低迷，但永远不会衰落，人类不灭，文学永存。

著名文学理论家吕进先生曾语重心长地告诉我，文学不仅要有作者对自我感知的生命关怀，还要更多地体现作者从社会人生出发对社会人文的关怀，生命关怀与社会人文关怀，双峰对峙，应该是文学艺术时代审美企望。因此，有作为的作者应该把目光集中在社会建设发展的宏伟走向上，浓墨重彩地去书写人们在时代生活中的困惑与振奋。把自我融入到代表时代精神形象中，去感知、理解，才能够塑造真正反映和代表时代精神的艺术形象，满足人民群众对文学艺术的深厚期待。

文学是寂寞的艰苦的事业，虚荣和浮燥不能够抵达光辉的成就。需要我们磨砺思想、充实情感、提高技巧、刻苦登攀，一部好的作品，不仅是全部生活的积累。更是情感智慧的高率融渗。

我们有理由为文学的神圣与崇高，守在梦乡眺望未来，满怀深情地吹响号角，对文学的坚守与奋进，其乐无穷。

（二）解读心语

　　情爱是一种鼓舞，给人勇气与力量，使人获得意外的充实与完美。有情有爱的日子光华灿烂，有情有爱的生活鲜明多彩，把感受的情爱，把生活中的思想，生命里的智慧，用自己的方式绽放开来，言说出来，这便是写这些东西的最初与最后的用心。我拿什么奉献给我的朋友，且把这言说情心的话语和着青春生命的馨香置于你的面前，若能引发你的一丝感功，一份激情，从而产生一份更优美的情思，获得更为辉煌的人生情感，就是我的满足了。写诗的行为苦乐共生。解读心语的时候，面临的是孤寂和凄苦。用文字去记录那转瞬即逝，轰然降临的激情，实在不是一件容易的事。要把写出的诗自己读得过去，然后想象读者读得过去，真可谓煞费苦心，要写得耐读，达到再现优美心灵的地步，也许正是诗艺的臻境。

　　还在20世纪80年代，我初向《诗刊》写稿，一位不知名的编辑在回信中强调："只感到一点不行，必须是对自然、社会、人生的彻悟，是心灵最生动的形象显影。'要写好诗就要'多读，多思，多悟，关键在悟。"这位编辑在肯定我的诗有良好的基础的同时，对我写诗行为的这番论述，成了我二十多年来坚持的一个目标。了悟人生、感悟生活成为了我思想感情的自我关怀。冥然了悟，至深至大中国诗歌艺术这诗境与禅悟相融相渗的审美规范，开创了功夫在诗外的诗写意志行为。我深深铭记导师吕进先生给我的题记：人生的诗，诗的人生。他主张诗歌时代审美企望应当具有强烈的生命关怀和社会人文关怀，因此，我体会到耐读的诗句一定包含着博大的人文情怀，但文字不一定很晦涩，意象不一定很迷离，解读的路径不一定很坎坷。"独坐敬亭山，相看两不厌"李白正是用最通俗易懂的诗语解读了盛唐的宏大气概。我的师长兼好友、四川大学文学院长、著名比较文学专家曹顺庆教授曾对我说，用最浅易的语言去揭示最一般的道理，才是真功夫。我想，诗也应该用最易懂的语言去揭示最大众的审美情态，去解读情心，言说感悟，才是最优美的诗语。我朝着这个方向努力。这里选出的百余首短诗基本上是二十多年探索中感悟的结果，而今将其刊印于世，旨在对过去创作的负责。真诚地希望朋友们喜欢它，也希望得到深刻的批评。愿中华诗艺长青。

（三）处女集无序

散文集《激情足踪》、诗集《爱的誓词》由中国文联出版社出版了，按照行话说这应是我的处女集。难以启齿的是，这些被称之为作品的东西是近二十年前的生活感受记录，在四十几岁时才面世，较之那些十几岁便出处女集的青少年来说真有些难以言说的滋味。更难堪的是友人翻阅作品集后说怎么无声无序呢，就不找一个人写个序吗？

是的，我的处女集无序，可其中隐忧又有何人知晓呢？你想，找一位名人写一篇中肯、准确、辞彩飞扬的序文，使诗文集借助美妙的序言飞腾起来，那是多美的事呢，我何偿不希望呢？当我签订好出版合同书后，就开始构思找一个人来为作品写序，可找什么人来写却是颇费思量的。我认识的一位很聪明的朋友，内部自费印制个人作品集，却找了一位地方官为其作序，作品铅印出来，别人怎么认识我且不知，而我看那序与后面作品总有点不伦不类的感觉，总让人觉得流露出一种古怪，由此我感觉到，艺术作品去找政治人物来作序是不怎么妥当的。纵观古今，这历来为书作序可归为三类，一类是共同学习创作中相知较深，认识较准，所作序言对写作原起，风格特征及阅读路径等都有独到体会，对作品的解读可作些提示评价。这种类型历史比较多，如《红楼梦》高鹗对曹雪芹的评价等。另一类是师生关系，老师对学生的学习、创作研究有很深的认识、理解，对其作品进行评价、介绍、分析，所作序言起引荐推广的作用，这类序言往往写得深刻准确谦虚。如四川大学著名学者杨明熙先生对其博士生我的老师曹顺庆教授的比较文学论著《中西比较诗学》所作的序，深刻隽永，成为一篇精辟的专论；还有武汉大学哲学教授邓晓芒先生对王攸欣的比较美学论著《选择，接受与疏离——王国维接受叔本华、朱光潜接受克罗美学比较研究》一书所作的序，深刻独到，精锐雄奇。还有一类序是作者为求声名，找到名家题写，这类序，一方面是不出名者，一方面是知名者，桥梁便是想求名显赫。结果是如报刊上已批评过的事实那样，除部分序精深新创外，大部分是应酬之作，不着皮毛。作序者应索序者之求，有的翻读前后几篇文章，找出其中典型篇章，读一读，采取"六经注我"方式，立一个观点用索序者作品证明下去就了事，这类序有的索然无味，有的廉价吹嘘，不堪一读，结合这些写序的状态，我的作品写序就更难了，我的朋友中深知我写作甘苦的已不很多，他们也只是"小有名气"，还属摸爬滚打一类，因此同事、同学身边友人作序已不尽现实。老师作序吗？我的大部分老师已缺少一些联系，而我景仰和密切的老师一是四川大学文学院院长曾顺庆教授，他是比较文学专家。电话挂过去请他作序，在别的教授来说这是很好的事，而我的曾老师却准确地回答道，对文学作品不熟，加之时间忙，叫我另找他人。由此可见曾教授负责的态度和科学的襟怀，不因为我与他的故情关系就泛泛评介。其次我熟悉和景仰的老师就是著名诗评家吕进先生，我于1985年、1987年投考他的研究生未中，并与他书信往来有很长段时间，对他的景仰一直在心。我专程去重庆西南师范大学他的研究所，电话挂到他家，哪知他正要启程去重庆开会。后来，才得知他是去参加重庆市文联主席就职的。电话中他谦和地告诉我应事先约一下，好留时间准备。先生去开会了，我只好回华蓥，这几种作序看来无望，我又不想找政界人物作序，怕他们不懂艺术，会影响双方的情堵，彻底放弃。此后便是想去找一位知名人物作序。终于，在这年的初秋，《红岩》的作者杨益言先生来华蓥考察了，我想到他。因为1995年10月18日华蓥十年大庆时，华蓥市委市府邀请了全国的名人来华蓥，当时我在大会秘书组。分管文化的副市长，后已升为广安市副市长的康市长很祥和地拉住我："李天明，来，我给你介绍一个人。"便把我招到老作家杨益言身边，向杨老介绍道："这是我市的文学爱好者。这位是《红岩》作者杨益言先生。"于是我便与杨老有了见面亲切交谈的机会。当时与他谈《红岩》人物，谈华蓥山历史文化的份量，谈到杨老今后的创作安排，十分亲近和融洽，借着这一层关系，趁他这次来华蓥，我决定去拜访杨老，看能否谈及此事，我与爱人兴致勃勃地打的去到杨老的住处，结果杨老被市委市府的领导簇拥着。当我上楼时，分管文化的一位领导还交待，你私人交谈改日来或尽量短一些，他要休息。于是我喘着气找到杨老住处，他也确实要休息了。我招呼他后，他半启着房门听了我的介绍露出故旧和亲切的神情，但我见他显得疲惫的容颜痛惜之情油然而生。我也就不便再提什么，只叫他留下电话号码，过后联系，此后就再未提作序的事。看来作序之难是难于上青天了。就在清校核稿的最后一个夜晚，莹莹的灯光照在桌前，我的目光深沉但很辽远。面对着一大堆文稿，我想就不再有序言了吧，那千千万万读到作品的读者不都在为我作序吗？他们也许写得更深刻更准确。用不着自己饶舌，用不着去刻意寻找，读者是上帝，他们掺和着自己独特人生经历、内心体验所写的序言将是对我最最准确的评价、我愿读到他们睿智而纵惰的语句。我决定第二天一早寄出文稿，并宣告我的初作无序。

（四）为华蓥山添彩

准确地说，电视连续剧本《风雨华蓥山》应当是夏正文先生个人的独创作品，现在应他的邀请，我们联合署名出版了。

我是在一个极偶然的日子认识夏正文的。那时，他在宣传部正向一些同志请教修改他的短篇小说《尚癫子传奇》。当时同志们就向他推荐了我，他便要我给他的小说提点看法。由于时间紧，无法当场就提出什么意见，就将他的作品拷贝回来读，因此未当面与他做什么交流。

就为此事，不久，老夏来找我，有了接触。他来我家中，说他写的电视连续剧本《风雨华蓥山》想请我看看。我心里暗自想，那天拷贝回来的小说我看了，并没有什么文学艺术水平和价值，现在你又弄出个电视剧本来，可能也是不怎么样的东西吧。

不久，他把手稿全部带来了，我抽时间读了两遍。剧本给我的感觉是除构思有些散漫以外，剧本的方言土语用得比较简洁，人物形象写得也还比较生动，原生态的故事生活情趣比较浓厚，是一部较有可读性的作品。交谈中，我给他谈了我的看法和想法，他便希望我给予修改后出版，并言辞恳切地写了一个所谓的协议，要求我共同来修改打造。我见他如此恳切，也就决定花些精力尽力把这部作品推向市场。于是就找人将作品打印出来，校对清楚，联系出版。

在与出版单位那边联系时特地作了写说明，寄去了书稿，他们便看后，同意出版。我便给他说，为了保持他作品的独立性，能出版的情况下就不作多大改动，待今后要改编为电视剧时，再作大调整。夏正文同意了我的意见。

为了使作品更完整一些，我将夏正文先生的辛苦创作电视连续剧《风雨华蓥山》的事给我尊敬的老师和朋友、重庆工商大学的傅德岷先生说了，他也很为这位农民作家的事迹感动，同意为该书作序。可是他在写序言时，反复给我说明，就以我与夏正文先生合作的形式表述为好，说这也是对剧本创作者的一种支持。很快，傅德岷先生便寄来了书的序言，他对书稿作了很好的积极评价，并言道：华蓥山的老朋友李天明与农民作家夏正文创作的电视连续剧本已经脱稿。我把傅教授的这些话当这对夏正文和我的鼓励，很是感激。傅先生所说的合作创作的意见如我前面所说，应当是夏正文先生的个人创作；我做联合署名，实在是应夏正文先生的邀请和傅德岷先生的热情支持。因此，我得说明，我在此书上署名，并不是为了去沾占和主张该剧本的著作权，而是为了这部作品得到更多人的阅读，就像是书还未出之前就多了一位推销员一样的意思。

《风雨华蓥山》说是电视连续剧，实际上从结构形式、表现手法上看，更像是小说。称电视连续剧，是由于夏正文同志创作动因来自于他在观看的电视连续剧《双枪老太婆的传奇》时，他认为电视剧《双枪老太婆的传奇》不真实，也不生动。他所见所闻的华蓥山武装起义的故事要比电视连续剧《双枪老太婆的传奇》要生动得多，感人得多。因此，他花了一年多时间，把自己所见所闻的、特别熟悉的卢建权从事地下革命活动的故事写成了这部作品。

实在地讲，卢建权的事迹在华蓥山一带传播得是比较广的，我小时候就听父辈们讲起过关于卢建权的一些传奇故事。由于那些故事毕竟是些听来的只言片语，有道听途说之嫌。夏正文先生耳闻目睹了卢建权革命的一些事，当然就会表现得更加生动一些。由于剧本的题材素材是夏正文耳闻目睹的一些事，因此，这个作品首要特点就是故事的生动和真实性。

全剧写了卢建权从读书参加地下革命，到与敌人多方面斗争，到最后的惨烈牺牲。剧本写了他在较短的历史时期里，在十分复杂的地下革命斗争中的革命生活和英勇悲壮的人生经历，突出描写了他在白色恐怖下惊心动魄的革命事迹。故事很能打动读者，人物性格鲜明富有朝气，栩栩如生。

比较于我目前所读过的反映华蓥山地下武装革命斗争的作品，尤其是在历史事实的真实方面，应当说这部作品是表现得很好的，是值得一读的。

作品的第二个特点是鲜活生动的人物语言。虽然名为方言土语，但所书写的语言都很简洁雅致，没有刻意追求土俗和粗陋的倾向。作品的语言来自于故事发生地域中的方言土语，与人物的社会生活很相匹配，容易被大众接受和理解。单就语言文字方面而言，正如我向文界朋友推荐的那样，夏正文虽然只有初中文化，但其驾驭语言文字的能力和水平并不亚于一个中文本科毕业或者说一般的中文硕士生。因为在今天写手遍地，本科生满街，硕士生到处的社会文化背景下，真正的能力，就要看你的文字表达功夫，看你的语言驾驭能力。夏正文多年的积累与修炼，具备了这样的语言文字表达能力。写入作品的语言不是那种逻辑散漫，层次混乱，意象飘浮的浮词艳语，而是连贯、通泰、严密而又鲜活的生活语言，甚至是不饰雕琢的天然文字，读来始终给人以清新鲜活的感觉。

当然，作品的不足也十分明显。一是故事演进结构与电视剧的结构还有一些距离，可看出作者是全部凭直感在写着电视剧，缺乏基本的时间、人物、场景的集中处理。二是作品中的人物多是原生态的叙写，缺少一些必要的艺术提炼和加工；原生态故事虽然也很感人，但围绕主题展开的一些东西却少了一些，因而叙事显得很平淡。三是写社会生活背景与人物命运方面，还应当注意作品的政治倾向和对读者的积极引导，否则会产生艺术欣赏的歧义。

夏正文的个性很有华蓥山人、特别是华蓥山文人的豪爽与磊落，有文人的孤僻与桀骜，也有文人的固执。但他对文学创作的执着与坚定确实是令人敬佩的，他多年来所作的努力应当得到包括我在内的读者们的充分肯定。

夏正文和我都生长在具有革命历史的华蓥山中。三四十年代，华蓥山因特殊的地理历史原因，成为中国革命的一块红色圣地。震惊中外的华蓥山武装起义，给华蓥山红色历史添上了浓重的一笔。这也是今天开发华蓥山不可多得的宝贵财富。这些文化资源应当得到很好地包装和宣传。我担任华蓥山旅游文化、红色文化主席以来，着重地包装出版了包括陈敏智小说《天亮之前》等反映华蓥山红色革命历史的红色文化作品，现在《风雨华蓥山》又将要呈现在广大读者的面前，也算是对华蓥山旅游文化、红色文化研究的一点贡献吧，我们真切地希望广大读者喜欢它。

当然，宣传华蓥山红色文化，仅凭我个人，我和夏正文先生等一些人，其力量肯定是很有限的，希望更多的同志用切实的努力为华蓥山英雄历史着墨添彩，让华蓥山红色历史永远在人们的心头闪耀，永远成为鼓舞人们前进的力量吧！

（五）艾慕，颤动歌声里的深厚体贴

当我的目光坚定而快乐地吞完每一个文字，抬头凝望淡淡夜色中深远的天空，季秋的夜晚，显得神秘而高远。窗外飘来的微微凉风掀起鬓发，散发着陶醉的馨香，感觉充实饱满而又惬意。这是我读完《梦萦敦煌》这本书的全部体验和感受。

《梦萦敦煌》这本书是由龙荣先生等三位主编，即将由四川党建出版集团、四川民族出版社出版的一本诗歌散文以及叙事文学组成的一本文集。

从选材方面看，它是广东艾慕内衣有限公司实施品牌战略，进行品牌推广所开展的一次有奖征文成果结集。全书材料大致由四个部分组成。一是总经理周绪泽对艾慕易内衣品牌的文化科技解读；二是龙荣先生细针密线对广东艾慕内衣公司人员结合艾慕内衣深度文化内涵，对敦煌大漠风光，包括玉门关、月牙泉等几处重要独特景观的观赏考察活动的记录；三是优秀诗歌征文的结集；四是优秀散文征文的结集。

从内容目标上看，这是一本运用文学艺术手段进行商业品牌战略实施推广的书。

就这个品牌文化战略推广的文学结集来看，新颖独特，应是在城市商业文化竞争中具有很强创意性特色的成果，具有独树一帜的领先效应。

清代著名学者王国维在《人间词话》中曾说，一代有一代之文学。这个命题用意在于揭示文学和文化是受时代社会塑造的，即有什么样的社会形态就有什么样的文学。当今社会，市场经济体制机制不断深化完善，商业文化日趋丰富繁荣，商业行为、商业品牌、商业思想和理念如何与文化与文学很好地结合起来，如何以灿烂可人的商业文化和文学妆扮出动人的商业品牌，这是商家和商业文化策划人处心积虑寻求的东西。广东艾慕内衣有限公司管理决策高层和商业策划领军人物们以敏

文艺评论集　　189

锐的智慧和超前的洞察力抓住商业文化的品牌战略这一迎战市场的关键环节，深入调动社会力量的参与份额，最大限度地扩大品牌的影响力、文化的渗透力、品质的号召力，掀起艾慕企业向高端进军的集结与突击。这种充满智慧的决策和优于其他团队的选择毫无疑问是巧妙的、机智的，是融汇高端心志情怀的、是顶级成功的，我们为这份成功赞叹喝彩。

这个品牌战略的策划者和实施者，正是本书的主要编辑者和重要撰稿者。他应当是我着力认可的一个好朋友。

大致三年前，初次见到这位叫龙荣的朋友，他穿着朴素，行为严谨，举止稳重，言语木讷，不事张狂，绝对是普通平凡的低调主义者。后来岳池民俗协会的《岳池民俗报》出刊了，我拿在手上，看出了编排的严肃规整，那是很有份量的。表现出他的才干和执着。后来他说起广东艾慕内衣公司的这次品牌战略策划，我更对他的智慧成就充满期待和嘉许。这也是我要用我充满热切期待的目光坚定不移地吃完这本书每一个字的动因和力量所在。

秋天的夜色神秘、高远、深邃、牵引着我的思绪飞向远方。

仿佛飞到了艾慕内衣生产、储运、售卖、着穿的每一个环节，也深刻地体验到那集天地精华之气、接通玄关气脉、宜人品牌的高贵和富丽。更仿佛与艾慕团队，与我的朋友龙荣先生飞到了长河大漠，踩着无边沙粒幸福而艰难地行走观赏，在玉门关前听历史深处的箫鼓牧笛，带着沧桑与悲凉拍打和穿透我们的胸膛和脊梁，让我们冷凝的血液顺着历史的沟渠涌起澎湃的涛声。然后陶醉在艾慕创意者设定的"万里黄沙谁为衣，天公着意著艾慕"的意旨氛围中,在坚韧不拔的民族品牌打造的意志情怀中,我们豪情激荡,我们意气风发。

秋夜宁静,莹光飘洒,那是天地的灵性智慧在飘落。在我激昂而晶亮的目光中,久久闪耀在夜空中的是那些诗歌散文的精彩华章。

当然,我首先还是要褒扬我的朋友龙荣先生,多么具有慧眼,沙里淘金,准确地选出优次稿件依序排列,这样的选排,质量高低,艺术优劣,准确无误。对诗人们散文作家们毫无亏待。

我更要褒扬那些灵性大智的诗人作者巧思慧书,使敲金镶玉的句子具有了勾魂摄魄的力量。那珠光宝气的散文诗章,把艾慕内衣的情思密植在丝丝缕缕之中,表达着倾心爱慕的情思光华。

那些灿若珠玑的诗歌散文,有写艾慕赋的,有把艾慕内衣与情人的相思相爱结合的,有把聚焦点投向初夜那激情与柔韧的,有以艾慕内衣唤醒久违的爱情的,不一而足。

更为难忘的是那些句句含情的词句,足以让人在那些无尽情思的空间里神游万仞,心骛八极。在那"是谁深入你的神秘,要解开芬芳"的声声呼唤中,让人体会到甜美性爱的声声喘息。可以说把艾慕内衣与婚恋情迷、与性爱意态相结合,创造出激情澎湃、昂扬交媾的隐约词汇,表达艾慕内衣的珍贵与雍容是这本书是这个征文取得成功的显著特征。可以说将这些诗文分篇分章,精致配图,作为品牌名片宣传册,站立在任何商场的任何柜台都会显示出华贵雍容的姿态。这些如歌行板的灿烂情思,表达出艾慕内衣对受众的深切体贴,表现了艾慕公司对受众生活的生动创造和诚挚关怀。

  限于篇幅,书中优美篇章和剔透的语句不胜枚举。夜光已深,借助天地灵光,我要感谢本书带给我的欣慰和快意;我要祝贺好朋友龙荣先生取得的又一大成功;我要祝愿艾慕内衣高位腾飞,走向世界,走向人们的内心深处!

星光如此灿烂

一

2018年秋天的夜晚里,广安市邓小平图书馆电影院华丽辉煌,彩光熠熠。由广安市文学艺术界联合会、邓小平图书馆主办,广安市文艺志愿服务团、广安市剧协承办,各县市戏剧家协会协办的"广安演艺"川剧专场在这里隆重上演。

这是广安川剧演出中断20多年后,广安市域内川剧界部分表演艺术家、川剧演艺人员的又一次集结和亮相。四川省著名川剧表演艺术家杨昌林先生应邀进行现场指导;广安城市广场艺术角负责人、广安市文联直属广安市文艺志愿服务团李天明团长,广安市影视家协会主席张立辉,邻水县文联主席黄卫,广安市文广新局艺术科长雷红梅,广安市戏剧家协会副主席李鸿等及广安市内川剧爱好者200余人观看了演出。不少观众和一些老艺术家、老川剧爱好者闻讯后早早自发地前来观看演出。演出在掌声和欢呼声中异彩纷陈,精彩不断,他们喜出望外、满含喜悦和泪花。

广安城市广场文化艺术角、广安市文艺志愿服务团、广安市戏剧家协会主持了川剧专场演出。广安市朗诵家协会及热心市民为川剧专场晚会送来花篮，敬献了鲜花，演出气氛热烈而激昂，欢声笑语共琴声齐鸣，泪光喜悦伴随灯光闪耀。

多么不容易，面对华丽的舞台，中断20余年后的而今，一大批老川剧艺术家、川剧艺人、川剧爱好者，激情满怀，身着红袄玄批，粉墨登场，把古老的传统川剧艺术活灵活现地奉献给广大观众。广安市文联副主席、广安市戏剧家协会主席、国家一级川剧演员、邻水县文化馆馆长蒋晓明先生，广安市文联直属广安市文艺志愿服务团副团长、原广安县实验川剧团团长、国家三级川剧演员涂龙西先生，广安区戏剧家协会主席、国家二级演员周剑虹女士，广安市邻水、华蓥、武胜等县（市）著名川剧表演者余洋、唐德锡、罗建明、熊玲、冯伟等纷纷登台献艺。严谨的出演态度，过硬的表演技巧，精彩的技艺赢得了观众的喝彩与称赞，充分展现了广安川剧的卓越演出水平。

等闲识得东风面，万紫千红总是春。

我国改革开放历程中，一些流行艺术、西方艺术、外来艺术，甚至一些快餐文化艺术一时间十分盛行；我国传统文化艺术尤其是曾经广泛流行于川、鄂、湘、黔、滇等地区的川剧艺术几乎被市场化浪潮淹灭。广安市域内的川剧、戏剧表演团体被合并到非物质文化保护研究领域。而今，随着中国特色社会主义建设新时期的到来，我国文化艺术发展体制机制的完善、市场化、大众化的深入，传统文化艺术的挖掘、保护和传承进入到新的历史时期，传统文化艺术焕发出蓬勃生机。

党和国家采取有力措施振兴民族文化艺术，传统文化艺术得到进一步的弘扬和传承。川剧这一具有古老历史文化气息、具有深厚文化艺术基础、具有广泛的民间基础的艺术形式和艺术种类焕发出了弥新的艺术活力，受到人们的普遍喜爱。

在广安城市建设不断完善、广安城市文化艺术建设不断深化的进程中，广安市委、市政府大力支持和重视传统文化艺术的弘扬和传承。近年来，采取有力措施，大力振兴川剧为主的戏剧文化艺术、一大批戏剧表演艺术家、戏剧表演爱好者重新集结和登台亮相，展示出刻苦淬炼的艺术追求和不凡的艺术水平，烘托着广安戏剧艺术重焕光彩。

2016年以来，在市委宣传部、市文广新局等单位的大力扶持下，广安市文艺志愿服务团顺势成立并开辟了以公益文艺服务为主的广安城市广场文化艺术角——（广安演艺）百姓大舞台，按照"建设平台、集结队伍、精排节目、锤炼技艺、培育新人、展示风彩"的目标，不断深化表演艺术体制机制建设，着力为广大戏剧艺术家、戏剧艺术爱好者提供优质的演艺平台，为优秀演艺作品服务。经过不懈努力，广安城市广场文化艺术角已于2017年9月25日通过文化部全国公共文化发展中心专家组评审，获得文化部全国公共文化资源共享工程——百姓大舞台立项，成为了广安唯一的国家级文化艺术演艺品牌，这为广安的演艺事业发展提供了高端平台，为川剧振兴建立了社会文化基础。

社会生活发展必然会对戏剧艺术表现出强烈的渴求和期盼。在全市戏剧艺术界一大批老艺术家、戏剧爱好者的推动下，戏剧演艺活动由民间自发行动逐渐演化为官方行动。2014

年8月1日,广安市戏剧家协会成立,以及随后各区市县戏剧曲艺家协会、戏曲票友团的成立,广大戏剧艺术家、戏剧爱好者借助协会、票友团等机构平台,集结了全市的戏剧演艺人才。他们为了广安戏剧艺术事业振兴,积极登台亮嗓,展示功夫。他们乐于奉献,辛勤锤炼,精益求精,他们不舍昼夜,不断向提升到一流演出水平目标迈进,这是广安包括川剧艺术在内的戏剧艺术振兴的希望所在。

这次精选的传统的川剧折子戏,亮相广安演艺舞台,川剧爱好者的期盼和遥望得以实现。面对辉煌的舞台,表演艺术家、表演艺术爱好者及广大观众怎能不感到具有了难得的归属感,怎能不感慨万千。

二

纸上谈来终觉浅,绝知此事要躬行。

古老的川剧艺术在我国艺术门类中占有重要的历史地位。据何光表著、中国戏剧出版社2008年12月出版的《巴渠川剧史》介绍,川剧艺术在我国民间,尤其是在川、鄂、湘、黔、滇地区具有着广泛的传播历史和充沛的生命力。她以其艳丽的服饰、铿锵的打击、和谐的伴奏、适合剧情的人声帮腔,生、旦、净、末、丑等角色独具魅力的表演,以及表演中说、唱、念、逗、捧等基本功夫的展示,尤其是文生、武生、武旦、花旦等角色功夫表演,达到推动剧情跌宕起伏,鲜活再现人物内心世界的目的和特色,使川剧独特的表演和再现能力达到了其他演出艺术方式不可比拟的高度,根源就在于她经过无数代艺术家千锤百炼，其表演程式已达到炉火纯青的地步，代表着我国戏剧和京剧、越剧、豫剧等艺术特色的最高水平。

此次由我市著名川剧表演艺术家蒋晓明先生领衔率团队演出的川剧吹腔《宋江杀惜》堪称为广安川剧演出的经典。

《宋江杀惜》讲述的是《水浒传》的延伸故事，被列为胡琴戏（也叫吹腔）传统经典折子戏，久演不衰，人们百看不厌。

宋江衙门当差时，曾接济阎氏母女，阎婆感恩，以女惜娇许作宋江外室。后惜娇与门徒张文远私通，日渐疏远宋江。一日，宋路遇阎婆，被拉入乌龙院见惜娇，惜娇却冷谈相拒，至深夜仍不合欢，宋江无奈愤而离去，却发觉遗失了身藏的晁盖书信。回院寻找，不料惜娇拾得后以此要挟宋江，宋江不得不同意写下休书许其改嫁，但惜娇仍不满足，再三以告发官府相逼，宋江忍不可忍，终于怒杀惜娇。

蒋晓明先生扮演的宋江一角，把一个人生命运处于坎坷忾兀之时，心情处于焦虑彷徨之际，希望继续得到昔日情人感情关怜呵护之时，却遭遇冰碳冷遇，把一个曾经是感恩爱怜而今却万分情绝状态下英雄人物的复杂心情、果敢行动表现得淋漓尽致；人物性格、情感纠葛、矛盾起伏演绎得分寸适度，关口火候把握准确深刻，人物故事演绎的至善至美。

蒋晓明先生唱、念、做、打功夫扎实，尤其善于细节展示。到剧情关键时刻，通过精细的内心抒发和情节展示，把剧情陡然推向高潮。比如常有的抖（髯）须、颤椅、堕地等细节都表现得精妙绝伦，是难能可贵的川剧艺术绝活展演。

该剧中阎惜娇扮演者熊玲是一位新手，但手、眼、身、发、步也均展示得严密合缝，以质朴细腻的表演描摹了人物性格，深刻地体现了人物的内心变化。妈娘的扮演者李晓霞说唱戏文不多，但其表演的台步、身姿、念说十分精道，韵味十足，体现了深厚的表演功底。

蒋晓明先生带领团队主演的川剧吹腔《宋江杀惜》是他们众多川剧折子戏中的代表，不愧为广安戏剧舞台上的灿烂艺花，我们为之欢呼，为之庆贺。

广安市文艺志愿服务团副团长、国家三级川剧演员、原广安县实验川剧团团长涂龙西与国家二级川剧演员、广安区戏剧家协会主席周剑虹女士共同出演的川剧高腔《戏仪》是一折文人折子戏。

川剧高腔《戏仪》讲述的是玉帝派黄雀金鸡化身为一位民间女子去试探书生窦松阳的意志是否坚定，结果窦松阳不为美色、金钱所动，表现出极高的才学和品行，最终黄雀金鸡暗中帮助窦松阳考取功名。剧情一波三折，人物心情跌宕起伏。

涂龙西扮演的文生窦松阳性情纯笃、志向坚定、心无旁骛、憨厚忠诚、十分可爱。涂龙西先生通过手、眼、身、发、步的表演细腻中展现了精巧，精美中包含雅致。剧情表演丝丝入扣，细密典雅。周剑虹女士扮演金鸡一角，华丽高贵、诚恳和善、钟情痴意、精巧灵活，通过台步、手法、眼神、仪态等微妙细节，深刻表现了人物极其复杂的内心爱慕之情。周剑虹女士的表演张弛有度，细腻雅致，唱腔柔和玩转，仪态迷人，很好地展现了人物内在心情的变化。此次的成功演出必然是广安戏剧舞台上的卓越展示，值得赞扬和祝贺。

邻水县非遗演展中心川剧弹戏《张飞审瓜》也十分成功。

川剧弹戏《张飞审瓜》讲述了张飞刚刚担任端阳县县令，就遇姚万贯状告民妇偷瓜一案，大堂上民妇直呼冤枉。经过张飞的巧妙细致审查，发现姚万贯调戏民妇是真，反诬民妇偷瓜是假。

余洋扮演张飞，把一个外表鲁莽暴烈而内心细致的张飞的武生戏演得丝丝入扣、活灵活现。面对姚万贯对少妇偷瓜指认，黑面张飞左右为难、一筹莫展，却不知，这个张飞粗中有细，心中自有一把称，经过装萌、设局、露真等戏剧情节表演，把张飞粗中有细，不枉民情的内心世界和人物性格特征表现得逼真可信。

曹平扮演的奚金凤、张绪伦扮演的姚万贯、任继伯扮演的地保、罗建明扮演的班头甲、柴玉峰扮演的班头乙等也情态到位，活灵活现，十分成功，应当是川剧艺术的上品。

武胜汉初古韵演出服务有限公司演出了川剧胡琴《金台将》。唐德锡扮演了侯声，冯伟扮演了侯音，陈玉华扮演了田单，李建华扮演了太子。

川剧胡琴《金台将》讲述的是战国时期，齐国内乱，兵马司田单保护太子男扮女装，外逃求援，行至北关吴吏侯声奉上司之命率兵缉拿，差卒侯音，错认田单是兵马司旁边卖汤圆的王礼哥，田单随机应变，保护太子，得以蒙混过关的故事。

剧情故事本身就曲折宛转，动人心魄，经过唐德锡先生团队的精心演出，故事更加跌宕起伏，扣人心弦。

唐德锡先生饰演的侯声，官味十足，看大去小，人物性格很好地推动了剧情发展。冯伟饰演的侯音，机巧愚顽，认田单为张哥，推动太子出逃机会成熟；陈玉华饰演的田单巧妙机智，粗中藏细，随机应变，使太子得以渡过难关，顺利外逃。剧情演绎的动人心弦，功夫十分到位。

华蓥市戏剧曲艺协会表演的川剧弹戏《花云射雕》片段，讲述的是元代时期刘福通命花云联络各地豪杰，以红巾为记，在梵王宫起义抗元。适逢耶律含嫣与嫂脱氏同来访梵王宫，进香还愿，含嫣见花云当众射雕，人才出众，武艺精湛，顿生爱慕之情，流连忘返，脱氏见状，强拉含嫣离去。剧中含嫣天真活泼，秀丽多情，当其与花云四目相对时，二人互视良久，形成一条看不见的情丝，脱氏牵动这条情丝，方使二人惊醒。特殊的表现方法表现了人物的特殊心情。花云射雕，《梵王宫》之一折，冯伟扮演花荣，廖昌玉扮演脱氏，秦贵英扮演耶律含嫣，舞台表演很有韵味，人物故事都演绎得比较完美。

三

英雄决战在战场，艺术家风采在舞台绽放。广安是人杰地灵的地方，也是广安人创造经典的地方。广安历史悠久，文化深厚，历代以来，人才辈出；地理位置优越，扼川渝要冲，座两江渔利。自古至今，文化艺术繁荣。

新的历史时期，党和政府高度重视传统文化艺术，广安民众对高雅艺术充满强烈的内心渴望。一大批有作为的艺术家、艺术爱好者，在这个时代背景下应当大放异彩。

我们捕捉到一组艺术家、艺术表演者、演奏者后台情景，他们冒酷暑高温、吃盒饭、喝冷水，对艺术却表现出了精益求精的态度。为了艺术，他们不惜牺牲一切，努力奉献着，他们的精神值得我们礼赞,他们献身艺术的品质,值得我们认真记取。有了他们这种精神状态,广安演艺的明天一定是丽日蓝天,格外美好。

主办承办单位均表示,今后,将定期推出包括川剧在内的戏剧艺术演出。打造高端平台,规范艺术载体,推出精品力作,凸显艺术家风采。让艺术和艺术家具有应有的地位和荣誉,让广大的广安民众享受到更高的艺术盛宴。

江流关不住,众水尽朝东。文化艺术的中兴时期已经来临,广安艺术的春天到来指日可待,衷心祝愿我们的艺术家、艺术爱好者艺术长青,祝愿广安的广大民众生活更加幸福快乐。

(本文是广安市"百姓大舞台"川剧专场所做的速写)

2018年7月10日

谈谈合格的演艺人

举办一个以演出艺术讨论为主的讲座，对于提高演出艺术的认识和把握发挥，是很有必要的。

我们要讨论的主题问题是怎样做一个合格的演艺人。

这个话题看起来好像是一个对大家洗脑的问题，但我们不这样认为，也不会这样实行。因为每一个团员、每一个群员都是平等的，我们是建立在平等讨论的基础上来认识和深化这个问题，来交流我们对这个问题的看法。

"做一个广安的演艺人"这个话题在定位上给了我们几个限制。第一，讨论的是演艺人；第二，讨论的是广安的演艺人；第三个问题是才是怎样做一个广安的演艺人。

这前面我们在思源艺术讲座当中讨论过的城市化进程中，我们的演艺艺术的发展空间问题。在新的时代和环境当中，演绎有多大的生存空间，对于我们从事的演艺工作，我们该找到怎样的方向。那么今天我们所讨论的这个问题，就关乎参与到广安演艺中的每一个人，以及怎样做好一个广安的演员。

为什么我们强调的是广安的演艺人，而不是讨论全国的或者是全世界的演艺人。我们是基于这样的认识：在20世纪90

年代和 21 世纪初的这些年代,在这前后的三十年间,我们看到,在计划经济向市场经济转换的过程当中,由于工业发展及城市化、市场化的推进,人们对演绎的需求呈现出一个高涨的趋势。尤其 1984 年的春节晚会后,从 1991 年到 2014 年这近二十年间,港台的歌星、大陆的歌星、影视歌三栖艺人们,成了明星,红透半边天。这不是他们自己所要追求的,而是时代造就的。就像当下一些演绎的人员,人们以更高的标准要求他们,实际上是时代对他们的一个选择,时代正在逐渐地抛弃他们。为什么要这么说呢?因为如今市场经济成熟,"世界级的当红明星"已经不存在了。

随之而来的是什么样的文化格局呢?地方化、民俗化、本土化就是文化发展,也是文艺发展的本质。所以说做什么"世界级明星""国家级明星"的时代已经不复存在了,我们从一些具体的事例就会感觉到,所谓的"国家级"的东西在逐渐被打碎,足见这些在逐渐被淡化、被抛弃。

所以说,离开地域性本土化和这些民俗性的东西已经不具备生命力了。

说说现在国家级的什么选秀之类的都在逐渐衰弱下去,而我们看到的是发展起来的本土化的、民俗化的、时代化的,新的文艺要素正在不断的生长。随着城市化的建设和发展,今后在全国各地,我们可以预料到,本土化的一些文艺作品、演艺人士,特别是一些演艺方面的高水平人才,都会不断成长起来,地域化、区域化、城市化,是艺术发展的一个基本方向。这个问题我们要站在时代和城市发展的高度来认识。当政治稳固、社会经济稳定、人们情绪高涨,整体社会呈稳定趋势的时代,那么地方性或区域性的文艺,也得生长起来。带有本土化、民俗化的一些艺术的要素必然会被凸显出来。

当然,有的同志会说:你说的这个问题,是不是说我们的文艺当中的政治性就不讲了?不是这个意思,政治性,我们是必须讲的。我们平常也给所有的艺术家和同志们都强调,我们对政治的理解不应该是机械地什么口号,而是要把你对政治的理解用文艺的形式、用艺术的方法,把它表现出来,你表现得越深刻、越生动、越有灵性、越感人,其艺术价值就越高,你对促进社会文艺发展的贡献也就越大。

有人曾经说过:我们不能够做时代的传声筒,而应该做突出时代生活当中的一个。突出典型环境、典型事件当中的唯一的人的个性,这才是艺术生命的品质。我们在今天这个时代背景下,只有张扬的个性,只有反映时代的要素,只有反映本土的生活,只有反映民族的要素,才能够使我们艺术走得更远,艺术的大树才能常青。

当下国家正在一步一步推行申报非物质文化遗产,挖掘和保护我们本土的一些民俗的文艺要素,这些就是一个明显的信号。广安也曾经有到一些高级别演艺人才,为什么他们不被我们本土的艺术和民众所接受,反而让人觉得太高太远,参与度不够?这就是时代跟艺术造成的一个大的导向,就是你必须走本土化道路,离开本土化是没有前途的。广安现在一些有作为的、有远见卓识的艺术家,必须守住本心,不要随波逐流,不要只看到什么国家的、省上的、大范围的、大制作的这些。现在可以这么说,随着时代发展,什么高大上的、大制作的这些东西,就会慢慢衰弱下去,真正的本土化的、民俗化的、时代性的东西将会凸显出来。就像在过去的北京、天津这些地方，一些地方的文艺要素都会在时代的舞台上占有很重的分量。

在今天这个时代，广安提出"广安演艺人"这么一个概念，这对大家来说，是目前艺术发展方向的一个重要目标。首先意识到"广安演艺"的这个概念。我们做好广安的演艺人，这是最必要的，唱好广安自己的歌，表现出广安的精神，展示出广安形象，树立广安人的高品质，这才是我们的义务。

有了这个认识，我们要立足广安，做一个广安的演艺人，这是一个非常神圣的时代要求，是对我们每一个演艺人士的要求。有了这种认识，我们就必须自觉地服从这个时代的要求，那么就要充分地展示我们的艺术。

接下来我们讨论第二个问题就是怎样做一个广安的演艺人。

在以前讲城市化的艺术发展过程中，我们曾经讨论过，广安是一个比较特殊的区域。认识这个区域、认识我们的演艺环境，对于我们开辟今天的演艺生涯是很有必要的。广安，从历史角度来说，北宋开平二年，广安这个地方建立了广安军，成为一个军事机构。当时广安在北宋的时候叫做使安县，县城大约在现在的经管公社影视城一带。为什么当时广安这个地方只能驻军而没有行政机构，那是因为当时在唐宋以前，甚至元明清时代，很多城市发展在山顶上，比如广安县城。后来重建建军，到最后渐渐形成军政合一的机构，当时的衙门就在现在的周坡上面。广安以前的城镇都是由围墙围着的，当时有南门、东门、西门到北门。当时广安由于有山嘴，使得长江在这儿一转弯就形成了一个回水头，战船过这个地方的时候必然会停

文艺评论集　205

留，所以后来广安逐渐建设成为一个军政合一的地方。自古以来，广安就是一个县级机构。那时本地居民很少，全国四万万人口，广安只有四五十万人。在这样的情况下，广安集中城市化的规模是很小的。我们要提广安本土的演艺也好，广安的文化也好，都是在 20 世纪 90 年代初才形成的，也就说，广安建区后，广安才真正能够算得上有地域文化。所以广安需要大量人才做很多承前启后的工作，才能够使广安的文化和演艺事业形成众人所期待环境和景象，形成我们自己的文化氛围。

现在从事的广安演艺这个行业，我们是幸运的。第一，我们有着一种开拓精神，从原来的一穷二百到逐渐发展稳定，在广安的演艺事业发展过程中，尤其是广安县，从新中国成立到 1993 年，广安县承担了这个城市演艺文化的一些具体工作，当时的广安以县城为主集聚了一大批的文艺人士。尤其是我们当时的川剧团找了很多人，为我们的培养了一大批的演艺人士。由于一些艺术家老的老了，退的退了，2005 年后，川剧团合并到文化馆，广安的演艺可以说是从头再来。

广安和成都、重庆、南充或者达州这些城市比较起来，起步就要难一点。因为他没有原来的雄厚的基础，尤其是政府在资金资源、人才资源这些方面有很大的难度。

但这个也是我们参与广安演艺的一个很大的优势，因为在一张白纸上没有写什么东西，那么我们就可以写最好的文字，画最美的图画，我们很荣幸能参与进来。

那么我们要怎样做一个广安的演艺人，我们要用怎样的态度、怎样的方法来参与，这个问题是我们当前应该关注的。

一个厨师，他可以做得很精，可以成为一个管理者，管理大酒店，可以一年挣几十万。但是我们演艺人士，我们是凭着我们的演艺艺术来取得观众区的市民们的认可的，它区别于其他职业的一些特征。演绎说白了，是通过我们对艺术的理解，用我们的肢体、形象，把我们对艺术的这种感受展示给观众，从而打动观众。那么现在提出"职业的演艺人"这么一个概念，广安现在有没有职业的演艺人？严格意义上来说是没有，虽然从目前调研的情况看，全广安通过了申请，包括注册的、登记的这些演艺公司等有2170多家，但真正的演艺职业人员还是挺少的。什么叫职业的演艺人，那就是离开生存这些要素，不是以自己廉价的劳动来获得生存的这么一些人。他们是凭着自己高超的技艺、深厚的教育背景和自己对艺术的深刻的体验、认知，从而得到社会的认可，这样的人才叫做职业的演艺人才。按照这个标准，我认为广安的职业演艺人才还没有出现。但是可以预期，城市化的稳定发展有益社会对演绎的强烈需求，由于个体数字的凸显，一大批演艺人才可能会兴起。这些都是广安今后发展的一个趋势。

那么什么是职业的演艺人？有什么样的需求？是不是我们现在的一些艺术家没有具备这方面的能力？实际上我们有很多的人都具备了这种能力。接下来讲的这个问题就是，我们要认识清楚什么是一个职业的演艺人，演艺人包含了哪些内容，说说所谓的演艺人，做一个职业的演艺人。现在我们广安的是百花齐放，异彩纷呈，但演艺人他有什么样的要求。就我个人结合艺术理论思想来看，必须具备这么几个方面：第一、具有特殊的艺术表现的天赋；第二、具有表演艺术技巧的深刻的锤炼；第三、具有来自教育背景的深厚的文化修养；第四、有良好的从事艺术的品行情怀。

先讲第一个问题——人的天赋，有的人是不是就认为我本身就有天赋，我就是一个演艺人才，我可以去任何地方参加任何演出，我比任何人都要优秀。那么有这样的思想好不好呢？我们其实不好，鼓励演员自信自强，但不鼓励和支持演员个体太自我自大，过分地高看自己是十分有害的，至少会阻止自己进步。有了这样的思想怎么办呢？怎么来对待？怎么来解决呢？这就需要我们深化认识。

实际上，社会生活当中存在一个普遍的原则，就是人的自我意识。人的自我意识是应当得到尊崇的，但在有很多具体情境中，人的自我意识往往会战胜理性，人就失去了对自我的客观认识。如果在这种思想认知下去搞演艺，其演艺作品就很可能不是融入独创性的好作品了。这就说明一个问题，就是我们认识自己作品的时候，往往带有自我感情色彩。每一个人都想表演，都有表演的欲望，这种事作为大众参与是很可以的，但作为一个职业演艺人的时候，他必须具备这些天赋。比如说唱歌，像贵州深山里的歌唱家叫做原生态，他们并不具备这个高等教育的学历，没有经过刻苦的训练，但他们的表现确实很优秀。我们在今天要强调天赋的作用，天赋是选取我们职业艺术家、职业艺术人特有的一个基础。

一个人，有天赋而没有技巧的训练，没有教育的背景，没有情怀和好的品行，他仍然演绎不出好作品。一个作品的产生是一个综合性的要素，就像一个人所说展示出来的风采，不是一时可以装出来的，它是终身文化修养的外露，因此我们做一个职业的演艺人的时候，必须要具备技巧的训练。就像我们使用一种乐器或者唱一首歌，或者是表演一个舞蹈，必须要经过技巧的训练。

这技巧的训练呢，我们把艺术分为三个部分，第一是技巧，比如唱一首歌，要把它唱熟，掌握它的内部旋律节奏、节拍、轻重之类表情达意的要素，技术方面必须过关，然后才谈得上艺术，跑腔走调的肯定不叫艺术。

艺术作品的第二个部分，就是来自生命的情感。没有生命情感的东西不能够打动人，也不能够称为艺术。在那干巴巴地朗读一首歌，没有感情地演绎出来的不叫作品。我们讲究艺术的情感性情太细，演绎者在不在状态决定这个作品成功与否，演绎者没有在状态，没有情感的融入，没有生动地去体会，这个作品表现出来的绝对不会是感人的。演绎者投入的情感有多大、表达的感情有多深，决定了这个作品的成功程度，所以情感是很重要的。其中一个很重要的点是文化的氛围，文化的氛围是一个大的概念，它是在我们人具有技巧、情感、天赋，这种情况下综合性地表现出来。比如老一代的歌唱家，由于是老三届的知青，他们具有深厚文化功底，其歌曲所表现出来的强烈的文化氛围是很浓厚的。比如《在那桃花盛开的地方》，演绎者把小山村的桃园、环抱中山庄、桃花映红了姑娘的脸庞的情态生动地表现出来。歌声的甜美，展现出了一个广阔的空间，那是听众感受到歌曲背后的文化情态和文化氛围，由此可见演绎者的情感相当的强烈。

一个演绎作品表现出来的艺术是综合性的。前面也说过它不是一个单一的片面的东西，而是人在这个表演过程当中，融情于歌、融情于物，把自己人生的一些况味，通过对作品的深刻的理解展现出来的。

接下来讲的是怎样做一个合格的演艺人，前文提到，当前的演艺事业正处于一个时代急剧转型、承前启后的关键时期。我们作为演艺人，赶上这个潮头，是十分很荣耀、值得骄傲的，也是十分幸运的，需要我们好好珍惜。

那么怎样做一个广安的演艺人呢？我想谈谈我的认识。首先是我们必须要加强自己的修炼，不要满足于我们现有的一些基础知识。我们应该花大量的时间与精力去学习、体会，从技巧训练来看，尤其是年轻一代，应当通过交流，尽快提高。无论老师怎样指点，都还必须自己去钻研提高，让自己艺术的生命更加充沛，更加感人，在广阔的演艺平台上才能站得更高。

其次就是我们应当在各方面取长补短，要有向外学习的品质。由于广安演艺没有集结成一个固定的团体，近年来，虽然成立了艺术团，但成立时间很短，所以我们养成一个很好的习惯，就是习他人所长，补自己之短，要珍重别人独创性的东西使其成为自己的艺术的源泉。再次，还得强调我们对待艺术，不管是认识也好，学习也好，借鉴也好，拿来也好，都必须有一个客观的认识。如果过分看重自己的表演，看重自己的成就，那么就会忽略别人艺术的特长。这就需要有一个正确的态度，需要我们对艺术必须有一个公正的标准：什么是美的、什么是好的、什么是值得发扬的、什么是值得唾弃的。没有公正的评价，没有客观的标准，那么就会损失和埋没艺术人才。最后，我们要有一个好的心态。由于演艺艺术是一个自我表现的要素，所以说演艺人才时常爱夸大自己的能力，夸大自己的成就，如何客观地评价自己、评价他人，是我们目前要解决的一个心理上的问题。我们自我看重、自我夸大自己的能力和成就的同时，必须要有一个客观的东西，没有客观的东西会使自己盲目自大，会使自己太注重个人的价值和作用，从而看不到整体和团队的作用。这时候容易使自己产生不必要的沮丧之感，甚至在群体当中四处碰壁。所以我们倡导大家有客观的、公正的认识，保持团队的相互合作和相互包容。

以上是我个人的一些拙见，也欢迎各位同仁多多交流，相互学习。

推动音乐艺术发展的有益实践

歌曲，是一种表达思想情绪的独特艺术形式，换句话说，没有歌曲不是抒情的。

歌曲创作和表演对于社会生活以及经济文化发展有多么重要，就理论上动态分析，是无法定量说清楚的。就拿歌曲在旅游活动中的作用来说，早在很多年前，一首歌曲《太阳岛上》就唱红了一个哈尔滨市。很多人听着唱着歌曲《太阳岛上》，想象着和享受着那里美妙的景致，后来有人专门为此去了哈尔滨太阳岛旅游。

这说明，歌曲所创造的美感意境，对人的诱惑感染远比其他手段要好得多。因此可以说，歌曲是让人们对事物认识艺术化的重要手段。甚至有人研究旅游产业发展过程认为，利用歌曲艺术化地表现地域风情、文化情态是促进和推动旅游产业发展的重要手段和方法。改革开放以来，许多地方都十分注重本土旅游歌曲的创作和品牌打造，甚至个别地方不惜投入大量的人力物力财力来打造本土歌曲。毫无疑问，本土歌曲的创作和传唱对于扩大本土文化资源特色的传播和增强影响力，具有十分重要的作用。

四川广安市，位居川东北结合部，东南和直辖市重庆接壤，地域优势明显。境内的华蓥山雄奇俊秀，嘉陵江、渠江风景秀美，自然生态和人文历史资源十分丰富，交通便捷，旅游文化资源优势非常突出。

自邓小平故里作为立市之魂、广安建区设市以来，这里城市组团建构十分迅捷，经济文化发展水平迅速提升。随着中外游客的增多、丰富独特的旅游资源开发利用，广安成为了川东北一颗耀眼的明珠。此间，文艺创作尤其是以歌曲为代表的音乐文艺创作也活跃起来。

近十年来，广安市域内广大音乐文艺工作者出于对广安本土的赤诚热爱，纷纷深入生活，体验民俗，创作了一大批以本土文化风情和自然风光为内容的原创音乐作品。据初步统计，广安自2004年邓小平100年诞辰以来，创作的各类音乐歌曲作品达300余件。这还不包括市外著名作词作曲家创作的，以歌颂邓小平家乡风光特色、人物风貌、建设成就等为主题的音乐作品。一大批脍炙人口的作品被世人传唱，取得了令人瞩目的成就。

但是，这些优秀的音乐作品大多存在获奖、演唱后立即势弱趋冷的情况，好像这些音乐作品只为获奖而演唱，后续话题不生动或者直接没有了后续话题，其艺术价值、特殊作用未能够得到充分的发挥。一句话，音乐作品要在本地社会经济发展、尤其是从实际出发在旅游文化经济建设中发挥重要作用，确实还需要有力的推动。

针对于此，为了发挥广安本土原创歌曲对家乡美、生活美的引导和影响作用，广安市委宣传部、广安市文联、广安市文

文艺评论集　213

艺志愿服务团精心组织策划安排了"放歌新时代、唱响金广安"为主题的本土原创歌曲集中展演活动。采取由各市、区、县宣传部、文联、文化广播和旅游局主办，广安市文艺志愿服务团承办方式进行集中展演。为让音乐展演活动自主宽松自由，采取不打分、不评比方式进行，一切交由市民观众用心欣赏、评价和认定。

经过组织策划和有力推动，2018年12月上中旬送旧迎新之际，在全市文化氛围最浓、人员最为集中、全市最核心地段的邓小平图书馆电影院成功展演。展演活动由六市区县精选节目、精心编排、以公益性演出方式进行，每市区县各一场。

广大市民闻讯纷纷前来观看，不少场次坐席爆满，过道挤满人群。掌声和欢呼声表达着市民观众对音乐艺术表演的赞许，其效果比预期好许多，获得了市民观众的普遍认可，是一次重要的地方文艺发展的有益实践。

一、精美特色表现出崭新的艺术水平

由于各市区县充分感受到了艺术作品和艺术表演对于推动本市区县经济文化建设、展示动人形象风采的重要性，都表示了高度的重视。当市委作出由市委宣传部、市文联牵头，各县市区委宣传部、文联、文化广播和旅游局承办，广安市文艺志愿服务团、市音乐舞蹈家协会协办，各市区县轮流集中每晚一场，共进行六场展演的原创歌曲展演活动部署后，各县市区按照要求，狠抓人员组织、作品选择、节目编排。各编导精心编排，采取独唱、合唱、歌伴舞、情景剧、歌舞等多种形式，充分利用声、光、电、道具等舞美要素，每台演出都融进创新智慧，显得独具匠心，演艺水平达到前所未有的高度。

整个展演活动共演出各类音乐原创节目96个，参演人员300余人，观众总人数达到3000余人。由于作品很好地表现了本土特色文化元素，都很接地气、很亲切感人、很受老百姓喜爱。展演节目精彩，表现出鲜明的本土文化特色，观众高度称赞和嘉许，成为了广安本土原创音乐节目一次成功的大检阅、展示了广安本土原创歌曲作品达到了新高度。

一是演唱种类齐全，演唱形式多样。

广安市是一座经济文化处于不断上升阶段的新兴城市。这里没有专业的艺术院校、艺术院团，绝大多数作词作曲家都是自身学习和摸索取得一些知识和经验，在创作实践过程中都走过模仿、探索、独创等创作过程。在过去很长一段时间，部分词曲作家的作品独创性色彩不够强烈。不少作品，尤其是音乐作品，在作品旋律、调式、节奏、风格等方面都存在借鉴和模仿的痕迹。甚至部分作品，通俗、美声混搭，在流行音乐骨架中出现美声音域，大小调转换斧凿痕迹严重等不足问题。经过近十年的艰辛探索和创作实践，一大批作曲家在实践中成熟起来，不少作品独创品格、技巧纯熟、转换圆润，都达到新的高度。就作曲来分，通俗歌曲居多，占展演节目80%以上，美声唱法占10%左右，流行歌曲占10%以上；从唱法上分，通俗唱法、流行唱法和美声唱法作品类型都齐备。更重要的是这些作品对通俗、流行、美声唱法音节音域、调式风格等要素把控都很适度。通俗、流行、美声等音乐特色元素运用、调度更加充分，更加明确，更加丰富生动。通过优秀演唱者对作品的精心演绎，准确地表达了本土文化精神和环境气质，深情地歌唱了广安本土文化风情，抒发了对家乡的深厚热爱。

音乐歌曲作品的演艺是一个综合性、美感创建要素十分强烈的表现形式。这次音乐作品展演，各市区县都十分注重美感氛围的营造，把歌曲演绎与舞蹈、情景剧结合起来，增加了对观众的情景带入，增强了对音乐艺术体验的质感。这次展演，从表演类别上分有歌伴舞、群舞、曲艺伴唱、戏剧伴唱等形式，可谓丰富多彩。这些丰富多彩的表演形式很好地烘托了歌曲艺术主题内涵的再现，引导和影响了观众对作品的直观理解。

二是音乐作品表现出较为深厚的专业技能。

独创性是音乐作品首要的和基本的价值。歌词作品应当具备优美动人的情景、起承转合的内在逻辑关联、强烈的现场带入感以及隐含其中的人文故事性。音乐作品应当具有优美感人的音乐旋律和打动人心的独特风格，符合起承转合的内在逻辑、重复扩展延伸等基本技法，符合主副歌相互呼应关联、大小调转换规则，才能够使创作的音乐歌曲作品达到炉火纯青、感人至深的效果。没有这方面的基本素养，要创作出上乘的音乐作品几乎是不可能的。

由于展演作品都是精选了本土作词作曲家近年来创作的精品，因此，表现出了深厚的专业技能，不少作品能够称得上是广安现阶段的音乐艺术创作的里程碑成就，是难得而可喜的收获。

三是优秀表演阵容展现了深厚的创作实践。

好的音乐作品不仅是出自优秀的作词、作曲，也还包含着表演者独特的天赋潜质、基础技巧掌握和对生活的深刻体验理解，甚至还包括表演现场的情绪氛围激发等要素。

从表演者方面来看，表演是对作品重要的还原和再创作，有了好的作品，没有优美准确的表演，作品的成功也是难以实现的。表演者对音乐作品的理解和阐释，是表演者文化素质、专业水平、独特风格的综合表现。在没有系统准确的专业培养和训练，就希望表演达到很高的水平那也是不现实的。

广安的表演水平和音乐创作水平一样，都走过了一个不断提高的过程。广大演员都是从模仿到熟悉到演唱的，很多是谈不上深厚的系统化的专业知识积淀和独特风格培育的。而广安这次的原创歌舞展演活动，从表演的角度看，也上升到了一个可喜的阶段，很成熟。此次表演，从形式上分，有独唱、合唱、小合唱、组合唱等。这些形式，经过精心组织和编排很好地再现了原创歌曲作品的文化特色和丰富内涵，演员用心演绎，演唱情调和作品的形式谐和一致，还原了作品的本真旨意和特色。

近年来，广安市内涌现出一大批独具特色的表演者，她们风采卓然，不少表演者在全国、省市获得表演奖，她们在各个领域展示着演艺风采。由于各市区县精心选拔和物色，一大批优秀表演者登台表演，不少表演代表了广安目前的表演水平，让广大观众耳目一新，是一次优秀表演者的集中亮相。

应当说，展演作品标志着广安音乐艺术创作上升的一个里程碑。这是值得广安音乐创作和演艺事业庆贺的事情。相信随着一大批音乐艺术家不断深入的创作实践，对创作技巧的纯熟把握，对生活的深刻体验，对创作情感的深厚积累，广安的音乐创作会更加炉火纯青，更加值得广大市民观众的期待和赞许。

二、地域风情展示着区域文化特质

(一) 展演成为了综合形象宣传大展示

由于各县市区成为办理主体，本土原厂音乐展演与各市区县的社会经济文化发展紧密结合，成为了宣传各市区县的形象宣传和展示平台；尤其是和本地的旅游资源发展相结合，成为旅游发展宣传的重要工具。精美的原创歌曲，与本县市区的美景、美食、美人等特色结合，增强了音乐表演的力度。武胜县、邻水县、华蓥市的"等你来"主题内容展示，十分惹眼，具有吸引力。

武胜县的演出，整台节目紧紧围绕本县美景、美食、美人内容展开，突出武胜等你来的特色，把县域内突出的景观景点作为卖点，融入文艺节目表演之中，层层展开，精美绝伦，具有十分强烈的吸引力。

华蓥市紧紧围绕华蓥军工历史和深厚民俗文化特征，突出红色和民俗特色，深度挖掘生活内涵，节目很有感染力和很有代表性。邻水县深刻把握戏剧和时尚表演特色，把歌唱本土文化特色作为主线贯穿整个展演中，收到十分喜人的效果。岳池县着力突出自身曲艺之乡特色，把丰富的曲艺元素贯穿在节目展演之中，展现出清丽婉转的情味，技巧纯熟，十分感人。

这次展演更难能可贵的是，显现出不少基层文化干部和领导亲自参与编创和指导，展现出亲力亲为，站在前线创编精美节目的姿态，成为广安文艺的排头兵。参加展演的音乐作品有一大部分是领导们作词作曲的，有基层领导干部承担主创、主编的，展现了精明强干的队伍阵容。这样的状态显现，让舞台展演熠熠生辉，让展演具有了很高的艺术质量和观赏水平。

（二）展演成为了文艺编创能力的大展示

由于各县市区十分重视这次展演活动，各县市区宣传部、文联、文化广播和旅游局接到通知后高度重视，精心组织人马，精心挑选近年来创作的歌曲，确定主题；出演者基本素质都高，创编者创意很好，展演节目主题都十分明确集中，不少作品具有强烈的创新性，成为精美制作。如华蓥市的清音表演唱《三线姐妹回华蓥》、非遗舞蹈《紫云飞来嫁歌开》、前锋区歌伴舞《青青高岭》、武胜县歌舞《我在武胜醉了》、邻水县的歌舞《我在广安等你》、岳池县的曲艺车灯《秋江》等等都达有很高的艺术水平。

三、精美演艺让广安艺术舞台展现宏远的期待

由于本土原创音乐展演属首次，从发展的角度出发，还有大力提高的空间和可能。

一是节目整体水平参差不齐。

艺术表演既是艺术的更是文化的，表演是综合性文化素质、气质的展示。由于区域文化氛围、个体文化熏染修养不同，接受的专业技术训练不同，各自的风格特色不同，表现出来的整体水平有着一定的差距。首先，各市区县的水平相互不齐、不一致，有的高有的低。这主要体现在艺术表演的系统完

整性方面水平不同，表现在精品节目的艺术锤炼上的差异。其次，各市区县节目整体表现的内在比较上有差异。有的节目由于创编和参演人员的精雕细刻，注重细节的完美，节目效果十分精美。有的节目可能由于时间紧迫、场地受限等因素，排练程度不够，参演人员精力不够集中，因此形成节目质量不达标的差异。

这些差异的形成都有着一些不可克服的原因，是今后广安文艺发展中应当采取有力措施改进提升的重要方面。包括狠抓激励措施、督促机制、保证相对稳定的专业化队伍等方面来加以克服。以能够不断地提高市区县的演艺水平，让文艺更好地惠及各区县市民众。

二是需要加大对文艺惠民的指导。

在中国特色社会主义建设新阶段，随着城市化建设进程的加快，文艺发展已成为城市建设的重要内容，文艺消费已成为城市民众必不可少的重要产品。近年来，蓬勃兴起的各城市的文艺演出呈现出持续高涨的趋势。加强对文艺创编、表演、展演的指导已刻不容缓的。这既是全面小康建设的重要内容，也是党领导社会发展的重要方针。通过一定的形式，向社会、向民众提供健康有益的文艺消费产品，是促进和谐发展的重要措施。目前趁着城市文艺需求持续高涨的大好机遇，加强有力的指导具有非常重要的现实意义。正值建国 70 周年大庆之际，如何借助时代热点抓好文艺宣传、占领文艺阵地，是一个重要课题。因此，广安的文艺发展，不论是当前还是今后都有着举足轻重的意义。

通过这次展演展现成就的同时也显露出不足，从艺术的角度出发来看，应当尽快指导提高。这里提出的指导主要是指艺术指导，是指在原创编排方面不断提高，加大各市区县文艺交流展演的力度，形成正能量传递的强大阵容。

同时，应当不断提高指导者的水平和能力，应当加大培训力度，采取"请进来""走出去"等方法，培养骨干、训练熟手、包装精英，构建精锐团队，打造高端作品，强力培养推动广安文艺发展的坚强推手，让广安文艺舞台更加亮堂，让广安人不辜负伟大时代赋予的神圣使命。

此次展演在广安开了一个好头，是市委市政府推动文艺发展的一项重要实践，取得了很好的成效，为文艺的未来发展开启了新的征程，是总结经验进一步开展好文艺展演活动的重要基础。

（本文是对广安市原创歌曲展演活动所写的述评，发表在四川艺术网）

歌曲的审美价值理解

2012年11月10日前,得到广安市诗词学会召开第二次会员大会的消息,我记起了自己还在很早的时候就加入过这个学会,交过会费,领有会员证书,于是联系上秘书长,得到参会通知。会议开得很热烈,我对学会报告中一个观点却十分认同。

《广安诗词学会第四次会员大会工作报告》指出:"要使当代诗词得到社会承认,产生社会影响,归根结底是必须拿出精品力作来。精品力作的主要标志,是时代精神、先进思想、真挚情感与艺术感染力的高度统一。"这个论题这要是针对当代诗词创作而言的,但在我看来,它适合于艺术创作领域的各个类别,这四个方面应当是评价一部作品的综合性标准。没有对时代精神的深度把握和反映,没有先进健康和积极的生活精神,没有浸透作者来自内心深处的情感,没有既成作品强烈的感染力,是不会感动人的。

在思考诗歌创作标准的同时,我也想到了歌曲创作的一些方面。想到了歌曲的美学价值所在,想到了当年我在学习了解歌曲创作过程中的一些感受和体会。

我对歌曲创作演唱的学习了解得益于以前所接触到的一位学养深厚的老师——四川广安代市中学的音乐教师何信德。1966年秋天他是以反革命的身份下放到我们队来的,那时大约50来岁,后来得肝癌在我的老家华蓥山南山寺去世,享年不到60岁。

那时曾有机会听他讲一些作曲和演唱的知识,有了一些了解。

我记起了大约是在1975—1976年间,广安著名音乐作曲人、广安代市中学音乐教师何信德老师给我亲口讲起《金广安》这首歌的产生和当时创作歌唱广安的歌曲《金广安》的一些情况。说是60年代初,广安县委宣传部决定要写一首歌曲来表现对广安的赞美,当时在全县征集了很多歌词,最后《金广安》被选中。

记得说原歌词比现在定稿的歌词要长,当时的宣传部长组织人改过,改的要求就是——简短易记,朗朗上口。歌词定型后就组织了广安有名的几位作曲者来研究谱曲,何信德老师被确定为作曲者。确定的作曲目标是简便易唱,便于流行。于是他采用小调式强节拍进行曲式,口腔开合较小,启口像说话一般,大人小孩人人都能唱。歌曲旋律运用前后两段式,主副曲调强弱分明,唱起来朗朗上口。这就是在20世纪五六十年代在广安在华蓥山周边十分流行的《金广安》,而今,已成为广安一代甚至几代人的记忆。想起这首歌、唱起这首歌就想起一个时代。

关于歌曲《金广安》产生的经过,其真实性应该以叶春水老同志等当事人的言说为准,这里只说明《金广安》是广安发展历史上很有意义的事情,值得我们回忆。

好友老蚁说他有《金广安》组歌歌词,这很好。从地方文化发展的角度来看待歌曲《金广安》的产生是很有启发意义的:地方歌曲的歌词绝不能脱离群众,简便易记、朗朗上口是基本的要求,无特别艺术背景支撑情况下,一般不用高、美、亮歌词和旋律。《金广安》确立了歌颂金广安的核心主题形象。

人们都说歌唱对旅游推广有着十分重要的作用和价值,一首《太阳岛》唱红哈尔滨;《大理三月好风光》唱红大理,《我爱五指山,我爱万泉河》唱红五指山及海南旅游,这都是个案。但是,如何策划旅游歌曲就是很见艺术创意的事情了。有地方花几万十几万打造的歌曲,利用政府手段也仍难推广,值得思考。

其实深入地分析优秀歌曲的产生,是能够给我们启示的。优秀歌曲和任何其他歌曲一样,由三个要素构成:一、有好的歌词,歌词大众化、易懂易记,富有诗情画意或者含义深刻,给人启发,催人上进,激发热情,能过目不忘;二、有好的曲谱,曲谱中有和规律和韵律和旋律的曲调曲式,有与歌词相协和的节奏。

好歌曲的产生一定要融入情感智慧的创意策划。有的地方花很多钱结果歌曲唱不开,问其原因,往往是说搞就搞,不加研究思考。于是,歌词行政化搞定,作曲花钱搞定,录音制作请人搞定,当然其结果怎样就不言而喻了。艺术品诞生一定是在尊重艺术的前提下进行。

好的歌曲艺术作品就是要满足时代精神、先进思想、真挚情感与艺术感染力的高度统一,才能够产生巨大的艺术效果。

对真爱的强烈眷顾与呼唤

生活中，对转瞬即逝美丽的铭记，对一见钟情娇容的眷顾，常常给人灵魂深深的震撼。我国经过持续30多年城市化建设的推进，随着我国城市化生活水平的提高，我国人民的总体生活状态，由农耕文明过渡到城市商业文明，人们的农耕文明情绪正不断地转化为城市商业文明情绪，城市文化形态也逐渐由单纯的物质构成文化递进到城邦精神文化形态。一句话，群体居住生活的区域构建正朝着精神需求的综合性文化构成迈进，城市生活状态改变着我们的思想观念和生活情态。这个强大的以潜在的文化构成与演进为动力推进的历史进程中，人们的思想情感、生活情绪在经受着和发生着一系列深刻的改变。其中，最为敏感和微妙的改变，就是埋藏在人们心灵深处的那份情爱情绪表达和呈现方式的变化。

换个角度说，多维生活中的情爱感知，多途径、多方面的情爱投射，是城市生活生动丰富生动的表象之一。在这个过程中，一见如故、转瞬难忘、闪烁铭记的情爱影像，成为当下人丰富的和不能回避的事实。这些个基本的城市生活事实，也在不停地困扰着城市生活中成熟的帅男靓女。这些内心感情丰富炽烈的城市帅男靓女们，无不面临着情感与道德、情与爱、灵与肉的强烈感情撕咬，难脱其身。人是最为情感丰富细致、追求高原的灵性动物，应当说，这是人世间固有的、与生俱来的、合情合理的特殊表现情态，忽略或者视而不见，都是不正确的，更不是最好的应对策略。

作为反映时代生活的艺术，如何敏锐地捕捉到这转瞬即逝的社会精神现象和人们的情绪特征，如何艺术地演绎和再现这种情态，这就需要艺术家们发挥自身潜质长处，创作出独具个性特征和艺术水平的作品。只有很好地捕捉到这种精神情绪特征，这样的作品才是表现时代精神含量、感人至深的作品，才能走进人的心灵，也只有这样的作品才能够在社会生活的宽领域和历史洗炼的深进度上站立起来，传扬开去，刻进记忆。

今天，从网络上获得了周鹏先生作曲、赵泽波先生作词的原创歌曲《美丽不是你的错》。反复吟唱后，感觉非常不错。它很好地表达了前面所叙述的城市生活情感变化所产生的这种感觉。

这首歌曲的词曲作者都是我们的好朋友。赵泽波先生从小就热爱文学，是区域内较为知名的坚持创作的作家，在机关工作。周鹏先生是一位长期从事作曲工作并取得优异成绩的音乐作曲家。

据周鹏先生介绍，一次广安市人代会期间，赵泽波先生因为工作关系，在广安金福饭店找到人大代表的周鹏，工作交流之后，谈起了歌曲创作。赵泽波先生认为自己写的一首歌词比较有灵感，很不错，看能否由周鹏先生看看能否谱上曲子。当周鹏听到说出的歌词名《美丽不是你的错》，就觉得从歌词标题上就比较集中有吸引力，于是决定给这首歌词作曲。不久这首歌便诞生了。就这样，他们联合创作了这首优秀的歌曲。

说到周鹏先生，相信大家都和我一样，对他并不陌生。

第一，周鹏先生是本土岳池县罗渡镇瓦窑沟村一组人，家住渠江罗渡大桥南头，土生土长，系典型的华蓥山儿女。父母均系老实巴交的农民，没有广泛的人际资源和丰厚的家庭背景。周鹏先生大学毕业后一直在岳池县城关中学任教。就是这十分平凡的身世和艰苦的环境，却养成了他自幼酷爱音乐的天性，他对音乐有着浸润生命的敏感。

作为周鹏先生的好朋友我们曾注意过，在与他喝茶交流过程中，当任何一个方向哪怕是比较遥远方向飘来的音乐，都会影响到他对交流的注意力。有几次，我们顺着他的注意力问起飘来的音符，他能说出个什么调、什么音阶来的。这让我们真切地感受到，周鹏先生对音乐的热爱，已经不是一般的爱好，是浸透骨髓的顽强与执着，他对音乐已经是深爱了。

我们也常常这样想，周鹏先生这份潜入生命骨髓和精神情怀的对音乐对作曲的顽强爱好和深刻眷顾，正是他对音乐作曲事业坚持不懈、坚定不移、执着顽强追求，把音乐作曲事业当成一生的事业，把自己的一生献给音乐作曲事业最基本、最可贵、最难得、最巨大的精神意志力量；这也是他能够排开一切阻扰，一步步不断走向更高境界的基本素质；也是作为好朋友的我们对他保持较高期待的基本理由。

第二，由于周鹏先生自幼酷爱音乐，对自己热爱的音乐表现出几乎近似偏执和痴狂地步的眷顾和珍惜。凡接触过周鹏先生的同事和朋友，因为和不因为音乐作曲的"曲高和寡"，都难以在音乐方面在周鹏先生面前再说上什么道道，这背后就有一份对周鹏先生在音乐作曲方面表现出来的顽强执着坚定报以的一份包容和宽量，也少不了一份期待和考量。

第三，周鹏对音乐的热爱主要表现在歌曲作曲创作上，不断地取得成绩，从小有名气到大有名气。

时间大致要追溯到十五年前，那时，朋友圈都知道了周鹏先生是一位热爱音乐作曲并取得较好成绩的作曲家了。在华蓥山下广安市和南充市区域内都小有名气。

那时，从事音乐作曲的人很少，更加上音乐创作被称为敲响上帝灵魂的事业，是传递上帝灵魂之音的艺术，具有不可言喻的神秘感，因此，音乐作曲创作常受到社会的特别看重。无论作为作曲家还是作为朋友，周鹏都会是以顽强执着痴迷的形象站立在我们面前的，对自己的痴迷爱好毫不隐讳，对自己所理解和坚持的立场绝不退让，对自己成绩的珍爱和把守从不含糊。

实实在在说，周鹏先生从事音乐歌曲创作已有很多年了，应当说，取得了很好的成就，是四川省内至少是广安市内优秀的作曲家之一。然而，就我们个人对周鹏先生的认识和了解，尤其主要是对他音乐歌曲创作方面的认识和了解，还是有一个过程的。

就周鹏先生的音乐创作来说，大致可以分为这么三个阶段。

第一、探索适应阶段。

最初接触到周鹏先生的歌曲创作，是他为一些企业谱写的歌曲。周鹏先生的这类作品包括为周边学校谱写的校歌，为一些企业所写的企业精神歌曲，代表性的还有比如《广职院之歌》《人大代表之歌》《乡干部之歌》等。正像人们在文学批评中常用"控构主义"来指称那些在鲜明主题思想控制下面演绎作品那样，周鹏先生的这部分歌曲，虽然也取得了很好的成就，部分作品还取得了较高的奖励。但站在我们朋友间的角度看来，或者严格地说起来，这些作品的技术性远远大于艺术性，创作的被动性远远大于主动性。因此，在我们看来他是技术性作品，而不是艺术性的作品。也就是说带有艺术独创性的成分小于范式性、应对性的成分。

实在说，那时对周鹏先生的前路走向，作为细心观望和强烈关注的好朋友，内心里更多地抱有遗憾。在一些场合，我们也曾语重心长委婉地劝导过他注意坚持捕捉时代精神，反映内心情感，写出真正属于自己的歌曲。要是这样下去，只注重被动性地创作这类歌曲，或者一味地去创作这类歌曲，不注重时代生活主流精神的把握，不把握自身内心的感受体验，写出有自己阶段性标志性的音乐作品，长此以往，艺术的天地里只会多一个工匠，而不会练出一个音乐作曲艺术家来，这是对自己才华的埋没。

因为，真正的艺术，尤其是音乐艺术，必须是直达人的内心情怀，表达精神意志，去叩响人们灵魂、唤起内心情绪的共鸣的东西。这样就要求艺术创作必须是在内心精神趋于宁静、主体精神十分张扬、精神情绪特别健康激昂状态下，对艺术形象的深刻体验和彻底感悟后进行创作，而不是为了某个强烈的目的，主体精神在被动接受状态下所产生的东西。概观中外古今艺术精品的产生，无一不是这样。

那时作为朋友的我们不能说没有失望、遗憾甚至责备。在岳池文庙，在大西街茶楼，在建设路餐馆，在外滩坝坝茶，当大家当着或者背着周鹏先生谈论起他的歌曲创作时，尽管心中充满十分的爱怜，情感上涌起万分珍惜，但也以少有的沉默不语，不苟言说来对待；准确地说，那时，对周鹏先生的音乐创作全部期待都集中为责备遗憾乃至于恨铁不成钢。

回过头来看，当时的这种情绪是有缘由的，对他自己来说也是有好处的。要是一味地鼓励他那样往前走，我们说得再多也是一种不负责任。当时我们认定的是周鹏先生处于一种探索适应期，这个过程是十分正常的，也是成长的过程。"天将降大任于斯人也，必先苦其心志，劳其筋骨，空乏其身。"也许少了这个探索适应期，就没有未来取得辉煌成就的周鹏。

第二，提高跃升期。

对周鹏先生进一步的了解是他独创性作品增多，尤其是他作品艺术性越来越强的时候。

这应当是以他与赵大国合作的作品、获得几个大的奖励和在他的母校罗渡中学举办音乐创作作品汇报会为阶段。

这个阶段的作品在我个人看来，大部分乃有主题控构的影子。即是说，在作品的背后，仍然能够隐隐约约地感受到创作主题还受到亦或是传统文化的、世俗的、本土文化精神的、圈子内相互影响的一些因素的存在。还没有彻底地跳出受制于某个方面的桎梏。

这个时期的作品，主要表现在歌曲风格的过分地域性、民俗化、乡土风情风格的追求把握方面。简单地说，一些歌总挣脱不了"哎，哟，喂，哟，嗬"等呼叫、应答形式成分。夸大了对本土民间调式的保留和运用,使得作品成为本土民俗曲调的收集和整理。哪怕就是一些较有成就、甚至获奖的歌曲作品也脱不了民间小调的范式框框。一次,一个朋友问我,《美丽排楼等你来》这首歌你听过吗,好听不?朋友问的是一个很难的问题,应当说,我最初读到歌词《美丽排楼等你来》,作为一首旅游宣传歌词,对一个乡镇进行形象定位宣传,写得是比较优美的。那时我就想,要是这首歌词谱成曲子,到底该是什么样子?

不久,周鹏先生谱曲的《美丽排楼等你来》歌曲诞生了。首先我作为一个虔诚的读者唱者,默默地听了不知多少篇。那时,我奇怪地想,到底,美丽排楼会不会因有这首歌就等我去看看。我做了两个实验,一是把美丽排楼改成其他地方,比如顾县、红庙,结果,唱起来也是通用的,那些地方也是可以等我去的;二是在体会《美丽排楼等你来》这首歌曲的时候,我把时间改到五十年前,结果还是一样的,甚至比今天唱起来还要好一些。这说明什么问题?我陷入到了审慎的思考之中。

当我听到小小幺妹们踏歌起舞的声音,是哟哟喂的吆喝声,是等你来,等你来的小调式欢快跳跃的情绪表达。听了后,我陷入深深的思索。这首歌的曲调曲式表现的到底是不是岳池排楼的音乐素质。还有一些歌曲,比如《桃花赋》《又见桃花开》等歌,把它套上唐朝的时间也符合,套上宋代的时间也还可以,看起来忽略时代特色,适应性好像更广,但实际丢失了歌曲本来的实际价值。这类歌曲在时间上的虚化,对歌曲的成就是致命的损伤。这说明,周鹏在歌曲创作中还有一个致命的东西必须要挣脱。

环顾中外流传久远的经典歌曲，没有一首会是在时间上虚化了的作品。换句话说，这些流传久远的经典歌曲，无不显现出时代的时间烙印。换句话说，正是这些流传久远的经典歌曲内在艺术地表现着强烈的时代烙印，突出或者暗含了时代的精神元素，才更增加了它们的艺术价值。虚化时间概念的艺术品是幼稚的和传不久远的。

其实，歌曲作品内在地反映时代的内涵要素，这涉及到本地区音乐创作的评价、发展的深层次问题。我们听到和看到，本地区一大批歌曲作品，都在一种人为夸大了的本土民俗化的曲调曲式中演绎着。这类歌曲，我们简单地以"哎、哟、喂"来指称来代表。经过时光的洗练，为什么没能经久流传特别成功，这里面就是因为有了一个夸大了的本土化、民俗化的问题。这类歌曲，不知道读者朋友们会怎么认识，在我看来，这种地域化、民俗化、本土化的特色，不应当是我们艺术作品的固守标准和进阶的门槛。

严格地说，在交通交流格局大改变，信息互通发达的地球村时代，人们生活方式、精神意志表达都在自觉与不自觉地舍弃地域化、民俗化、本土化的要素。德国文艺理论家格雷提出的"本土的就是世界的"这个论断有可能会被打破或者正在被打破。或者说，在当今世界走向大融合过程中，文化中的本土化本来或者已经就成为一个"伪命题"，它的不真实性被我们的艺术家们一旦放大，就走不出爷爷奶奶的老屋，看不到山外的美丽景色，一味地陶醉在老屋有限的阳光里，久了，就没法拿出能跟别人对话的作品。

因此，在艺术创作过程中，寻找到公众需求和能接受的艺术要素，找到包含鲜明时代精神的思想情绪和意识倾向，找到被世代生活所浸染出的文艺要素、理念情绪，从而艺术地给予表现，才是我们今天艺术家从事艺术创作取得最广泛认同的基本要素和基本要求。

就此打量，这个时期周鹏先生的作品还有一个特点，那就是以"高、大、亮"为特色。总的倾向是起调很高，音域很高，唱腔也很高，甚至忽略副歌，在一些歌曲中，用副歌稍微一引导便进入高远宏亮的主歌上，部分歌曲听起来近似于吼叫。甚至还发现，有近似于以美声唱法元素演绎流行旋律的作法，导致歌曲有些虽然不很明显但也难以避让的硬伤。

出于对周鹏先生创作成就的跟踪，对其不断进步成熟完美作品的鉴赏和关注，我们认真地分析，认识着他生命情绪的艺术潜质特征，分析着他的作品对其内心精神意志的诠释和演绎轨迹，加深着对他未来途程走向和成就的推断和预测，甚至对他所应当取得的成就表示强烈期望和等待。这种期待中有对其弱点与短板的包容和忽略，有与全国水平线上作品比较的隐忍。

歌曲创作的艺术生态环境，全国歌曲创作的成功群体常常成为我们评议的尺度。

一是以印青、戚建波等为央视春晚写歌的群体。印戚等人追求传统手法大融合，代表着当前主流的国家标准。由于其特定性，其特色难以效仿，也在基层社会的艺术层面不作倡导。

二是以冷漠和张老师为代表的石家庄歌曲创作群体。冷漠19岁出道，着力于流行歌曲创作，其作品特色明亮、清丽、圆润、自然流畅，是当前社会生活中比较被市民喜欢的代表作品。

三是以汪峰等为代表的学院派歌曲创作群体。他们以歌曲的崇高情绪为特征，如汪峰的《春天里》《北京、北京》等。这类歌曲代表着首都京城文人音乐的素质和情绪，高亢激越、复杂多变，其创作方法是无法轻易模仿的。

四是草原歌曲创作群体，由于表现的是宽阔草原的情感领域，在我们地区来说没有模仿的必要和价值。

五是江南歌曲创作群体，以再现江南软语情怀为主，这也是我们所不能够轻易模仿的。

从这些比较分析中我们看出，周鹏先生在早、中期这个时期的作品和所举例的几个典型歌曲创作群体比较，显然是有着一点距离的。这距离的核心因素是需要对歌曲创作艺术从观念价值到艺术表现方法的深刻审视和对自身思想情感认识的超越。

这个超越是有难度的。它要求从作品创作的理念手法上去努力地捕捉我们生活的时代精神。

歌曲创作有没有时代精神，需不需要把握时代精神，怎么样努力巧妙地表现时代精神，这是作品创作的深层次问题。

有人会说，你说的时代精神是不是要突出时代的标签，比如突出政治生活中人们的精神面貌？

如果这样来理解时代精神，那是不全面的。

我们说艺术作品表现时代生活是巧妙地艺术地表现时代精神的，时代精神也不是具体的某种概念，是通过艺术的形式和手法潜移默化地表现出来的精神意识。可以这么说，反映时代精神艺术水准的高低决定着艺术作品成就的高低。

艺术作品表现时代精神形式上应是属于时代的，被时代接受，受时代享用的，而不是陈旧的，被时代抛弃的东西。之所以我们对"哎，呀，喂"之类的歌曲表现形式表示排拒，是因为随交通交流的改变，全国全球一体化逐渐加剧，地域的本土化文化要素不断被削弱，寻求共同的文化符号和文化精神成为时代新的要求，所以艺术创作你必须去迎合时代所需。

除了艺术形式上要具有时代性特征外，内容上的时代性就更不用说了，内容上没有时代性就谈不上艺术性。

第三，走向成熟期。

今天，之所以在此以如此长的篇幅来表达对周鹏先生作品的推荐意见，是因为，《美丽不是你的错》这首作品从形式到内容要素看，里面有着周鹏先生以前作品没有过的东西，标志着周鹏先生歌曲艺术创作开创了一种全新的格局，迈向了一个新的高度。

简而言之，由赵泽波作词，周鹏作曲的《美丽不是你的错》是能够拿出来和全国流行歌曲交流对话的，它是代表着本地区域内当下音乐创作最新的成就。虽然大家对这个定位可能有不同的看法和意见，但从作品本身的素质构成，具备了这个资格。

先从歌词来看，如前所说，歌词表现了城市生活中多面生活的复杂感情倾诉。突出了以暗恋为主题的自审自怜，是把别人的美丽换成自身的寂寞，再谱写成为的一首歌。暗恋无罪，美丽可爱，这个主题，由于代表着时代生活中精神情绪的一个重要方面，因而，具有这独特的城市生活精神价值。是抓住了城市生活中最基本的时代精神特征，又被人们普遍接受的内在潜质。

从严格意义上讲，歌词在内部逻辑上还可以顺一些的，使其更符合表达的逻辑，更加感人一些的。

这首歌曲成功来自于词曲两个方面，但我们想着重讨论其作曲方面的成功。

从歌曲创作上，我们看到作曲家用了较常见的2、4进行节拍，选择D调，风格设定为通俗风，这些最一般的设定使歌曲具有了最简易的演唱方式。文艺理论家指出能够用最简单的方式揭示社会生活和自然的深博大义才是真本事，这样的作品才会有最大的生命力。

一开始我们就说，周鹏先生作曲的作品《美丽不是你的错》不同于以往的作品，首先是丢弃了以"唉、呀、喂"之类的所谓的民间调式，一开真正通俗歌曲的创作先锋，使歌曲创作进入到一个新的境界，让周鹏先生真正有资格站在当下通俗流行歌曲创作的前沿舞台。这么说吧，周鹏先生的这首歌以其通俗的演绎和流行的元素在任何舞台上演出都不会落后，可以预想，这首歌将决定周鹏先生音乐创作新的高度和境界。

从音乐创作的技术技巧方面看，也更趋成熟了。

一是透过这首歌曲作品我们看到，周鹏先生他彻底挣脱了以"高、大、亮"作为基调的创作范式，甚至彻底挣脱和抛弃了包含美声唱法要素来演绎通俗流歌曲的习弊，进入到真正的通俗流行歌曲创作境界。

二是这首歌曲作曲艺术手法本身趋于完美，无瑕可击，是周鹏经多年音乐创作实践探索后，综合成分的自然结果。

为了说明这个事实，我们深入到歌曲内在结构的本身稍作分析。

首先，歌曲用小快板节奏、轻快跳跃式的曲调作为过门引曲，营造音乐氛围，从而引出旋律主调，揭示和突出旋律中心句段。然后，从大调式低腔起唱，满足和符合通俗流行歌曲的基本特征。接下来，一句铺垫，一句回环，再行扩展，从而把副歌引向主歌。紧接着用四个回环铺陈强烈抒情的句子作为主歌，接应由副歌铺陈、递转而来的情感抒发，主副歌前后衔接，遥相呼应，和谐回环，天衣无缝。然后，在高昂激越的情绪基调中绵延抒发，激情结束，形成余音绕梁，意犹未尽的效果。

作曲家把"美丽不是你的错……寂寞让我写成这首歌"等四句作为主歌部分，起到了以申明、自责、呵护的感情表达方式传达出对所爱对象一份强烈的感情倾诉，歌曲具有了真切、炽烈、强烈的感人效果。把感情的抒发、内心情绪的表达与旋律的自然运行有机结合，充分实现了歌曲艺术手段对情感意志的完美再现。

正因为此，歌唱者、读者、受众们透过歌曲《美丽不是你的错》自然流畅、清新明丽和婉转的演唱，深刻地感受到浑然天成音乐形象背后，那位精神健康、品质高雅、感情炽烈、敢爱敢恨的音乐主体形象，从而使整首歌曲在一种明亮、清润、激越和婉转中产生出感人至深的强烈冲击力。

当我们一次又一次倾听这首歌后，我们为广安艺坛、为周鹏和赵泽波先生祝福。广安歌曲艺术创作，尤其是通俗流行音乐创作，在经过不少人多年的辛勤探索后，今天终于有了我们认为能够拿得出手来与当下中国乐坛对话的作品，我们应当深深地为之高兴。即使我们是一面之词或一家之言，我们也愿意为广安音乐艺术创作取得的点滴成就而摇唇鼓舌、摇旗呐喊，希望我们的音乐艺术创作和我们有追求、有理想、有毅力、有创建、有辛勤付出且卓有成就的艺术家们站得更高、走得更远更好！

　　就在本文即将成稿的时候，获悉由中共四川省委宣传部、省文化厅、省文联等单位联合举办的唱响四川群众喜爱的歌曲评选中，经过十分严格的评选，周鹏先生夺得三项大奖。撰写此文之前并没有关注到评奖活动的结果。从周鹏获奖来看，和本文对其成就的肯定评价形成为一致。成就和荣誉总是给有准备的人。周鹏先生经过多年的努力和探索，迎来人生事业的丰收季节，这是顺理成章、理所当然的。值此时刻，我们衷心地祝愿周鹏先生在音乐艺术创作领域取得更加丰硕的成果。

　　　　　　　　　　　　　2016年6月13日于广安

吹尽狂沙始到金

我反复听了和观看了《美丽不是你的错》这部MV作品，感到这部作品制作很精美、很雅致。情节场景策划设计的表情达意十分精准到位。

本MV作品在制作、编导、表演、服饰、场景、镜头切换、演员颜面选择都比较精准到位，是我目前观赏过的MV作品中最天衣无缝、浑然天成的好作品。

我觉得它应当是当前流行乐坛MV著作的上上品，一定会很快传播开去。

也许，今后能充分代表周鹏水平成就的作品，很可能就是《美丽不是你的错》这首优秀作品。因为它带有城市大众文化生活的时尚元素，饱含着当下城市青年们的情感困惑与追求，表达着当下城市年轻人心态的可贵向往。同时，在处理情与爱、家庭与社会、道德与情感、追求与向往等等方面都满足了人们的精神渴望。

同时，歌曲以超越世俗的力量，引领城市人文情怀，把歌曲情调调配到准学院化的文人格局，作品不俗不媚，不迎合某种倾向，不迁就市井价值。浓情抒写城市人情爱的文化情怀，很有典型意义，具有很强的时代生活情绪。

作曲家的一生创作的作品不在于数量之多，而在质量上高。人的一生留给后人的作品有十首就很不错的，而最终能代表作者自己风格水平成就，和自己名字永远联系起来的作品，可能就那么一两首。

我们对这部作品表达赞赏的意见，是基于对这部作品所表达的生活意义具有深层的理解和认识。也许，今后随着对歌曲内涵的认识进一步展开，很可能还会有新的体会，但在当前来说，它应当是一部成功的作品。应当给予充分的赞赏和祝贺。

任何作品都不会是绝对完美的，尤其是音乐作品，她需要通过音乐传唱演绎才能够充分地理解。因此，有一个接受理解的过程。

比如群友红云就在讨论中对歌曲《美丽不是你的错》提出：个人认为《美丽不是你的错》歌曲 MV 整体上还是很可以的，歌词写得还行，MV 做的也还是很不错的，只是感觉这作曲太过传统，没什么新的创意，整个曲子太平常，没有打动我们的地方。

针对红云提出好这个问题应客观地看待。

我们认为，广安很多原创歌曲过分强调本土化地域化，动不动"哎呀喂"，情调低俗。另一类是纯政治意念演绎，无生活情趣可言。还有部分歌曲说是原创，而在旋律、调式、甚至节奏结构方面都存在模仿抄袭痕迹，原创价值不大。更有个人创作者根本不懂作曲基础，作品中合谐合律、调式转换生拉硬扯。

而周鹏先生这首歌首先是原创成分突出，具有独创优美的旋律。4/2节拍，小快板节奏、流行风格，在歌曲结构上，主副歌合谐。副歌的起调、扩展、重复都用得巧妙柔知。引向主歌后，用高亢激越的讴歌引向内心的自责自语，抒情浓郁，旋律感人。最后歌曲收于自慰自怜，有余音绕梁的效果。不同的意见有不同的价值，在深入分析品尝作品时，我们感到有以上成功之处应当给予充分肯定。

当前，广安作曲成就要挤进流行乐坛，在全国流行乐坛占有一席之地，其重要一环是原创作品，因此，发现和突出作曲艺术的成就是非常重要的。

1. 作为广告歌曲是成功的，作为流行歌曲是不成功的。歌词太概念化，显得空洞，无具体生活内吞，由此缺乏真正动人的核心要素。

2. 曲调迁就歌词作演绎，音乐主体形象不丰满，显得生硬，听唱后给人印象不深刻。

3. 主副歌结构不明显，主旋律含糊。

今后多作自己真正感动过的歌词为好。自己首先感动，感动越深，你被感动过程中形成的音乐主体形象才丰满高大动人，你们把握住的创意旋律才独特优美，你所编织的结构才圆润。

在歌曲创作中，包括歌词创作都应当是首先感动，只有创作者酝酿于心，情景意浑然一体，圆融剔透，血肉情爱交融，然后喷薄而出。那样创作出的作品才日红月白，春绿秋黄，才感人至深。

音乐作曲创作，尤其是歌唱类歌曲创作，突出的特点是二度创作性。即是说，它必须在歌词艺术成品的基础上来创作，无法挣脱对歌词的依赖依托。因此，音乐创作的情感结构，形象设计，旋律安排，结构考虑都受歌词的限制和制约。

就此分析，理解歌词，充分地把握歌词所表现的艺术形象，所传达的艺术情态内涵，十分重要。

今后，我对你的广告类歌曲将少用力分析，着重对你有广泛发扬空间的歌曲深入分析阐释和推广。把真正艺术的东西刮垢磨光突出出来。

深入回顾和总结过去的创作历程，自己弄明白成功的经验和不成功的教训。更主要的是在哪些方面取得了可以理性认为的成果，就是在这个过程中超越基础模仿盲从，到真正独创的境界。

同时，找出这些要素中适合自己生命潜质和情感表达特征以及对事物的认知结构的东西，把自己的创作稳定在一个档位上，然后遴选出精致的细节进行深化，再结合丰富的生活感受和情感体验，深入推进。争取在这个阶段形成为自己独具个性的风格。

歌曲创作在表现个体独特风格方面还不突出。目前也必须向这方面推进才好。大家对你歌曲成就的认定，很大程度上是从你作曲的风格上来结合的。人们在听到一段主旋律就伸大拇指说，好，这是周鹏先生的！那样，你的创作就成功了。

我把你作曲人生分三个阶段来设定，供你参考，如果你认同，我们共同努力推进。

音乐作曲作为一门艺术来讲，她和其他艺术创作具有相通和共同的地方。作为音乐作曲家的人生经历也和其他如绘画、书法、文学艺术家一样大致具有着三个基本的阶段。

第一阶段，基础成就创作阶段。这个阶段包括对作曲基础的学习、掌握和熟练运用——也就是作曲家由音乐作曲创作的必然王国进入到自然王国的阶段。从中外古今的众多艺术家成长过程来看，除极个别特殊个案，这个阶段都是必不可少、应当经历的。因为，没有对音乐作曲基础知识、技能的学习、没有对作曲艺术基本规则规律的掌握、没有对作曲艺术已经形成的经验的吸取，就不能够很好地、熟练地运用作曲工具要素来表现作曲家的作曲思想、实现作曲的主题内容，表现作曲精神。

在这个基础成就创作阶段，包括作曲家对全部基础知识的学习、对各种基本作曲技能的掌握、对各种音乐作曲形式的实验和试验。这个阶段包括他成功与失败的经历，他的苦闷和彷徨。并且就很大程度上说，这个阶段是失败大于成功，甚至可能屡败屡进、百折不挠，精神上也往往会是苦闷彷徨多于快乐喜悦。往往在创作的激情、创作的欲望勃兴、进入到创作境界后，一次次为找不到属于自己期望的、想要的效果，或者借助于现有认识中参照比较体没有达到的境界，或者因为某个节点上不能突破、不能够实现理想的境地的苦闷、彷徨和懊丧。

这个阶段的成功就显得特别重要和珍贵。因为，这时的成功，不仅具有沙里淘金的珍贵，是艺术家"吹尽狂沙始到金"的精神历练，是成其为艺术家的品质塑造，是成为大家与小家的基本准备。

从中外古今的众多成功作曲艺术家来看，这个阶段不仅是绝大多数作曲艺术家必须经历、必不可少的阶段；同时，针对艺术家个体本身来说，也是十分重要、弥足珍贵、最值得回味的阶段。人们作为艺术品的享受者，往往着重于品尝果实的甘甜，只问结果不问过程，而作曲艺术家自己则更多是在品味果实由青涩变为甜美的季节运转过程，更多地注重果实变得甜美的历练轨迹。

第二个阶段，是创立特色风格阶段。特色是自身有别于他人的要素所在，而风格是在一系列作品、或者在一个较长时期阶段，艺术创作的作品所共同表现出来的突出特征和固有的、特别区分于其他艺术作品的个性色彩。

古今中外，不少艺术研究理论家对艺术风格理论作了深入的研究，其中，重要的一点是，艺术家艺术风格的形成，它不是一朝一夕的事，从艺术创作历程来看，也不是一蹴而就的事。它是艺术家长期创作积累总结提炼的结果，是在大量的艺术创作实践中凝聚而成的。

有人曾如此断论说，作曲易，形成风格难。客观地从作曲艺术具体实践来考察，这个断论是有很道理的。

不同作曲艺术家作曲风格的形成方向、途径、样式都会是不同的。这针对各自艺术家艺术风格形成、色彩也都有不同的趋势，对周鹏作曲艺术风格这个问题还得留待以后进一步专门深入地探讨和分析。

第三阶段，是创立经典阶段。这个阶段往往是作曲艺术最高也是最难的阶段，应当是作曲艺术创作的最高境界，是作曲家艺术创作成就彻底征服自己的创作历程，达到艺术创作自然王国境界的阶段。这时，是作曲家满意人生、精神乐观自豪和骄傲的阶段，是一种超越既往、进入宁静自由的境界，是"鸳鸯绣出任君看，能把金针度与人"的境界。

这个阶段，有代表自己生命品质，显现自己艺术特色，展示自己艺术风格，甚至标识一生的艺术成就作品。

我们期待周鹏先生早入此境。

心中流出的歌声最美

百年征程，豪迈辉煌；百年奋斗，艰辛又坎坷。感受沧桑历史，缅怀难忘岁月，多少激情的泪花涌动在眼眶，多少热切的期盼沸腾在脑海。面对如此繁花似锦的历史时刻，如何艺术地表达我们的情思，如何准确生动地礼赞我们生活的时代，这是当今时代交给每一位艺术家的庄严而神圣的任务。面对豪情激越的情景，如何捕捉艺术的灵光火花，施展才华创作出优美的艺术作品，献给人们音乐艺术的大餐，受到人们传扬称赞，都期待着艺术家的精彩出手。

我们欣喜地看到，在百年庆典之际，著名诗人陈官煊和著名歌曲作家王富强先生继《你的故事》之后，又再次联手向大家奉献出优美动听的抒情歌曲《忘不了》。

《忘不了》这首纪念百年历程的难忘岁月的颂赞歌曲，以其明快清新的节奏，悠扬激昂的旋律，明白如话的歌词，深深地打动人们的心灵；情真意切表达了对非凡历程与辉煌业绩的缅怀，成为一首讴歌百年历程、颂扬辉煌业绩、十分珍贵的精品力作。一经面世,就受到广泛传唱和深度好评。

歌曲《忘不了》为什么具有如此的艺术感染力和影响力呢?

从艺术发展规律的角度看,一部作品能否站立起来,行稳致远,绝不是靠某个人或者某几个人,编辑、策划、词曲作者、演唱者等自己说好就算数的。好的艺术作品的真正评判者一定是广大的艺术受众。他们对艺术作品的感受体会、对作品的选择和爱戴才是真正的评判。那么,《忘不了》这首歌,有哪些高出其他作品的成功之处呢?我们不妨进行一些解读,以增强人们对这首歌曲的理解和感悟。

首先,《忘不了》这首歌的歌词写得好。

一首歌曲的创作成功,必须具备几个基本的要素。第一就是歌词要好。歌词好,就是要用典型的形象物像去表现所要表现的历史阶段中,特定环境里发生的具有象征意义的重要事件。然后,串连起内部的逻辑关联,把音乐艺术形象充分地展示出来,使音乐作品具有深厚的人文情态和动人的故事情节,从而包含丰富的审美意境,才是成功的。

好歌词是音乐作品的基础和灵魂。没有好的歌词,优美的歌曲不可能产生。难怪词作家们都惊叹歌词难写,词作家难当。短短的篇幅,表达深刻的意境,给音乐曲调以生长的丰裕土壤,从而,去表达最为普众的精神意志。

从古至今,歌词都是音乐艺术形象所由产生的基础。只有在谱曲传唱、和乐动人的基础上,人们才把文学品的这种形式称之为"诗歌"。不能够和乐动人的类似文字作品,只能叫

"诗"。诗歌是具有演唱基础的语言作品，诗是只具有阅读基础的语言作品。

从音乐艺术创作的经验来考察，好的歌词具有着鲜明的特征和规律。简单说来，首先，她必须满足能够谱曲传唱的语词基础。为什么曾经把一些议论、不合律的文字谱成歌曲，结果很快就消亡了，传唱不开去，就是它不符合音乐的音韵歌唱等基本要求。其次，他必须在与此内涵基础上具有着深度的逻辑关联。起承转合，合理周密，表达主题鲜明突出。再次，它应当具有生动的形象思维元素，让人们通过形象去感知情思，而不是说教。更次是应当饱含真情，情感真实动人。

《忘不了》这首歌的歌词在这几个方面都很成功，他的歌词很能够被人们理解和接受。陈官煊先生是大巴山老作家、老诗人。一是他的一生经历坎坷；二是他创作技艺纯熟，其作品激情饱满，形象鲜明，颇有内涵升华的艺术张力。

《忘不了》这首歌，陈官煊先生抓住几个具有象征性的典型事物，来表现漫长历程中丰富生动的历史事件，展示曲折坎坷的红色光辉精神。比如，红色的井，红色的饭，南瓜汤，这一系列简单红色符号，让人们便捷地勾起对革命历程的缅怀追思以及对未来强烈展望，从而把歌词的内部逻辑紧密地关联在一起。所以歌词表现出简略中的高贵，平易中的深刻，非常的成功。

而本首歌曲在作曲方面更具有难度，同时也更具光彩。

一首成功的歌曲，应当具有音乐艺术的独创性。它往往需要以简易的音乐语汇构成为优美旋律去表现非常鲜明的音乐形象。比如这首《忘不了》，就是用悠扬高亢的抒情手法，用深情倾诉的音乐语汇表达了人们对百年历程的深厚礼赞，这首歌曲始终给人一种深入心底的亲切感。这种亲切感是自然的、毫无雕饰的、真诚朴实的缅怀回忆，是出于对整个革命历程和惊心动魄的历史深入的追思。出于对历史事实的深入感受和深厚人文情怀的溯及，从而唤起人们对人生追求的憧憬和向往。

著名作曲家王富强先生对歌曲《忘不了》的旋律设计可以说是倾尽其才，神贯而成。全曲充满着深切的怀念和深情的讴歌。深情的倾诉把人们带到对百年漫长而不平凡历史的感知体会，对辉煌业绩的领悟和颂扬，把丰富生动的历史内涵融释到了歌曲旋律之中，给人以音乐带来的美感体验。

歌曲从前奏开始，以激越澎湃的调式，骤然而起、急骤磅礴、大珠小珠落玉盘，清爽与激越，天雨海风，烘托出歌曲主旋律的昂扬和豪迈。把人们的感情一下子就带入到对百年历史回顾的情景中。歌曲清爽欢快的音乐节奏，把人们对艰苦岁月和不平凡历程的追思，融入在激情中，既调动了人们充满缅怀的情思，又强化了艰苦时期的痛苦经历，构成了一种雄浑的、高昂的从而也是豪迈的音乐旋律之美。

所以我们说，抒情的音调、轻快明亮的节奏、高亢悠扬的旋律等要素，是《忘不了》这首歌作曲上最为独特的地方，也是最为成功的地方。

特别值得一赞的是，《忘不了》这首歌曲的独创性非常凸显。不少艺术同行专门研究过，王富强先生的音乐作品，自他开始音乐创作以来，包括其早期的系列音乐作品，都从没有模仿和借鉴的痕迹。其歌曲的抒情性，完全来自于他内心激越澎湃的情感迸发，原创性十分强烈和浓厚。换言之，他的歌曲作品完全来自于他的天赋才情、内在生命激情的合理外泄。《忘不了》这首歌曲也和他的其他歌曲一样，整个歌曲，在引用陕北小调作为乐曲底色基调，然后纵情发挥，演绎出随口而出的平易调式。王富强先生的歌曲完全出于作曲家对历史过程中典型事实和深厚人文情怀的自觉感悟和理解；出于对歌词所融汇寓意的体会，从而运用内心的音乐才情，调动音乐语言系统，组成优美的音乐旋律，以自我生命元素为主体的独特精神喷发，融汇成为一首独创而珍贵的献礼歌曲。因此，我们说，《忘不了》这首歌曲的独创性，这种非常具有个人独特天赋才情的音乐艺术创作，只能是属于王富强先生的。

  一首歌曲的成功，它是诸多要素构成的。这首歌曲的优美之处还得说到歌曲的演唱，那也是十分成功的。

  青年歌手马潇潇在演唱这首歌时，展现的声乐天赋很高，具有一个女中音独特的声音潜质。尤其是她的女中音后部分音色非常的明亮清新，像泉水、像珠玉一样清脆，明亮。同时，在处理高音唱腔时技巧分外成熟，腔调把握非常准确，声调平稳，音色更嘹亮。尤其是"忘不了一颗初心永……不……变……"那个尾声，在拖音中非常平稳甜美，给人一种追思的力量，大有余音绕梁的感觉。同时，她的声音唱到高音区运用喉音时，有一种磁性的韵味，从而生动地增添了人们对歌曲深刻的内涵领悟，非常感人。

总体说，《忘不了》这首歌的完美度，比其他与此相类似的抒情歌曲更为感人。在献礼百年歌曲表现追忆历史方面，这首歌应当是目前最为成功的，最能够引动个体情怀融合进革命历史的人文主题，最能够把大众的情景体验与时代主题思想相连接，带给人们优美的听觉感受的作品。

献礼百年，这是我们心中最美的歌！

2021 年 6 月 29 日

电影艺术，发展中的阵痛与困惑

面对五光十色的荧幕，我不禁浮想联翩：事物以什么显示其存在？以什么样的质显示其完善？结论只有一个，事物以其自身的特性显示其存在，其特性愈突出，则其存在更完善。电影，作为一种在时代生活面前具有充分的表现力与感染力的艺术，毫不例外，对主体特征的深思和强化，才是其完善和立定的基础。面对银幕，作为观众，具有的那种遗憾、失落、怅惘和欲言无辞的终极机制不正在于此吗？

近年来，电影界理论探索是热闹的，为电影的发展和拓宽起到了很大的作用。电影艺术也在自己兴奋又疲倦的思考中以焦灼的目光企求着突破与超越之不足，谁来谈呢？作为一种讨论，一种争鸣，发表一点浅见，对电影的发展只有积极意义。

我们认为，电影面临着两大方面的困惑。一是如何加强主体性建设，强化特性，把握生活方向，开拓层面走向更新；二是真正准确地把握传统，借鉴他人，进行超越，超越己有，超越自践。

社会对艺术，尤其是电影艺术的关注从来未像今天这样多情与钟爱，经济文化生活的脉流直接流向电影的动向与情结，由此也使电影艺术身价陡升。

社会庸俗学的理论与观念进入电影行业，使电影被上座率牵着鼻子走，加大电影艺术的商品化，迁就急功近利的"短命片"，使电影艺术成为被社会庸俗风吹成的流行色，作为一门艺术，来不及思考自己的感情特征和气质属性就被拍卖。今天爱情片上座，各厂家便风云聚会，抢本捞材，蜂拥而至；明天武侠厉行，各厂家又大打出手，你抓我抢，唯恐落后，这类做法使电影艺术实践停留于生活的表层，得不到质的深刻昭示。不少流行片，组织手段陈旧，有的影片直接取材于小报小刊，因而些许观念叹曰：小报上人物是朦胧的，尚可自由想象，而电影中成了既定的，无法想象，故叫人大失所望。抓住观众的心理，重要的是从艺术中寻到人生悲喜的强烈对应，与其产生或喜或悲的共鸣。一些电影因没有真正触及人们心灵的东西，人们的娱乐程度受限，卖座率也就并不很高。

又由于电影追求所谓的时尚，导致题材雷同，情节死板，人物苍白，表现生活的内容单一枯燥。看吧，中学生除了看《高山下的花环》时流过一点眼泪外，近几年来受到"武""爱"的熏陶，他们从未流过泪，难怪课外活动只听得见飞腿舞掌之声，这种"武士救国"之栋梁追求当然于国有利，殊不知其心灵中的焦渴已被无形地蒙住了。

中国电影界是不乏天才的，并且每时每刻都在产生大师和高手，如目前所说的第五代，他们充满锐气与豪情，知识渊博而又深怀绝技，要是能够选取自己所长的方面，题材或手法，范式或风格，进行艰苦地经营，不急于求成，急功近利。真正发扬中国电影半个世纪以来所积累的优秀传统，精炼西方艺术，烂熟于心，创造出标志着一个时代的世界性艺术，观众是一定会接受的。真正的艺术是生活在时间的基础上孕育的，偶尔产生于艺术家的心灵，那是他全部生活经历的结果，正如母亲怀胎一样。在这一点上，美国好莱坞公司的一些做法是可以借鉴的，那种独自经营、追求惊世骇俗的独创新意正是我们所缺少的。

稍微回顾我国电影史，早期的战争题材、农村题材、儿童题材，各具特色，百花齐放，你南征北站，我打上甘岭，你史实性描，我漫型抒写，你杏花村里讲孔淑珍，我烈火中永生红色的种子；英雄主义、艰苦创业、机智勇敢、顽强坚持等一系列长期来受到全民族交口赞誉的积极上进精神，表现不同层次的生活。前后上下相较，今天的电影艺术呼唤着突破。繁荣在热闹的春意枝头，不能说没有潜藏着困惑与陈病，我们肩扛摄影机的大师们、手挥令旗的导演们、正粉墨登场的表演家们、处心积虑构思脚本的作家们心中是绝不会隐匿这种紧迫而严肃的心理情绪的，他们深远的目光背后肯定是焦灼和充满期望的。

什么是超越，超越是对过去和自我的不满足的反思，是对已有的模式和理念的实践性的突破。超越的首要条件是认识现状，认识自我，否则就是盲目超越，甚至误谈超越。如果对已有的或确定的浅尝辄止，只抓住皮毛就进行超越，难免有轻浮和盲从的感觉。我们有一大批新来的、与世界为缘的新生代，他们不论传统，只管大胆尝试、探索，创造了不少形式新颖、内容深刻的作品。而就大的方面讲，一方面体现了探索的艰辛与苦涩，另一方面也展示了接受探索成果的对象的落后。就电影艺术的来源而言，在中国属于舶来品，在其发展和探索中，不能不结合接受的对象的文化基点、心理素质、感情特征，这是传播学的重要方面，无论是爱森斯坦的什么特色，还是布莱希特的戏剧化程式等的运用，结合传统，精熟一道，充分考虑观众的特点，重新考虑高层文化与低层文化的不同要求，使电影走向更广大的生活群体，它的前景一定是可观的。

现实主义永远是艺术长久不衰的主角，忠于生活，忠于人生，把握时代脉搏，触抚人们的心理跃动和流向，将五花八门的表现手法精巧地汇融其间，才能有更完善的超越。生活有极致，那就是现象的本质规律的哲理脉流；艺术有极致，那就是把握住生活的本质现象，自始至终随人生悲喜而上下，再谈艺术上的超越与突破，才有超越与突破的重与实。

面对荧幕，我们带着挑剔的目光，思考着，也品尝着。逆思，尤其对实践的成品进行逆思，是人类思维的一个特征，言人者，愚者亦智；言己者，聪者不明。我们是积极期待电影艺术的发展与繁荣，超越与更新，初衷想必是会被理解的。至于言过其实，文中纵资之处，非笔者本意。

1986 年 12 月 22 日晚

好看与优美：电视剧拒绝肤浅

2001年，李天鑫在华蓥山现场踩点创作电视连续剧剧本《双枪老太婆传奇》，那段日子，我们很多时候在一起，我为他讲解华蓥山武装斗争的历史、提供一些人物原型和资料，并与导演石伟一起对拍摄进行踩点。后来，我受华蓥市委宣传部安排，对李天鑫写的剧本大纲进行审读，参与他写作的剧本讨论，加上他家住川东北巴中城，我住在华蓥山，可以说，有了很好的合作，也结下了友谊。此后，李天鑫忙于作曲事务和新作《路魂》，一直未上过华蓥山，电视连续剧《双枪老太婆传奇》拍摄后的情况他也不怎么了解。此番见到阔别近8年的华蓥山的友人，都有说不出的高兴，在成都市双楠的一家菜馆和他谈起了电视连续剧《双枪老太婆传奇》的一些事情。

当时是2000年春节后，重庆笛女阿瑞斯公司与华蓥市委、市政府签订了共同拍摄反映华蓥山武装斗争历史的电视剧《铁血华蓥山》（暂名）的合同。由笛女阿瑞斯公司投资组织拍摄，组织的剧本《铁血华蓥山》经导演石伟看后觉得不好，并且建议直接就写《双枪老太婆传奇》更感人一些。在投资人与导演达成一致意见后，便安排李家模负责重新写作剧本，李家模便找到李天鑫来操刀，因为此前李天鑫写的剧本在央视审查中通过率较高，就这样确定由李家模与李天鑫共同来完成电视连续剧本《双枪老太婆传奇》的编剧工作。李天鑫看过原来的剧本《铁血华蓥山》，觉得故事性不强，悬念也不够，于是与剧组一道上华蓥山踩点，了解历史、感受风土人情，重新写作电视连续剧《双枪老太婆传奇》。

在剧本采写中，广泛听取了剧组和大家的意见，写成了剧本大纲。由于题材、人物和编剧的水平，这个剧本很被导演看好。

剧本审查通过后，与投资方付晓阳签订合同，迪女阿瑞斯公司付了20万元编剧费，进行拍摄。为了更好地合作，李天鑫提议在编剧上加上副小样的名字。后来，由于李家模担任有副导演职务，事情多，遂放弃编剧工作，剧本由李天鑫一人负责。后来迪女阿瑞斯公司资金紧缺，在付编剧费时，认为李家模退出了，便提出只给10万元，李天鑫主张李家模的退出是剧本写作者之间的事，编剧费不能少。最后因为有合同在，还是按20万付的。

电视连续剧前期拍摄主要是资金不足，投资方原是做新闻报道的，没有多少收入。起初投资方说，他们签有一些户外广告牌，每年有200余万元收入，但在拍摄中途资金就不足了。导演石伟认为剧本很好，就将剧本拿到中央电视台去请求合作，中央电视台一看剧本很好，有看点，就叫了有实力、与中央电视台有很好合作关系的上海子能公司沙如荣来合作投资，中央电视台决定收购该电视连续剧。

由于我参与了整个剧从缘起到拍摄的全过程，根据中央电视台"影视同期声"导演们的建议，我写了一本关于此剧拍摄过程及此剧与华蓥山的历史的小书。为了全面真实，将在书出版时收入李天鑫的剧本，他欣然同意并表示支持。

　　此时要提起另一部电视剧，电视剧《深深的井》的主人公曹维烈是一个有着坚强个性、卓越见解，并且学识渊博的老科学家、老军人，他在临终前向马俊才讲两件事的时候，声调那么凄惨，语调那么悲哀，这种表现与人物性格很不相符。当曹总来到曹维烈墓前祭奠时，又是一场声泪俱下的哭诉话语，这种以哭来表达的心情与人物的性格、修养很不谐和，没有实现作者期望的审美效果。不知作者是要表达二者间的友情和敬意，还是要表达对姚万玲的支持？如果是前者，诉说这两件事时就应该语重心长，话语有力，临终也不失军人和科学家的气质。然而，曹维烈似哭非哭的话语，使人感到他对死亡的惧怕和对生的乞望。曹总在事实面前感到进退两难之时，心情确实是难过的，但他毕竟是一个有着很高修养的知识分子，他那么动不动就声泪俱下，是与一个老知识分子，尤其是与一个指挥核武器研制的军人科学家的身份、修养不相符合的。感叹时也罢，悼友时也罢，动不动声泪俱下地哭诉就表现范式化了，这种与人物的身份不符合的表现，影响和削弱了这部电视剧的审美效果。社会的发展，人们文化素养的提高，艺术欣赏水平就有一个飞跃。如果只是感情外露的哭诉，而哭又与人物的身份及内心要求不一致，就不能打动观众。人的感情往往只有在真实的情境中去深刻体会事件和人物，体会到生活的深刻意义才能被引发起来，有时无声反而是更大的悲痛。艺术的成功是要充分得到受众内心认可为前提的，用哭来推动情节，是向观众索取廉价的观赏支持，过之则是哗众取宠。尽管电视剧在其他方面有突破，也不能从总体上取得观众的认可。艺术品制造者眼中心中的观众应是现实的、高水平的观众。

电影、电视剧的发展突飞猛进，已形成为一个庞大的代表时代的艺术品种。人们的欣赏水平在不断地提高，要求艺术家们不断地提高艺术创作水平。在实际创作中，深入地把握人物在现实生活中的心理特征、个性品质，深刻揭示生活的本质，才能取得较高的审美效果。一是演员不应该缺乏实际生活感受，应以自己的人生经验和艺术修养领会角色，而不是逢场作戏，简单化处理角色是艺术上的大忌；二是导演对文学剧本所创造的生活要有独到的理解，用自己的深刻体验去指导演员，同时也要避免演员过分依赖导演的指挥而影响作品的质量。

因此，深入地理解生活，深刻地感受生活，严格地把握生活，生动地再现生活，是一切艺术品成功的条件。只有真实再现了生活，才是艺术品成功的基本前提。

（本文原副标题为"李天鑫谈电视剧《双枪老太婆传奇》编剧及拍摄情况"）

值得历史深刻铭记的人们

一

当我满含悲恸和激情地敲打完最后一个字，就要完成全书写作的时候，当我面对深夜宁静而高远的夜空遐思飞翔的时候，我的眼前不由自主地浮现出无数令我们悲痛、感奋和难忘的情景。

2008年5月12日这个不平凡的日子，14点28分07秒这个敲打中华民族记忆的时刻，以其69227人死亡、17923人失踪、430多万人受伤、417个县（市、区）遭受重灾，数万间房屋垮塌作为符号，深深铭刻在了中华民族的记忆中。历史是一往无前的，永远没有重复，然而人们的记忆却是可以而且应当重复的，因为人类作为智能的族类是靠知识、经验和智慧生存的。如何战胜灾难、如何避免灾难是人类发展思考和寻求的永恒课题。

灾难是可怕的，它是不可还手之敌。千古以来，灾难只可预防，不可抗拒。灾难一旦发生，救灾就是一个神圣的题目。

在这个人类共同的敌人面前，全民的奋起、对罹难者的施救，就是一个神圣的人性道德的大张扬，是群体聚合的大检验。

正是在这样的背景下，我们看到广大的白衣战士义不容辞，奋勇当先，在余震不断、飞石垮岩、险象丛生的情况下义无反顾地冲上前去，用勇敢无畏、智慧激情、技术品德第一时间给受到伤害者以最深切的关怀。

最先赶到都江堰的医疗工作者见救援队伍还未到达，硬是用手刨砖块，救出很多伤员；紧急受命的白衣战士赶到北川中学时，已是凌晨2点多钟，停水停电的任家坪一片漆黑，周围到处是遇难者的尸体。白衣战士们立即投入抢救，对最早救出的数百名伤员进行救护处理；当解放军军医赶到映秀镇时，600余名伤员在生死线上挣扎，医护人员凭着他们精湛的医术对伤员进行救治，使生命得到最温情的关怀。

我们不能忘记他们：绵阳市医院的李银先，几次顶着余震爬进低矮的地震空间，对被埋的同学实施救治，没有工具，就凭着一把菜刀和一把剪刀进行截肢手术，救活了被埋的学生。

第三军医大学的护士鲜继淑发现一女学生还存活着，她在夜深、无大型机械、救援无法展开的情况下，在四野都是死尸和血腥的深夜里，给这位学生讲故事，陪伴她度过整整一个通宵。

奉命赶到绵竹的武汉协和医院医生见当地的老妈妈、老爷爷伤势严重，硬是把他们背下山来精心治疗。

这样的事太多太多，不一而足。

这些人们和这段救护的历史是多么值得我们深深铭记。有人说，抗震救灾精神体现出伟大的中华民族精神，这是十分精辟的。正是千千万万人民在党中央、国务院的领导和指挥下，形成万众一心、众志成城的力量，正是千千万万人民抗震救灾的英雄行动，显示出了中华民族团结一致，临危不惧的精神意志，才总体展示了中华民族伟大灿烂的民族精神。

　　选择最恰当的角度，选择最有典型意义的人群来展示这种精神，是有气概的知识分子的责任。因此，从地震发生的那一刻起，就有不少人在思考着，如何记录和保留这段鲜活生动的历史和书写这段历史的人们。

　　中华爱国工程联合会的一群人深入地思考后，开展了这项具有深远影响的文化工程——编辑大型纪实性文献丛书《英雄2008》，作为向中华人民共和国六十华诞献礼作品。由于这个选题意义的重大与突出：包含深厚的历史和现实意义，项目很快得到中华爱国工程联合会的批准，联合会迅速组建起编写队伍，组织作家深入灾区进行采访。

　　此书所写的白衣天使是整个抗震救灾活动中一支极为重要的队伍，他们不像军队那样行动统一，规律严明，驻地集中。然而我们看到，没有因为这些影响到队伍的调动，人员的集中，施救的速度和救治的效果。而是真正实现了召之即来、来之能战。当集结号令发出，他们来不及告别家人，来不及整理衣装，毅然决然，立即上前。乘飞机、赶火车、驾汽车，在规定时间规定地点出现在救灾现场，实现非战时期最快最好的军事化动员。让全国人民看到了白衣战士的风貌和品德，看到了白衣战士的无私之崇高。虽然她们中有的已耄耋之年，有的身材瘦小单薄，有的红颜青春。虽然他们在公众和荣誉面前，不愿意公开自己的姓名，但这不影响他们用深厚精湛的技艺和顽强的精神意志所书写的卓越与伟大。

当我们的思想穿越未来,当我们感念无限的明天时,我们不得不对这段历史中的这些人们充满神圣而崇高的敬意。

当我们远投的目光在云霞灿烂的天空中追忆和寻思的时候,当我们在心中默默祝愿我们广大的白衣天使健康的时候,我们应当深情地提示:白衣天使们,你们曾经真挚地付出与奉献,你们是值得骄傲和自豪的。

一位圣哲曾说:针对丰富生动的历史事实,任何表述都是一种片面。作家和哲学家就在于选取何种角度和方式去表现历史,以接近真实和准确。是的,任何表达,对于生动的历史都是一种片面。同样,对于我们伟大的抗震救灾活动中的白衣天使们的崇高精神与切实行动而言,堆砌再多再好的词语也是平庸,语言对于事实来说永远是平淡的。

作为本书的作者,只希望广大的读者通过作者的选材与表达这根线索,延展思维,扩大联想,深化认识,形成自己更为深厚、客观、立体的认识体系,更深地理解到白衣天使的精神之崇高,希望从那些平常的衣衫和举止中看到他们无上的美好、俊俏、风流和漂亮。

在即将结束本书文字书写的时候,需要说明和感谢的是给本书采写给予大力支持的单位和个人。中共四川省委宣传部新闻处刘丽华副处长曾给本书的采写给予了大力的支持与指导,四川省卫生厅办公室对本书的采写也给予了大力的支持和关照;成都军区总医院政治部的领导热情接待和提供大量真实准确的资料,增进了本书写作的信心和动力;四川省人民医院等单位的热情接待也为本书的采写给予了方便;还包括四川画报社的张磊副社长、华西都市报编辑记者、通过已是好友的党青先生的深入交谈和对他博客文章阅读的启发，对本文的采写或多或少地提供了帮助。

还需说明的是，本书在写作中采用了不少的新闻资料和部分工作人员在较小范围内公布的救护日记手记，由于引用材料存在大量转载现象，难以一一准确标明出处，在此对这些材料的作者表示感谢。

最后，要感谢编辑委员会执行主编胡曲平先生对本书写作给予指导，对龙武国际集团总经理银际先生在采访中亲自陪伴和提供方便表示感谢，没有他们的帮助和支持，本书的写作将不会像现在这样顺利。

至此，我真挚希望地震灾害中逝去的同胞姐妹兄弟灵魂安详宁静；真诚地祝愿全国的白衣天使们幸福安康，家庭幸福！祝愿我们的祖国和人民永远幸福安康！

（本文系《生死救护——汶川大地震医疗救护防疫纪实》代后记）

二

由中华爱国工程联合会主编，四川中华爱国工程联合会承编的大型纪实文献著作《英雄中国2008》系列之《生死救护——汶川大地震医疗救护防疫纪实》于近日脱稿。

2008年5月12日，四川汶川发生8.0级特大地震，全国人民奋起抗震救灾，医疗卫生战线的白衣天使们临危不惧，在生死线上抢救伤员、实施防疫，用忠诚、勇敢和辛勤谱写出一曲医疗救护防疫的壮歌。

全书全景式地再现全国医疗卫生战线的白衣天使们，在党中央、国务院的领导和指挥下，第一时间到达灾区，抗震救灾实施医疗救护和防疫的动人事迹。

该书既有医疗卫生战线抗击地震灾害的宏观描述，也更注重白衣天使们在余震不断、山体滑坡、险象丛生环境下治病救人的动人事迹再现。深刻表现了白衣天使们在民族大难来临时刻，勇敢的道义担当和责任付出展示了他们崇高的思想境界和光辉的品质情操。

全书史料运用真实准确、人物事件采写真实生动，既具有生动感人的可读性，又具有难得的史料珍藏价值。是目前为止，对全国医疗战线广大职工参加抗震救灾活动真实、生动的历史记录，是对他们无私无畏精神的生动再现。

全书分为序言、题图（10幅），第一章《山崩地裂：特大地震突袭汶川》，第二章《一级响应：白衣强兵紧急集结》，第三章《震地抢救：彰显天使大爱》，第四章《震地救护，情暖生命花朵》，第五章《分秒必争：十万伤员大转运》，第六章《震地四川救护先锋》，第七章《白衣铁军战地风采》，第八章《剑指疫魔：紧扼疫魔要害》，第九章《消杀清理：确保大灾无大疫》，第十章《赤子情怀：战地忠诚风云榜》，第十一章《白衣风采：战地大爱英雄谱》，第十二章《国际友爱：续写白求恩新篇》，第十三章《崇高敬礼：伟哉白衣大军》《附：展现抗震救灾精神，献礼祖国六十周年华诞》《值得深刻铭记的历史和人们——代后记》，参考资料等部分，共计30

文艺评论集　265

余万字。

本书文笔生动,语言活泼,叙事简洁,结构严谨,是值得一读的纪实作品。

(本文原标题为《生死救护——汶川大地震医疗救护防疫纪实》脱稿)

三

5·12特大地震过去近一年了,成都作为西部大都会已全面恢复了都会城市的繁华与喧闹。

人们对大地充满万分生存信任而忽然抖动的那种惊异与迟疑,表现出来对自然人生的那种重新怀疑的神情已完全没有了。这次有幸见到了久闻大名的胡曲平主任,有关他的访谈对我启发很大。

(一)胡主任谈这套系列丛书创意的动因

去年10月份,抗震救灾的书就已经上架了,从去年12月份到1月份,我经常到书店去看,见到这方面的书就买,甚至到书店的库房去找,这方面的书都很少,却卖完了。这说明:反映抗震救灾方面的书,市场需求量是非常大的,所有进了新华书店的书,几乎是脱销了的;没有一套系统的深度反映伟大抗震救灾精神的书。

关于5·12特大地震,去年出了一些书,但总体上看来都比较浅。今年5月12号肯定也要出一批书,也不知会不会出一批有深度的作品。

我在北京待了8年多，为此我回到了成都，想到了这个项目。这个项目向中华爱国工程联合会（以下简称中爱联）一提出，获得了中华爱国工程联合会的一致通过，并且报告了中宣部、中央文明办等部门，2月1日，编辑部试运行，中爱联要我全权负责此项工作，从目前的运行情况来看是很良好的，很多作家都愿意参加到这个项目中来，他们都来争取选题，各级宣传部门也很支持。原拟定篇目是20卷，后来经过认真筛选，限定为18卷。

这套书今年不做，明年就不好做了。但本该赶在"5·12"之前出版出来，可能这之前还会出版很多套这类的书。我们赶在9月份出，就没有任何竞品了。到时候，这套书可能是独家。

（二）胡主任介绍这是一套新中国成立60周年的献礼

开始时，有的作家有顾虑，考虑是否应在"5·12"之前出版出来。新中国成立60周年是大喜事，抗震救灾是悲事。但我们认为，这种观点错了。我们为什么要作为献礼放在新中国成立60周年这个时间点来做呢？

2008年，伟大的抗震救灾精神是中华民族精神在中华人民共和国60年的最集中的体现，是中华民族经最大的彰显和体现——它体现了中华民族精神的集中，历史上没有哪个精神超过抗震救灾精神的，这就是说，抗震救灾精神是给中华人民共和国最好的礼品。

目前，参与写作的作家都非常认同这个观点和理念。大家认为，新中国成立60周年虽有其他的精神，但没有哪一次有抗震救灾精神这样突出、这样集中地体现民族精神，这个理由再充分不过了，这是献给中华人民共和国最好的礼品。

（三）胡主任谈如何写好《生死救护》这本书

《生死救护》卷题目太大，如何把握，可以从以下方面着手：

（1）背景

时任总理在人代会的报告中说：整个抗震救灾，突出"抗震救灾，抢救生还者"，抢救生还者8.4万人，把抢救生命放在第一位，并且大灾无大疫，这么大的灾难没有大的疫情，创造了世界性的两大奇迹。

这一卷在一年后来表现，就不是重复那些新闻事件，必须要有深度。深度就是要紧紧把握实现这两大奇迹的关键——两大奇迹是如何实现的。作为实施性的东西，要解释在这么短的时间内抢救出8.4万人是怎么实现的。这不是一个人的力量，不仅要写一些动人的个例——解放军、护士、医生等个人在大的抗震救灾中是怎么做的，还要从全局的高度、大的角度介绍现场是如何部署的，人员、财力、运输等是如何保证抢救8.4万人的，伤病者被抢救出来后，全国的医院是如何行动的……

这是一个全民大抢救、全民大救护的过程——从总书记、总理到医生护士都参与到抗震救灾中。

要把这个背景、气势、事迹真实地反映出来，这样把生动的个例穿插到里面去，就有历史的研究价值。

（2）防疫工作

防疫工作不是灾情后期才做的，而是一开始就调动了全国的防疫队伍、药品，可以说是集全国之力。

时间在 5 月份，那么多的人遇难，气温那么高，疫情随时都可发生，到现在还有我们的同胞被埋在地下，但是一直没出现大的疫情。这是怎么组织的？从国家到四川省，整个防疫系统是怎么做的？直接投入到防疫中的领导是如何指挥的？工作中是如何实现总书记提出的"保证灾区无重大疫情发生"的？千千万万的工作人员、队伍到底做了哪些工作？动用了国家的、地方的哪些设备？是如何组织的？要从新的高度、层次来探讨两大奇迹是如何实现的，要让国内外专家读了后觉得中国人真正的了不起。

5·12 特大地震表现出了中国人的坚韧、勇敢、科学，最终实现了救人和防疫两大成果。这样写来，这本书就有很大的可读性了。

如何写好这部书，可很好地构思一下，这部书是有悬念的。

5 月份，高温，雨水不断，生命又如此脆弱，有的在废墟下还能说话，救出来后却去世了，那么多的同胞——老师、学生……从总书记、总理到解放军都在第一线抢救生命，疫情随时可能发生，生命随时可能结束，这些就像两把刀一样架在抗震救灾工作的面前，灾害随时可能夺取同胞的生命。如何消除这两大悬念，这就是抗震救灾的全方面。

（四）胡主任对本书写作思路和质量上的一些要求

书写的语言越朴实越好，首先要真实，要求是出精品，这套书要参加"五个一工程"评奖，品质要高。

"质耀于金者自倾城。"从大的思路、脉搏的把握上来说就这些，在此基础上再把握需要采访一些单位：如卫生厅、省防疫中心，以及省上参加卫生抢救、指挥，负责医疗抢救、防疫的一些领导等都需要采访一下。

（五）胡主任谈今后的文化产业发展的一些考虑

这个项目启动以后，在发展文化产业、产品上还有一系列的构想。这些事做起来不仅有社会效益，还有经济效益，只要做好了，就可以联系一批作家在开发四川文化产业方面做出成绩，就可以组织作家写畅销书，做很有市场的书。

（本文原标题为《弘扬抗震救灾精神，献礼60年国庆——访胡曲平主任》）

2009年4月1日于成都

东风吹暖入屠苏

（一）

2016年12月24日下午，三点，邻水文化大讲堂（首期）暨匠心读书会2016年会在邻水县川剧团举行。来自重庆、广安、华蓥等地40余名书友参加了讲堂和年会活动。邻水文化大讲堂是邻水县文化馆旨在深入推进邻水文化资源的深度挖掘和利用而开设的读书讲堂。经过精彩筹划，决定将首期大讲堂与匠心读书会、2016年年会联合举行。匠心读书会是几位邻水籍读书爱好者于2016年4月23日发起，在邻水成立的纯民间读书机构。

读书会成立后，在不到一年的时间里，举办了包括本县在内，走出去与重庆工商大学、西南大学、广安明心读书会、景心国学馆等相关高校和社团开展联谊读书活动8次，共16次活动；开展县内采风4次，外出到广安区、浓溪镇等单位和地方开展专题采风活动2次；外出专题联谊采风，通过走访座谈、现场观摩等方式扩大交往，增大交流，开阔了视野。

为了充分展示读书活动成果，读书会创立了读书公众号，作为读书写作成果展示的平台。读书会公众号编发微信公众阅读300余期，发表各类体裁文章1000余篇，发布视频10个，推送书友作品在各类报纸杂志发表近100篇，获各种奖励10余次。

年会上，展示了《匠心读书会年度文章精选》，收录了33名作家包含小说、散文、诗歌、评论、文化研究等文章66篇，计10余万字。

年会上，发布了"匠心读书会2016年榜单"，榜单分为年度文化人物、年度最受欢迎作家、年度最美读书人、年度新锐作家、年度最佳策划人、年度国学传承人、年度最佳讲座人、年度最佳读书会、年度最惊艳组合、年度最佳自媒体、年度最佳读书活动、年度推荐书籍、年度推荐旅游地等13项。

读书活动向读书会书友推荐了涵盖政治、经济、哲学、美学、文学、历史、心理学等经典书籍上百本。

读书会坚持走宏扬本土文化、重在原创的道路。力求通过整理和撰写人文历史、地名故事、名人轶事、文化讯息、风景名胜、旅游观赏、民俗风情、美食文化等资料和文章活动的有效开展，极大地宣传邻水发展风貌，扩大邻水的对外影响，在川渝广大地区间产生良好的反响。

这样的立足点和努力方向，让读书会拥有了深厚的根基，所编发的文章和作品赢得众多网友的充分认可，文章及动态的阅读点击、转载、评价、跟帖和点赞、打赏不断刷新和冲高，成为民间文化活动中一颗耀眼的明星。

为了筹备好这次讲堂和年会，主办方采取了网络招募和特别邀请两种方式征集参加人员。挂网第一天，报名人数就大大超出预期数量，不得不关闭网络报名通道，宣布"名额已满，暂不接受新的报名"，同时劝退了达州、南充、绵阳、成都和天涯社区的网友及部分广安本地书友。对因受场地等限制，大家不能全部到现场见面认识表示抱歉，留待改日再相聚。

讲堂及年会活动受到广安市作家协会、广安市评论家协会、邻水县文广新局、邻水县文联等单位的大力支持和高度重视，邻水县文化馆更是精心参与主办了本次讲堂和年会。当时，广安市作家协会主席邱秋正处于人大换届选举的紧张工作时期，不能到场，也专门发来祝贺词。

讲堂和年会在热烈的气氛中开始。

广安市委党史研究室主任、广安市评论家协会主席侯立新主席说他是邻水女婿，算半个邻水人，且在邻水二中工作多年，年会嘉宾都与邻水非常有渊源。首先向讲堂和读书会赠送了《广安党史故事》《孝经》《弟子规》及个人作品《仰望天空》等书籍。接下来，他讲述了个人读书和写作的心得体会。言语间，他对邻水厚重的历史文化底蕴、优良的红色文化传统及优良的邻水精神大加赞赏；他深情地回顾了邻水籍优秀革命将军游学程、熊寿祺等跟随毛泽东上井冈山的革命事迹；深情地回顾了全国新闻学泰斗、邻水籍学者甘惜分先生的卓越功绩；回顾了中宣部原常务副部长、《红旗》杂志社原主编熊复先生等红色名人的卓越贡献，在场人都受到了一场革命传统教育洗礼。

冯琳作家的儿子在邻水求学考上大学，在当《广安日报》编辑记者期间多次到邻水采风；李天明先生跟邻水渊源很深，

文艺评论集

对邻水的历史人文地理典故颇为熟悉，也在邻水短暂工作过；唐小辉老师多次到邻水开展义工活动和文化表演活动，与邻水的文化界联系紧密；杨治钊先生因为在平台上发文章，可以说是两地的文化使者；景心女士在办读书会上有了更多的接触和共同的文化情怀。

三个小时，通过书友读书心得分享、新书赠送、作品朗诵、乐器演奏、演唱等形式丰富了讲堂和年会活动。重庆、广安、华蓥、邻水四地民间交流形式和相互的文化认同感得到了进一步加强，大家在宁静和谐的气氛中度过了一段带着浓浓书香的美好时光。

到场的有侯立新主席，广安日报冯琳老师，作家、学者李天明老师，广安协兴园区浓溪镇杨书记及杨小华老师，广安景心国学馆景心老师，知名音乐人、广安东方小学唐小辉老师，广安读书会发起人之一王丽萍老师。邻水县文广新局、县文联主席黄卫为匠心读书会的发展提出更好的建议，为解决后顾之忧提供了保障；县文化馆及馆长蒋晓明先生对活动开展给予了大力的支持；风尘仆仆从重庆赶来的姜明望、李蛟邻也为读书会点赞。

根据读书会组织者介绍，2017 年，他们将继续奋进努力克服各种困难，团结更多的书友，把读书和写作活动与县上的文化品牌打造紧密结合起来，紧紧把握住邻水文化大发展大繁荣的主线，做好富民强县决策的文化延伸和深化工作。

让崭新的思想观念和积极健康精神晕染邻水美丽的三山两槽，书写出更加绚丽多彩的时代篇章。

(本文原副标题为《邻水首期文化大讲堂暨匠心读书会2016年会述评》)

（二）

我自从 2020 年左右在网上读到邻水的一位朋友关于打工题材的连载小说开始，逐渐和他有了一些线上的交流。一次偶然的机会，我到了邻水国土资源局工作了一段时间，于是主动联系到他，同他和当时的创办主任一起吃了顿水饺，交情更加深厚。

关于他的作品和发表在网络和刊物上的文字，我基本上也读过，觉得他是一位十分勤奋、热爱写作、不断追求上进的好青年、好兄弟。近来，他参加了四川省作家协会的中青班培训，应该是广安华蓥山作家可期待者之一。

最近，他持续发表了一系列书写生活、相近于生活纪实类的文字，尤其是以《我的记者生涯》在天涯博客上已连载到第二十一节了，已很成规模。文章的点击量也不少，引发不少网友群友评论，甚至延伸讨论。此处摘录一些：

小金的这段，写得特别入神、传神、有神呢。

小金过去和电视台出去采访，老是碰到些小女生，两个人同时抢到机位，不小心都碰到一起，人家小姑娘举着摄像机，比小金的相机大一号，两人都相视一笑，小金不是能够随便和人调笑的人，虽然学中文，其实极不浪漫，反而很保守，每次和朋友出去吃饭，他们都会逗一下女服务员。女服务员大多笑而不答，一次，有个政府办的硬是对漂亮的女服务员说，我们兄弟想和你耍朋友，他人老实，戴副眼镜，长相身高还是蛮合格的。那服务员说，到时候说到你们单位领导那儿去影响不好哦。那家伙还在说，莫走，他是认真的，以后每次去那姑娘都含情脉脉地看着他，他自己倒脸红了。其实我很不赞成刘金写这样的文字的，虽然文笔流畅，丝丝如扣，人物栩栩如生。因为所写内容虽然是客观发生的，似乎是很有趣的。但表现的是极个人化的零碎生活，对个别思想感情的启发引导没有多大的作用，对于这些零碎的生活趣事，阅读面非常窄，甚至是自娱自乐，就是对今后自己回顾起来，也仍然是自娱自乐。

因你发表的多为文学文化及杂谈等作品，也为减少你参与时政带来的麻烦，保护你平稳的工作生活状态，你就不要在这样的内容上花时间了，请理解用心。今后，我们共同努力建设好邻水读书群，让其特色显现，聚集思想和人气。且因你发表的大多是文学文化及杂谈等作品，建议你集中在一至二个群组有目标地发表作品，好展开讨论。在打打闹闹群组里发作品没多大作用，建议在里少发作品。当否，自定。

你记录的生活具有一定的真实性，有生活真实的影子，你在叙述中带有或多或少的个人褒贬和议论，容易引发对号入座，甚至引发对你的反感。站在文化人的角度看，这种选材和举措是不够成熟的，当前生活或纪实性非虚构文本更需要在选材立意以及表述上的慎重，并且一般在当下的状况下，以自我出发来表现生活在我看来是不聪明智慧的举措。就你的"我"

字题材文章，我不怎么看好。因为写作有着很强的客观性，个人的经历相对社会生活，简直是沧海之一粟，如果不能表现和反映较为广泛的生活意见，一味地说自己觉得很有意义的事情，实际是自呻自笑、自言自语的祥林嫂式表达。阅读面会非常小，并容易被人唾弃。

规划不具有公众性的东西，甚至是纯个人的事，没必要各网站发帖，别人会认为哗众取宠，务实起于实干和低调，太为自我的行为和情绪表现泄露出内心的不宁静。读书的境界是安宁的境界，是自我净化和提升的境界。王国维在《人间词话》中论述作词有三个境界，其实同样也适合读书的境界，没有"衣带渐宽终不悔"的痴痴追求，就没有"蓦然回首，那人却在灯火阑珊处"的美景。范文澜的座右铭写得好："板凳宁坐十年冷，文章不写一句空。"虽然这里指的是写文章，但也和读书相通，读书要耐得住寂寞，要"读读读，绿满窗前草不除"，然后才"腹有诗书气自华"。既然已开启了读书活动，那就认认真真地开展好读书活动，使自己真正受益，而不是借读书之名，关注参与读书活动以外的东西。有生之年多读些书，多读些有用的好书。湖北省社会科学院的一位哲学专家曾说，把读书思考和研究当作一个过程，写作研究的成果、包括荣誉等都是自然而然的事。人不要怕被埋没，埋得越深，越能促进其转化，越能自新才能转化为高价值的东西。

好友竹林在微信邻水读书群贴出《门外杂谈（一）（二）》，我觉得这标题看起来就不爽，看似谦逊实则低俗。既然门外，还来杂谈什么？自己都不自信，一定是想忽悠别人。一般这样的假道士谦逊是旧文人的烂腔调，在当今网络快写状态下，什么门外呀，浅谈呀，初谈呀，笔者呀，在下呀，这类用语已不应有，正正直直发声，堂堂正正说话，说直白浅近、穿透底里、言简意赅、富创意富有生机活力的话；说富当下时尚元素的话，说经过深思熟虑、入心入脑发自肺俯的话；说要别人理解和感动就让自已先理解和感动的话。以其昏昏，使人昭昭，那样的话语是没有价值和力量的。

一个有品质的群，应当有精美的原创作品，同时有深刻新锐准确精到的评论，否则难以让优秀作品发出光芒，良莠不分终究导致在平庸中疲惫，最终打打闹闹，卖乖讨好。恕我直言，没有一刀见血的批评，就出不了优秀的作品和人才。也许艺术思想的成就有时就高那么一丝丝，甄别需要慧眼。

摄影作品的审美特征

（一）

摄影作品质重要的是图片背后的思想语言要清晰明了，让人浅进深出。

技术也要达到起码的要求。

像上面贴出的这张图片所突出的侠义情调和衰秋惆怅就比较清晰明了。

作者通过选景——枯枝、落叶、远天远山等景物的剪取把季节的肃穆很好地表达了出来，把抒情的格调让给读者，扩大了图片背后的想象空间。同时通过左右对称取景和人与树的非均衡构图，把行走江湖、侠义肝肠的情调突出了出来，给人深远隽永的韵味。

在技术处理，尤其是抓拍时间点上很到位，晚一点，人身全入镜就失去行走感，前一点，人只一个头，不足以构成人与树的对称。

摄影作品是内心状态与客观物体的对话。

（二）

　　广安一摄是广安市著名摄影家郑继明老师的网名。郑继明老师爱以自己独特的视觉构图表达自己独特的审美。今天，他发在群圈里一组表现连接广安和华蓥，跨越渠江清溪口大桥的一组作品，审美营造的气场很饱满，可说是用镜头高唱了一曲华蓥山下渠江新桥之歌——乾坤清朗，山河氤氲，烟树迷人，红日吐蕊，新桥横卧，蕴含无尽情思，无限憧憬和向往尽在光色之中，让读者充满对生活、人世、社会、未来无尽的向往与期待，让世人感知到充满无限哲思，无限情怀、无限爱恋的华蓥山渠江构成的美妙而动人的川东辽阔大地。应属无法超越的绝笔之作大赞之！

　　郑老师作品的美学特征是展示着昂然生机，带有鲜活的力量，引导着读者向善趋真的情怀，永远透露出一往无前的向往，是满满的正能量。郑老师是架桥师，用镜头架设起通往心灵的桥梁，让一切沟壑都变成迷人的坦途和精彩世界，我们为之情倾一隅，为之心旌飘摇，为之充满无限爱恋。

（三）

　　《老夫老妻》（暂名）是邻水网友陈小军 2016 年 9 月 6 日贴在微信邻水读书群里的一张随拍图片。这张图片还不知道首发在哪里，也不知原创作者是谁。但我们相信这背后的故事一定是很丰富，很生动感人。

针对图片展示的广阔空间和丰富内容，也针对人的可能产生的疑虑和审视，我们可以预想到背后丰富生动的社会生活故事。

尽管它还包含和具有着深刻的社会历史内涵，诸如城市化、老龄化、空巢化问题，但作为积极向善的文化人，我们首先应当从社会人文的角度看到人性的伟大，品格的可贵。而不应当避开显而易见的情怀表现和品质显示，去看到某些负面的不足。作为文化人，我们的使命应当是让人物站立起来、高大起来，让人物情态带给我们人性、人情、人格的温暖、慈祥和激励，让人性的光辉灿烂起来，烛照人间的幽暗。

这点应当得到认同。

因此，这就具有了一个问题的两个方面的，一方面可以主张图片中反映的社会城市化、老龄化、空巢化方面的问题。但我们在这个图片表现情怀思想方面的讨论上，我们不应选择那个角度。如果有人对此感兴趣、有深刻认识的话，可作深入阐释。

洞穿图片去看到某些社会问题，而看不到一个老女人背着男人——自己的丈夫爱人那份相濡以沫的社会人生情态，看不到深厚的社会人文关怀，要去看她们孤苦和不协调的方面，这我们只能提前选择和坚持自己正面的立场，来巩固和加强对人性、人情和人格美的讨论。

也就是说，我们应当首先看到的是感动。不强化和讨论背后负面的社会问题，空巢老人的问题。面对如此质朴和具有冲击力的作品，我们的视线和认知方式不是去回避社会问题和风险，只彰显美丽。有网友主张，社会要进步和发展，就是要不断找问题，解决问题，各种问题在画面展现，也是摄影师要表达的核心。

一张图片，反映和包含的问题是综合性的，社会问题的分析和批判应当是社会政治家们的任务，艺术的批评是最初的和首要的感受和体会，二者没必要混为一体。

简单朴实的新闻式摄影画面，一位年老女人用背篼背着一位老男人，不出意外，这一定是一位老太婆背着自己的老公回家的行程。简单的人物情景、质朴的生活情趣，表现了深刻的生活意义，图片带给人强烈的视觉冲击，让人震撼！

图片背后展示着老夫老妻相濡以沫的生活情景，同舟共济的相互搀扶，体现着在当下生活情态下对生命暮年生活情怀的万分珍惜。

也许他们孤苦伶仃，也许他们双老留守，也许不愿依托儿女，独立生活。但图片情景所展示的当下生活状态非常具有时代生活的典型性。

无需赘言，但就人生情爱这个主题而言，就应当是一曲当代夫妻情爱相互怜爱与提携的绝唱。当夫妻人生由芳华青春到红颜相悦，再到衣食冷暖和至老怜爱。婚姻、情爱、生活、生存、互怜互爱，相依度日，善终人生。这个过程需要意志情感的坚守，在阴晴晦明的时代风雨里，在酸甜苦辣的人生况味里，在曲折坎坷的人生道路上，需要多少包容与承担，需要多少隐忍和让度。

人的一生，虽然都看似平凡而简单，但是又饱含着多少轰轰烈烈和惊心动魄与喜出望外。在城市化改变着生活的格局，塑造着从未有过、与众不同的各式爱情婚姻形态，面对各种不同的婚姻样式，我们看到这样一对来自生活底层老者略显无助与无奈、相依相怜的情爱情景，我们内心不得不为世事、为社会、为人生、为特殊的情爱模型发出强烈的赞叹，表示由衷地敬意和嘉许！

甚至，我们在追问，有什么样的诗歌能胜过这爱的吟咏？有哪部小说作品能有如此宏大的篇章能构成如此磅礴的爱之绝响？

为什么我的眼里含满泪花，是我们对这土地爱得深沉。同样，为什么我们对这对夫妻眼前的生存状态、生活方式表示出惊叹和赞美，是邻水这土地上的父老乡亲的生活情怀太过质朴和深厚，是这些食薯饮泉、酷似亲爹亲娘们的情怀举止，太过牵动我们的心弦。我们伟大的邻水父老乡亲，泪花怎能不为他们飘落？

就此，我们认为，有血性的人——尤其是文化人，应当向他们肃静立正、庄严致敬！

对一件作品的阅读是大众的，其价值和意义认识也是可以也应该由大家来评判的，道理是可以大家讨论讲明的。

我们看到人性美，赞美这对从生活的艰难曲折中一路走来，为了美好生存，保持并珍惜着同舟共济至爱深情老夫妻的优美情怀。画面上的人性之美是显而易见的，作为社会文化视角的讨论，岂能熟视无睹。如果那样，还有讨论的必要吗？加强图片中美好成分的凸显，挖掘其人文含文，是我们扩散美和善的责任，何况，阐释相濡以沫的情爱关怀，这也没有偏离图片反映的主题，也不是在回避画面所反映了什么社会问题和风险。

附：浩歌激情
——走近李天明著作《激情足踪》和《爱的誓词》
邱海鹰

"小雪"之时，喜获李天明所著的《激情足踪》和《爱的誓词》两本文集。爱不释手，静心拜读，那谱写浩歌的篇章和充满激情的文字，犹如冬天的火焰暖融了我的心房。作为文友，有必要分享天明苦心耕作的果实；作为记者，更有义务搭起天明与读者之间的桥梁。

正值"精品"之年的李天明，曾当过教师，坐过机关，70年代中期开始文学创作及理论研究，80年代中期开始在全国报刊抛头露面，其作品入选多种文集，并成为中国矿业作家协会和四川省比较文学学会会员，现为华蓥市文联副主席、国土资源管理局专职宣传干事。也许正是他这看似简单的经历，孕育出他颇丰的文学成果——今年秋天，他打捆整理的两本文集《激情足踪》和《爱的誓词》，由中国文联出版社同时出版发行。正如他在集子的后记中所说："尽管我是怀着惶惶的心情把这些东西打捆整理出版，但仍然期待读到这本集子的朋友能从正面的积极的方面调动情绪，从我抛出的砖去引出自己心中之玉。"这是期望，当然更是谦逊。不信的话，那我们还是去浏览一下他的两本文集吧。

先看《激情足踪》。这是一本计10万字的散文、随笔集，共收作品48件，以《坐看落霞》为龙头，龙飞凤舞，姗姗而来，最后以《女士与大侠》为凤尾。李天明说，文集被称为"足踪"，实际记录的是心路历程和青春旅程两个方面，其内容均是以自己感受和感动过的人和事，"我知道自己都无法感动过东西一定不会感动别人，用自己都不能感动的东西去企求感动读者，那很可能是制造文化垃圾。"这是他推出文集的初衷。的确，他是有感而发的。信手翻来，在《浩歌激情》中，他以一次革命老区文艺调演中的老干部合唱团演唱的《国歌》为背景，从老干部们一张张写满沧桑的脸上，通过排比的手法，以简练的文字，回望了他们的青春岁月，回望了他们为中国的解放事业和社会主义建设事业的战斗历程。再从他们悲壮激越的歌声中，体会到感动人心的魅力，于是李天明感叹道："在那宏伟的旋律中，怎不让人体会到民族的伟大，怎不觉察到中华儿女坚强不屈的生命斗志，怎不使人从雄浑悲壮的歌声中感到振奋，感到力量；感到这笑声与舞步交融，歌声与鲜花相映的甜美生命多么来之不易！"文中最后写道，"那充满激情的浩歌，带给我们无限联想。同时又是一声声召唤，召唤我们继承历史、开创未来，把我们的血肉筑成我们新的长城！"李天明被老干部演讲的《国歌》所感动，继而把感动变为感动读者的文字，他的初衷实现了。而《小街卖花郎》一文，天明则以跳跃的文字叙述小街上的居民争购鲜花一事，"今天是小街逢场的日子……街口，无言地伫立着一位衣衫上飘着补块的少年，手提一篮桅枝花，雪白鲜嫩，透着莹莹的露光，散着微微的清香……一些街民争相询问花从何来，花为何价，匆匆地去追上蹒跚而行的卖花郎，以买得鲜花而荣耀……"然后，笔锋一转，"这一天，小街被桅枝花笼罩了……小街的情绪被激发着，张扬着……"最后，作者才画龙点睛，"小街由卖花郎作了一个很好的说明，在偏远的农村，在农村的小街，象征美好，代表新生的鲜花被人们抢着，清香把街巷薰得醉了。"经过改革开放的打造，一个活脱脱的新农村凸现在读者眼前。而《渠江的喧啸》《华蓥山，母亲山》《追味牡丹豆花》等等佳篇，无不折射出作者爱家乡、爱生活的满腔热情。

再读《爱的誓词》。这是一本 16 万字的诗集，分"情爱篇""言事怀人篇""言志寄怀篇""写景咏物篇"和"歌词篇"，共收诗、歌词 159 首篇。说实话，在"写诗的人比读诗的人多"的今天，难为李天明甘于寂寞，放弃麻将、酒杯等蹉跎岁月，与书笔为伍，与文字调情，"寻找到了一个无限美好的诗化空间，自我精神得到净化和完善，生活变得甜蜜"。记得著名诗评家吕进先生曾说，"诗是内心世界的辐射"。而钱光培先生在给天明的题词中主张"诗是诗，诗非诗"。也许正是从这些先生所说的话中使天明领悟到，"诗是人对社会生活及自身生命忧患意识、苦乐爱恨的深切关照"。因而他在《难忘的夜晚》唱道："安闲是分手的梦床/梦境是美好的祝愿/都做一棵树吧/繁荣一片绿色/燃起生命的信念/即便做一棵小草/也造一个自己的世界/编一个日月织一片高天"。这是诗吗，直白的语言，跳跃的文字。这不是诗，是心灵与心灵的对话，是情感与情感的沟通；然而，细细体味，这又是诗，直白的语言中孕育着无限意境和哲理。"河水涨上来/汹涌一条街/父亲光着背搬东西/小儿提着裤衩等鱼来/手脚都忙坏/结果,一双绝望的眼睛泛成灰/后来,一双企盼的目光泛成影/不知田里怎么样,今年饭从哪里来?/来,爸,脱光裤儿咱俩水中捉迷猜。/'啪、啪'两声打屁股/什么是乐啥是忧,你不懂,小乖乖",一首朴实得口语化的《涨水》,把读者带到孩提时代久久不能上岸,短短的十来句,便使一个天真幼稚的小儿和一个深沉慈祥的父亲的形象永恒定格在读者脑海中。此外,如《山村今夜电影》《深夜,我把表条拧紧》等等,均使人读后难忘。正如天明所说,只有把诗当作心灵自然外射,用以舒展生命情态,才能让作品带有本原的生机灵动。只要不矫饰感情,不扭曲精神感悟,让诗带着人生本原的鲜活灵动,保持天然与质朴,是会感人的。在诗集《爱的誓词》中,天明做到了。(载于《当代文坛》2002年第6期、《广安日报》)

(邱海鹰:中共华蓥市委报道组组长,四川省作家协会会员)

语言的艺术
——析李天明《亲近渠江》的语言特色
陈华春

高尔基说过:"语言艺术总是朴素的,很生动的,几乎可以感触到的。"抒情散文的语言更讲求生动和色彩。《亲近渠江》这篇抒情散文在语言的生动性上下了功夫。

渠江——小平同志故乡的江,它寻求真理、步入革命征程,实现远大理想和抱负的起点,他是从这里乘船走向世界的……感叹和颂扬渠江,以物托情,寄予作者对领袖人物的崇敬和热爱,是该文的宗旨。

于是,作者便着力抒发了对渠江的情和爱。文中是这样描绘渠江的:"近处芷汀兰,波翻浪涌;远处江水长吟,浩浩东逝。"将渠江的气势、神势描绘得真切而生动,特别是句中的"长吟"一词,用得颇具匠心。吟在这里做"咏""叹"讲,即颂扬、赞叹之意,意喻颂扬小平同志的光辉业绩,赞叹他给故乡带来的巨大变化、给人民带来的福祉如渠江的流水永不止息,同时令读者产生无尽的遐想,追忆小平同志的历史足迹。

接下来一句"叩问飘逝的云朵,是否记忆依然;捡拾起璀璨开放的浪花,是否芳香无尽。"将作者的情感及篇中情节推向深处。作者善于在散文中运用对偶句式,为其更加鲜明突出地揭示事物的内在联系,深化主题,同时使语言更富音乐性和节奏感。

澎湃扑岸的江水溅起的水沫似一朵朵芳香的花儿,作者捡拾起它问道:记得当年那位立于船头,嗅着故乡芳香江水璀璨的浪花吗?这江还是那条江,水还是那江水,只是弹指一挥间几十年过去了,世事变迁了,江岸风景两不同了,如今江岸美丽了,山青水绿,天堑变了通途,人民安居乐业……。这一切都得于那位当年立于船头顺江东下的年轻人,是他推行的改革开放给家乡人民带来了巨大的变化。这变化给家乡人民带来了幸福和甘甜,就如这渠江水散发出的不尽芳香永远永远……

郭沫若在《怎样运用文学的语言》一文中指出:"语言除掉意义外,应该要追求它的色彩、声调、感触。同意的语言或字面有明暗、硬软、响亮与沉抑的区别,要在适当的地方用有适应感触的字。""叩问……云朵","捡拾……浪花"中的"叩问""捡拾"两词极富立体和感触感,这一叩似乎叩出了声响;这一捡极显自然而轻松,似乎真的在捡拾朵朵花儿,那样轻盈而逼真,比用"捧"、"掬"来得自然、贴切和新颖。语言力求精美、生动,要讲究形式美,"形式美也对内容起着一定的反拨的作用。"(秦牧《艺术力量和文笔情趣》)。作者在散文作品中注重语言的生动性,是追求这种形式美,进而获得作品成功的妙绝之处。

(陈华春,华蓥市人社局干部)

2002年8月13日